ROMANREIHE

DIE AUGEN DER SPHINX

DER FLATBOOTMANN

UND

ANDERE ERZÄHLUNGEN

VON

FRIEDRICH GERSTÄCKER

Mit einem Nachwort

von Thomas Ostwald

EDITION USTAD

INHALT

Die vorliegenden Erzählungen spielen Mitte des 19. Jahrhunderts.
Herausgegeben von Lothar und Bernhard Schmid

Einbandgestaltung: Falk Klinnert

Satz: Oldenbourg Informations Management, München
Druck und Bindung: Kösel GmbH, Kempten
ISBN 3-7802-1075-4

DER FLATBOOTMANN

1. Die Landung

Den breiten, mächtigen Mississippi belebte im Monat Juni des Jahres 1850 eine außergewöhnlich große Anzahl von Booten, die alle die Produkte des Nordens den südlicher gelegenen Städten, wie der Hauptstadt Louisianas, New Orleans, entgegenführten.

Der Sommer rückte weiter und weiter vor, und die unbehilflichen ‚Flatboote', breite, lange, viereckige Kästen, die ganz von der Strömung abhängen, beeilten sich soviel als möglich, den Fluß hinabzukommen, um die südlichen Plätze noch vor dem Eintreten der ungesunden Jahreszeit zu erreichen und wieder verlassen zu können. Hier und da kamen die Boote einzeln herunter, die Leute faul auf dem leicht gerundeten Deck ausgestreckt und die Stunden in lässiger Ruhe verträumend. Dann und wann sah man aber auch ganze Trupps, von weitem einer Anzahl Schachteln nicht unähnlich, die von eines mutwilligen Knaben Hand dem Wasser preisgegeben worden. Und doch bergen diese von ungehobelten Planken roh genug hergestellten Fahrzeuge oft die wertvollsten Ladungen, von ihren Eigentümern leichtsinnig dem tückischen Strom anvertraut. Versichert war wenigstens keins derselben, und kamen sie glücklich an den Ort ihrer Bestimmung, so blieb ihm ein reicher Verdienst ziemlich gewiß. Hatten sie aber unterwegs ein Unglück, ei nun, so war das eben ein Fall, den niemand ändern konnte, und der frühere Eigentümer kehrte in seine Heimat zurück und begann dort mit seiner Arbeit von neuem, bis er ein anderes Boot unter den nämlichen Verhältnissen beladen konnte.

Die Eigentümer dieser Boote sind teils Händler aus dem Norden, die von Farmern oder Kaufleuten die Waren und Produkte erst aufkaufen und dann eins oder mehrere dieser Boote zusammen den Strom viele hundert Meilen hinabführen; teils sind es aber auch die Farmer selber, die in ihrer Nachbarschaft nicht hohen Preis genug für ihr

Getreide, oder was sie sonst gewonnen, lösen konnten, sich dann gewöhnlich selber ein solches Fahrzeug zusammenzimmern und nun vertrauensvoll dem Süden entgegenschwimmen.

Sind es wirklich die Farmer, so laden sie gewöhnlich nur, was sie selber auf ihren Farmen erbaut oder produziert: Mais, Tabak, Kartoffeln, Äpfel, Pökelfleisch, Whisky, getrocknetes Obst, Zwiebeln usw., oft sogar lebendiges Vieh, wie Rinder, Schweine und Schafe.

Die Händler dagegen begnügen sich nicht mit diesen Gegenständen. Außer solchen Produkten, die sie von den Farmern kaufen und bei denen der Whisky nicht selten eine Hauptrolle spielt, nehmen sie gewöhnlich noch Kattune, buntfarbige wollene und seidene Tücher, wollene Decken, Strohhüte, Pulver und Blei, ja nicht selten auch heimlicherweise Waffen mit, um sie im Süden an die Neger zu verkaufen. Allerdings ist es streng untersagt, den Sklaven Waffen und Munition wie auch Whisky zu überlassen, aber verbotener Handel bleibt auch fast stets der einträglichste, und das wußten die Yankee-Händler denn recht gut.

Bargeld besaßen die Neger aber selten oder nie, und als Ausgleich für die erhaltenen Waren schleppten sie herbei, was sie ihr eigen nannten: Ferkel, Hühner, Truthühner, Eier usw., und was sie nicht selber hatten, stahlen sie eben in der Geschwindigkeit. Um einen Ausweg sind sie nur selten verlegen.

Solch ein Händlerboot, das zum Unterschied von den übrigen eine kleine rotgrüne Fahne vorn an der Spitze führte, war denn auch gegen Abend in Sicht einer größeren Pflanzung am Mississippi gekommen, und der Ruf des Steuernden weckte die Schläfer an Deck. Solange diese Art Fahrzeuge der Strömung ruhig folgen und nichts Außergewöhnliches in ihrem Weg liegt, haben die Leute an Bord im breiten Strom wenig zu tun. Manchmal nur müssen sie wohl einer vorspringenden Landspitze oder einer

Insel ausweichen, dann und wann vielleicht einmal aus dem Fahrwasser eines Dampfers zu kommen suchen, oder im Strom selber angeschwemmte und gefährliche Stämme vermeiden. Sonst bietet die Schiffahrt auf dem unteren Mississippi ihnen aber nicht viele Hindernisse, und nur abends, wenn sie anlegen wollen, bedarf es einiger Arbeit, um das schwerfällige Boot mit seinem breiten Bug gegen das Land zu und an einen sicheren, geschützten Platz zu rudern.

Das geschah denn auch jetzt. Am rechten Ufer wurde eine große, weit ausgedehnte Plantage sichtbar, die mit ihrem weißen, wohnlichen Herrenhaus und einer Anzahl kleiner Negerhütten im Schatten fruchtschwerer Orangen- und Nußbäume lag, und der Yankee hatte sich bald einen Platz ausersehen, der ihm für seine verschiedenen Zwecke entsprechend schien.

Auf diesen Booten sind lange, schwere Ruder angebracht, die nur aus einer Stange mit einem daran befestigten Brett bestehen und an Bord selber festgemacht werden. In diese legten sich die Bootsleute jetzt und ziemlich willig dazu, denn hier, wußten sie recht gut, kamen sie erst in zwei oder drei Tagen wieder fort und konnten sich an Land von der monotonen Wasserfahrt erholen.

„Wetter noch einmal, Bill", sagte ein baumlanger, kräftig gebauter Bursche aus Illinois mit blonden Haaren und gutmütigen blauen Augen, „wie verdammt hübsch das da drüben am Land ausschaut. Sieh nur die Apfelsinen da drüben - ein ordentlicher Wald; mir läuft das Wasser schon dabei im Maul zusammen."

„Pah", brummte Bill, sein Kamerad, der mit ihm an einem Ruder lehnte, „nicht so viel geb ich für das sauersüße Zeug, da ist mir ein Becher Whisky und ein alter, ehrlicher Ohio-Apfel lieber als alle Apfelsinen von ganz Louisiana. Fühle mich überhaupt nicht wohl hier unten zwischen den Wollköpfen und wollte, daß wir schon wieder auf dem Heimweg wären. Hol der Teufel das

Bootfahren, wenn er Lust hat!“

„Munter, munter, ihr Leute – greift da besser ein – ihr beide da, Bill und Jack!“ rief in diesem Augenblick der Eigentümer des Boots, der sich an seinem eigenen Bord gern ‚Kapitän‘ nennen hörte. „Wir missen wahrhaftig die Landung, und wenn ihr das Boot nachher stromauf ziehen müßt, wißt Ihr, was das heißt.“

Poleridge, wie der Eigentümer hieß, war eine wetterbraune Gestalt, mit eisenharten Zügen und kleinen, grauen, aber nicht ungemütlichen Augen. Ein Yankee von Geburt, hatte er sich fast ein Lebensalter in den verschiedenen Staaten der Union herumgetrieben und endlich in Ohio vorläufig das Land zu finden geglaubt, in dem er sich bleibend niederlassen könne – bleibend heißt das, was derartige Leute eben unter dem Namen verstehen, und wie verschieden ist darin der amerikanische Charakter von dem deutschen. Wo sich der Deutsche einmal niederläßt, wo er sich sein Haus baut und das Land urbar macht, da gedenkt er für seine Lebenszeit auszuhalten. Da düngt und da schafft er und bessert und richtet sich mit jedem Jahr wohnlicher ein; baut Scheunen und Ställe und gewinnt zuletzt den Platz so lieb, daß er von einem Verlassen desselben nichts mehr hören mag. Der Amerikaner dagegen kauft nur immer, um wieder zu verkaufen – ihm ist alles feil. Sein Pferd, sein Hund, sein Gewehr, der Rock – das Hemd, das er auf dem Leibe trägt; wenn ihm jemand einen annehmbaren Preis dafür bietet, zieht er's, wo er steht, herunter. Ebenso der Platz, auf dem er sich heimisch gemacht, ob er ihn nun ein oder zehn Jahre bewohnt. Anhänglichkeit an die Scholle kennt er nicht; der Boden ist ihm ebensogut Ware wie irgend etwas anderes, und bietet ihm heute jemand einen guten Preis, so packt er morgen, was ihm geblieben, wieder auf und sucht sich eben einen neuen Ort.

So war der Alte auch schon ein tüchtiges Stück durch die Staaten gezogen; erst mit dem Packen auf dem Rükken, seine Waren durch das Land hausierend; dann, als er sich etwas verdient, mit einem Wägelchen; zuletzt mit zweispännigem Geschirr bald hier, bald da, auf alles rücksichtslos, nur nicht auf den eigenen Vorteil. Ein Vermögen hatte er auch schon in seinem vierundzwanzigsten Jahr gewonnen, und im nächsten mußte er wieder mit dem Hausieren beginnen, weil er zuviel auf die einzige Spekulation gewagt und alles verloren - aber was tat's? Er fing eben wieder von vorne an, verdiente noch einmal, verlor wieder und begann zum drittenmal, um wieder alles auf ein einziges Flatboot und den tückischen Strom zu setzen. Glückte ihm die Fahrt, so hatte er sein Vermögen verdoppelt, vielleicht verdreifacht - glückte sie ihm nicht - ei, Amerika war groß, und tausend Hilfsquellen und Wege gab es nach allen Richtungen hin für einen unternehmenden Kopf!

Unzählige solche Menschen wohnen dort drüben in dem wunderlichen Land, für Tausende in unserer Heimat das Ziel ihrer Sehnsucht, ihres Hoffens; zähe Naturen alle, die wohl zu biegen, aber nicht zu brechen sind, wie der Hickory ihrer Wälder sich dem Sturm beugen und ihn über sich dahinbrausen lassen muß, um im nächsten Moment wieder so fest und sicher zu stehen wie je.

Das Terrain hier, in das der alte Poleridge jetzt sein Boot gebracht, kannte er ebenfalls genau. Wie oft schon war er hier gewesen und hatte hier mit allem gehandelt, was eben feil sein konnte - vom Neger hinab bis zum Frucht- und Eiermarkt. Auch die Plantagen kannte er, mit wenigen Ausnahmen, wie sie am Mississippi lagen, und wenn er dabei auch nicht mit den Pflanzern selber verkehrte, stand er sich desto besser mit den ‚Aufsehern' und - den Negern. Welcher Gefahr er sich dabei aussetzte, wußte er recht gut, aber eben weil er es wußte, fürchtete er sie nicht und ging dem gesetzlichen wie ungesetzlichen Verkehr hier geradeso ruhig entgegen, als ob er daheim auf seiner Farm eine Ladung Mais an einen

Nachbar verkauft hätte.

Auf dieser Plantage, der sich das Boot jetzt langsam näherte, war er allerdings seit langen Jahren nicht gewesen, aber mit kundigem Blick hatte er sich, schon vom Strom aus, die ihm am besten scheinende Stelle zum Landen ausgesucht, und wenn das jetzt auch seinen Leuten nicht gerade die bequemste schien, wußte er selber doch recht gut, was er tat und – was er wollte.

Bill, ein echter Flatbootmann, der den Mississippi schon seit fünfzehn Jahren befahren und trotzdem, daß er jedesmal schwur, dies solle seine letzte Reise sein, doch immer nicht von dem Leben lassen konnte, hatte selber einen vortrefflichen Blick für einen sicheren Landeplatz und schon eine Weile den Kopf geschüttelt, daß ihr ‚Alter' so hoch ansteuerte. Weiter unten wäre der Landeplatz für sie jedenfalls passender gewesen. Er mochte aber nichts sagen, bis das Steuer, das ihr ‚Kapitän' in Händen hielt, den Bug des Boots fast stromauf drehte und sie der Gefahr aussetzte, durch die Strömung auf ein paar weiter unten aus dem Wasser ragende Stämme getrieben zu werden.

„Hol's der Teufel, Kapitän", rief er da, „fallt doch ein wenig ab und gebt dem verdammten Holz da unten Raum. Da drüben in der Gegenströmung liegen wir doch, beim Teufel, besser, als hier unter der hohen Bank!"

„Du könntest recht haben, mein Bursche", lachte aber der Alte störrisch vor sich hin. „Wenn ich eben nicht gerade dort hinauf wollte. Fest, Burschen, fest – legt euch in die Ruder, wir treiben sonst wahrhaftig auf, und ihr habt nachher die halbe Nacht zu arbeiten, um wieder loszukommen!" Es war auch wirklich nicht viel Zeit mit Reden zu verlieren, denn wie der Bug des Boots nun einmal gehalten wurde, brauchten sie alle ihre Kräfte, die gefährliche Stelle zu vermeiden. Bill selber sah das am allerbesten ein und legte sich mit vortrefflichem Willen in sein Ruder. Das hinderte ihn indessen nicht, die gotteslästerlichsten Flüche dabei auszustoßen und alle ungeschickten Menschen, von dem Erzvater Abraham an bis herab zu Jonathan Poleridge, zu verdammen.

Der Alte am Steuer hörte das wohl, kümmerte sich aber entsetzlich wenig darum. Solange die Leute auf seinem Boot nur ihre Schuldigkeit taten, mochten sie reden, was sie wollten - daß sie aber taten, was ihnen oblag, dafür wußte er schon zu sorgen. Nach harter Arbeit gelang es ihnen auch wirklich, den Platz zu erreichen, den der Alte zu ihrer Landung bestimmt hatte. Mit den Rudern würden sie es aber trotzdem nicht erzwungen haben, denn die Strömung setzte gerade hier ziemlich stark ein, wäre nicht Bill, keck und tollkühn wie diese Leute immer sind, mit dem vorn aufgerollten und an Bord befestigten Tau, ganz rücksichtslos um seine eigenen Gliedmaßen und gerade im entscheidenden Augenblick, auf einen dort in den Strom gestürzten Baum gesprungen. Allerdings konnte er auf dem sein Gleichgewicht nicht bewahren und stürzte auf der anderen Seite ins Wasser; unter dem Baum aber durchtauchend, gelang es ihm, das Tau darumzuschlingen. Im nächsten Moment hing das Boot fest, und mit einer zum Ufer gebrachten Leine wurde es ihnen jetzt nicht schwer, den unbehilflichen Kasten sicher und fest dorthin zu bringen, wohin ihn ihr ‚Alter' haben wollte.

Dieser hatte den tollkühnen Sprung seines Bill, ohne eine Silbe dabei zu äußern, ohne eine Miene zu verziehen, mitangesehen. Er half dabei mit dem Steuer soviel als möglich nach und gab mit lauter Stimme die jetzt nötigen Befehle. Die Ruder wurden dann aus- und an Bord gehoben, und Bill kam triefend von Wasser und Schlamm wieder aufs Deck zurück.

„Das habt Ihr einmal gescheit gemacht", rief er dabei, mit einem Kernfluch zwischen den zusammengebissenen Zähnen durch, „und wenn das nicht der ungeschickteste Platz am ganzen Mississippi für eine Landung ist, will ich mein Leben lang Wasser saufen wie eine Kuh!"

Der Alte lächelte still vor sich hin und sagte dann:
„In deiner Art magst du recht haben, Bill, und wärst du nicht wie ein tüchtiger Flatbootner, der du bist, da so zur rechten Zeit über Bord gesprungen, hätte die Sache auch am Ende schiefgehen können. Ich glaubte selber nicht, daß die Strömung hier so scharf niederkäme. Daß ich trotzdem auf dem rechten Platz angelaufen bin, wirst du vielleicht später einsehen. Jetzt aber, da ich weiß, daß gerade du nicht gern Wasser trinkst, so zieh dir erst einmal trockene Kleider an, und dann geh hinunter an die Steinkruke und ‚hilf dir selber', der Zucker steht auch daneben, und du wirst dir die Mischung wohl selber anmachen können. Die Kruke bring nachher mit herauf, wenn du fertig bist, denn den anderen wird ein Schluck ebenfalls keinen Schaden tun."
„Denke auch nicht", brummte Bill, jetzt schon wieder in etwas besserer Laune, vor sich hin und sagte dann, während er mit Jack nach vorn ging, wo sie unten im Boot ihr Lager hatten: „Manchmal hat der alte Starrkopf ordentlich lichte Augenblicke und weiß auch sonst mit einem Boot ziemlich vernünftig umzugehen. Diesmal bin ich aber doch neugierig, weshalb er uns hier in das Holz hineingejagt, wo wir dem Teufel seine Arbeit haben werden, wieder ganzbeinig hinauszukommen. Nun – mir kann's recht sein, aber über Bord spring ich ihm nicht wieder, darauf kann er sich verlassen, und wie der alte Kasten ausgeräumt ist, setze ich mich auf ein Dampfboot und fahre heim. Der Böse soll den Mississippi holen!"
„Na, laß du nur den Alten gehen", lachte Jack, indem er sich ein frisches Priemchen abschnitt und in den Mund schob, „der weiß gewöhnlich verdammt gut, was er zu tun hat, und macht keinen derartigen dummen Streich umsonst. Das ist freilich erst die zweite Reise, die ich mit ihm zusammen bin, und auf der ersten kamen wir nicht weiter als Randolph, aber soviel hab ich doch bis jetzt herausbekommen, daß er sich nicht gern an einen freien,

offenen Landeplatz legt - wo er das nämlich irgend vermeiden kann. Siehst du das Orangendickicht, das hier gleich über uns bis dicht zur Straße hinläuft? Es sollte mich gar nicht wundern, wenn er mit aller Absicht darauf zugesteuert ist, und zu dem Negernest liegen wir auch hier näher als zum Herrenhaus, das man von hier aus nicht einmal sehen kann."

„Hm - magst recht haben, Kamerad", nickte Bill leise vor sich hin, „aber einen verdammten Dickkopf hat er doch, und wenn ich... Hallo - da bekommen wir schon Besuch", unterbrach er sich plötzlich, als ein paar schwarze Wollköpfe ihre blendenden Zähne und weißen rollenden Augen zeigten. „Wie die Racker aufpassen, wenn sie den Duft von Whisky in die Nase bekommen."

Die beiden Neger, die sich da oben wirklich gezeigt, waren aber im nächsten Augenblick schon wieder hinter dem am ganzen Ufer des Mississippi aufgeworfenen Damm verschwunden, und zehn Minuten später ritt ein Weißer langsam die breite, vortreffliche Uferstraße herauf und stieg, als er das eben dort gelandete Boot bemerkte, vom Pferd. Es dauerte auch nicht lange, so erschien er oben auf dem Damm, wo er, den rechten Arm in die Seite gestemmt, stehenblieb und das Fahrzeug eine Weile schweigend betrachtete.

Es war der Aufseher der Plantage, ein Bursche von vielleicht drei- oder vierunddreißig Jahren, aber mit scharf markierten, häßlichen und tief gefurchten Zügen, die ihn wenigstens um zehn Jahre älter scheinen ließen. Auch die kleinen farblosen Augen, das linke noch dazu mit einem sogenannten ‚falschen Blick', schweiften unstet herüber und hinüber und hafteten eigentlich nie auf dem, mit dem sie sprachen.

Er ging in die gewöhnliche Tracht derartiger Leute gekleidet: weite Hosen und leichter Rock von hellkariertem Zeug, am linken Stiefel einen Sporn, keine Weste und das buntkattunene Hemd von einem blauseidenen Tuch lokker zusammengehalten. Den Kopf bedeckte ein breitrandiger Strohhut ohne Band, und am rechten Handgelenk hing ihm eine schwere, fest aus Rindsleder gedrehte, sogenannte Negerpeitsche. Eine lange Bronzeuhrkette und ein paar große Ringe an den Fingern vollendeten mit der nie fehlenden Zigarre den Mann, der, so gute Eigenschaften er auch sonst vielleicht haben mochte, durch sein Äußeres keineswegs dahin empfohlen wurde.

Der alte Poleridge hatte indessen unten seine ‚Ufertoilette', wie er's nannte, beendet, das heißt, ein reines Hemd und Schuhe und Strümpfe angezogen, denn an Bord gingen die Männer in dem warmen Klima meist barfuß. Langsam, die Hände in den Taschen kam er oben aufs Deck, als der Aufseher vom Damm aus sein Boot betrachtete, und schien ganz mit seinem eigenen Fahrzeug beschäftigt, keine Notiz von dem Mann am Land zu nehmen. Gesehen hatte er ihn aber nichtsdestoweniger schon von dem Augenblick an, wo er sich zuerst gezeigt.

Noch ein neuer Insasse des Boots kam zugleich zum Vorschein, und zwar niemand Geringeres als Mrs. Poleridge selbst, die Frau des Kapitäns, die mit einem ziemlich roten Gesicht, das Bonnet etwas zurückgeschoben, einen Blick nach dem vor ihr liegenden Ufer hinaufwarf. Dort unten aber, wo sie stand, konnte sie von dem Land weiter nichts erkennen als den grasbewachsenen, hochaufgeworfenen Damm. Mit der Aussicht also eben nicht besonders zufrieden, drehte sie sich um, hob einen kleinen braunen Dackel, der neben ihr winselte, auf das höhere Deck hinauf, das er allein nicht erreichen konnte, und verschwand gleich wieder, wie sie gekommen, in dem inneren Raum.

Der ‚Alte' hatte sich nicht einmal nach ihr umgedreht; er schaute nach den Tauen, ob die auch gehörig befestigt waren, stieß mit dem Fuß eine im Weg liegende Rolle Leine beiseite und blickte dann über Bord hinunter ins Wasser.

„Hallo, das Boot!" rief da der Mann vom Ufer aus den Alten an. „Habt Ihr gar keinen schlechteren Fleck am Land hier finden können? Wer soll denn da zu Euch hinunterklettern?"

„Hallo?" sagte der Yankee, sich langsam nach der Stimme umdrehend. „Wer hat Euch denn schon gesagt, daß jemand hier zu uns herunterklettern soll?"

„Hm", brummte der Mann oben, über die barsche Antwort etwas erstaunt. „Seid Ihr kein Handelsboot?"

„Handelsboot allerdings", sagte der Yankee, seinen Tabaksaft weithin über Bord spritzend, „aber mit wenig zu verkaufen, was Ihr hier wahrscheinlich brauchen könnt, und mit einkaufen wird's hier bei Euch wohl auch dünn aussehen."

„Habt Ihr Whisky an Bord?" fragte der Aufseher.

„Whisky? Nein", sagte der Händler ruhig, „ist welcher hier in der Nähe zu bekommen? Der meinige ist alle, und ich möchte gern für die Leute etwas haben." Der Aufseher sah ihn zum erstenmal mit seinem rechten Auge scharf an, während das andere die übrige Mannschaft zu mustern schien. Er mochte dem Mann die trockene Versicherung nicht gleich glauben. Poleridge blieb aber so vollkommen ruhig und gleichmütig dabei, daß er auch wieder anfing, seinen Verdacht fallenzulassen. Doch das bekam er schon noch heraus.

„Kommt Ihr an Land?" fragte er endlich nach längerer Pause.

„Werde wohl müssen", sagte der Händler. „Wir haben kein Kochholz mehr an Bord. Gibt's dort oben trockenes Holz?"

„Wenig genug hier herum", lautete die Antwort, „wenn Ihr nicht ein Stück zurück, nach dem Sumpf zu geht. Aber Ihr steckt ja da zwischen Holz. Haut Euch doch von dem ab!"

„Sieht so naß aus", meinte der Yankee, die unterhalb im Strom liegenden Bäume betrachtend. „Kann nicht einer von Euren Negern hier nach Feierabend ein paar Cents verdienen?"

„Hm - das ginge vielleicht - wie lange wollt Ihr da liegenbleiben?"

„Wenn's hier nichts für mich zu tun gibt, nur bis morgen früh. Aber ich komme ein wenig hinauf; ein paar Dutzend Orangen wird man doch hier wohl kaufen können!"

„Ich will Euch von einem der Leute einige abschlagen lassen", sagte der Overseer, während der Yankee eine aus dem Damm vorstehende Wurzel ergriff und sich mit deren Hilfe auf festes Land hinüberschwang.

„Habt Ihr guten Tabak an Bord?" fragte da der Aufseher, als der Händler neben ihm stand und seine beiden Hände wieder sorgfältig in die Taschen schob.

„Sollte es denken", brummte dieser. „Echten süßen Kentucky - aber nicht viel. Hatte nur ein paar Kisten davon, die ich in Vicksburg absetzte. Die Leute rissen sich ordentlich darum, und was ich zurückbehielt, wollte ich eigentlich selber verbrauchen."

„Ausgenommen, Ihr bekämt einen guten Preis dafür."

„Das immer ausgenommen", sagte der Händler ruhig. „Vom Ein- und Verkaufen leb ich, und wer mir etwas zu verdienen gibt, ist mein Mann."

„Und kauft Ihr auch für Bargeld?" fragte der Aufseher, als er sein Pferd am Zügel nahm und langsam mit dem Alten an dem Damm, der sogenannten Levée, hinaufschritt.

Der Händler wußte ganz genau, was die Frage bedeuten sollte. Er kannte den Overseer schon von früher her, wenn sich dieser auch keinesfalls mehr auf sein Gesicht besinnen konnte. Dem Yankee war es aber gar nicht darum zu tun, alle seine Geschäfte hier im Fluge abzumachen. Er wollte vor allen Dingen Zeit gewinnen, drei oder vier Tage an der Stelle liegenzubleiben, und deshalb lag es in seinem Vorteil, den Aufseher hinzuhalten. Sein Hauptplan bestand nämlich darin, mit den Negern heimlichen Branntweinhandel zu treiben, und der konnte nur dann für ihn erfolgreich sein, wenn die Schwarzen Zeit behielten. Sie selber haben selten oder nie Bargeld, stehlen aber dafür alles, was sie in der Nachbarschaft bekommen können. Die eigene und nächste Plantage schonen sie allerdings soviel wie möglich - gerade wie es der Fuchs und Marder auf ihren Raubzügen machen -, sonst aber ist ihnen auch kein Platz zu entlegen, wo sie Hühner, Ferkel, oder was sonst gerade zu bekommen ist, finden können. Unverdrossen laufen sie die ganze Nacht hindurch, ja hetzen nicht selten ihrer Herren Pferde zuschanden, und sind am nächsten Morgen wieder so rüstig und zeitig bei der Arbeit wie nur je. Wenn der Lohn der so streng verbotene Branntwein ist, dünkt ihnen keine Mühe zu groß, kein Weg zu weit.

In ein oder zwei Tagen ließ sich aber kein ordentliches Geschäft mit ihnen machen. Sie brauchten länger, um in der ganzen Nachbarschaft herumzukommen. Nur wenn er vier bis fünf Tage liegenblieb, durfte der Yankee hoffen, seine Zeit bezahlt zu bekommen. Dann freilich war es aber auch geraten, sein Boot wieder loszuwerfen und den freien Strom zu erreichen, denn kam einer oder der andere von den Diebstählen wirklich heraus, hätte es doch unangenehme Erörterungen und Untersuchungen geben können. Denen entging er aber vollständig, sowie er sich nur wieder einmal im Strom befand. Wer wollte sein Boot dann von den anderen unterscheiden, hätten sie ihm selbst folgen mögen!

„Für Bargeld?“ wiederholte er deshalb die Frage, als ob er sich die Sache erst ein wenig überlegen müsse. „Für Bargeld nicht gerade gern - es müßte denn ein entsprechender Gewinn dafür in Aussicht stehen. Am liebsten treib ich Tauschhandel, denn Güter oder Produkte, die ich im Norden wieder gut verwerten kann, sind mir eigentlich fast lieber als Bargeld.“

„Ich fragte Euch, ob Ihr auch Bargeld für Produkte gebt?“ sagte der Aufseher. „Ihr versteht doch Englisch?“

„Hm ja, ein wenig – ja so, in der Art – oh, gewiß, wenn ich einen vorteilhaften Handel machen kann!"

„Und kauft Ihr auch Baumwolle?"

„Nicht gern. Unsereiner kann da nicht mit den Dampfbooten konkurrieren, und so billig bekommt man sie selten, daß das Risiko zugleich gedeckt wäre."

„Und wenn Ihr sie nun so billig bekämt?"

„Das wär freilich etwas anderes", schmunzelte der Händler. „Habt Ihr welche? Na, ich will Euch was sagen", schnitt er aber die Antwort selber ab, als er sah, daß der Aufseher damit zögerte. „Wenn Ihr glaubt, daß sich hier ein mögliches Geschäft machen läßt, bleib ich auch morgen hier liegen. Ich möchte überdies etwas ‚Holz einnehmen', wie die Dampfboote sagen, das heißt, so mancherlei Frisches vom Lande holen, und wenn ich das hier bekommen könnte, wär mir's recht. Bauen Eure Neger keine Wassermelonen, Feigen oder sonstige Sachen?"

„Mehr als genug", brummte der Aufseher. „Anstatt sich nach Feierabend aufs Ohr zu legen und für den nächsten Tag auszuruhen, kriechen sie oft noch so lange in ihren kleinen Gärten herum und hacken und graben, bis ich sie mit der Peitsche ins Bett jage. Die haben schon derlei, aber – keinen Whisky dafür, Kamerad. – Ihr kennt wahrscheinlich die Strafe, die darauf steht?"

„Whisky? Unsinn", lachte der Händler. „Ich wollte, ich hätte selber welchen; das einzige Spirituose, was ich an Bord führe, ist Apfelwein. Wenn Ihr ein Freund von dem seid, damit kann ich Euch dienen..."

„Nein, ich danke Euch", sagte der Aufseher kopfschüttelnd. „Aber – noch eins möcht ich Euch sagen, wenn Ihr denn doch morgen hier liegenbleibt. Laßt Euch nicht mit den Niggern, die Ihr hier oder da trefft, in lange Gespräche ein. Der ‚Alte' hat's nicht gern und ich auch nicht. Die Schufte sind so schon zu übermütig und müssen tüchtig im Zaum gehalten werden."

„Habt Ihr Not mit Euren Schwarzen?" fragte der Händler, den das von früheren Zeiten her noch interessierte.

„Not?“ lachte der Aufseher mit einem finsteren Blick, indem er langsam und wie in Gedanken die Peitsche hob. „Not? Wenn jemand Not hat, so sind die's. In Ordnung wissen wir sie schon zu halten, und aufmucksen darf mir keiner, sonst gnade ihm Gott. Seit einiger Zeit aber streicht hier so ein sogenanntes frommes Gesindel im Süden herum und hat den Niggern Ideen in den Kopf gesetzt, die wir die größte Mühe haben, ihnen aus den Rippen wieder herauszupeitschen. Es hieß allerdings einmal, daß eine Verschwörung unter ihnen im Werke sei und daß sie im Sumpf drinnen Waffen versteckt hätten. Das ist aber Larifari, und wie wir erst einmal ein paar von den Dickköpfigen ergriffen, ausgepeitscht und zum guten Beispiel für die anderen aufgehängt hatten, sind sie vernünftig genug gewesen, ihre Dummheit einzusehen.“

„Hm“, sagte der Händler und strich sich mit der Rechten das glattrasierte Kinn. Es war ihm eben nicht besonders lieb, das zu hören, denn wo derartige Sachen vorfielen, wurde gewöhnlich auf die Schwarzen zu scharf aufgepaßt, ihnen freie Hand zu lassen. Je stärker der Druck freilich, desto stärker auch der Widerstand, und Poleridge war überhaupt nicht der Mann, sich von einem einmal gefaßten Plan abschrecken zu lassen, noch dazu, wenn sein eigener Nutzen im Hintergrund lag.

„Aber was habt Ihr eigentlich zu verkaufen?“ fragte da der Aufseher wieder, der überhaupt gewohnt war, in dann und wann anlegenden Booten die Monotonie seines Pflanzerlebens unterbrochen zu sehen. „Man wird sich die Sachen doch wohl einmal anschauen können?“

„Oh, gewiß - heut abend ist's nur zu spät“, sagte der Händler, „kommt aber morgen früh einmal an Bord und wir finden doch am Ende etwas, mit dem wir ein Geschäft zusammen machen können. Ich habe beinahe ein ‚bißchen von allem‘, wie wir Yankees gewöhnlich unsere Fracht einnehmen.“

„Nur keinen Whisky?"

„Aus Grundsatz", erwiderte Poleridge ruhig. „Ich selber gehöre zum Mäßigkeitsverein und halte es für Sünde, das Gift zu verbreiten. Das veranlaßt mich aber nicht, ihn meinen Leuten zu mißgönnen, die auch überdies weit besser und williger arbeiten, wenn sie einen Schluck von dem nichtswürdigen Stoff im Leib haben. Die Verantwortung dafür mögen sie auf sich selber nehmen; das geht mich nichts an."

„Sehr christlich gedacht", lachte der Aufseher. „Man gibt auch einem Pferd Branntwein auf Bord, damit es besser laufen soll."

„Und warum nicht?" brummte der Händler. „Aber wenn's Euch recht ist, schickt mir nachher was von Euren Früchten herunter. Wieviel Tabak wollt Ihr haben?"

„Ich komme morgen früh an Bord und werde ihn mir ansehen", lautete die Antwort des Aufsehers, der wieder in den Sattel stieg und sein Pferd rasch beiseite lenkte. Die Straße herauf von dem weiter unten liegenden Herrenhaus kamen vier Reiter, zwei Herren und zwei Damen, angaloppiert, und die schnellen Ponys berührten kaum den Boden, über den sie dahinbrausten. Der Aufseher behielt auch eben nur Zeit, auf die Seite zu reiten, wobei er ehrerbietig den Hut abnahm. Der Händler blieb auf dem Damm, die Hände in den Taschen, stehen. Die Herrschaften nickten kaum nach dem Aufseher hinüber, nach dem Fremden drehten sie nicht einmal den Kopf.

„War das der Baas?" fragte der Yankee, als sie vorüber und in einer hinter ihnen aufwirbelnden Staubwolke verschwunden waren, indem er nur eben mit dem Kopf nach der Richtung nickte.

„Der vorn, ja. Mr. Beauchamps mit seinen beiden Töchtern und einem Besuch aus New Orleans."

„Ahem! Furchtbar aufgeschwollen, aber..."

„Hat seine Ursache – wenn wir beide das nur im Jahr

zu verzehren hätten, was der in jedem Monat allein durchbringt."

„Phew!" pfiff der Alte zwischen seinen Zähnen durch, drehte sich ab und schlenderte langsam am Ufer hinaus, sich die Gegend und Gelegenheit ein wenig zu betrachten.

Eine halbe Stunde später kam ein alter Neger und brachte einen Korb voll Apfelsinen und Feigen. Der alte Poleridge nahm ihm die Früchte selber ab und drückte ihm dabei ein Geldstück in die Hand, aber er sprach keine drei Worte mit ihm. Drüben auf dem Damm hielt der Aufseher wieder, der aus dem Feld zurückgekommen war, und sah nach dem Boot hinab.

Ein kleiner Bursche kam etwas später und brachte einen Armvoll Feuerholz, den er, ohne an Bord zu klettern, von der Uferbank hinunterwarf. Als ihm der Alte etwas dafür geben wollte, war er schon wieder hinter dem Damm verschwunden.

In der Pflanzung läutete nämlich die Negerglocke, die den Sklaven ihren heutigen Feierabend verkündete. Hinter dem niederen Waldstreifen, der die nächsten Felder begrenzte und den Sumpf bezeichnete, sank eben die Sonne. Die Dämmerung ist in Amerika nur kurz, und bald darauf strichen lange Züge von Wildenten schwirrend über die mit einem leichten Nebel bedeckte Stromfläche. Weit draußen auf der breiten, rasch vorübergurgelnden Flut rief der Loon sein monotones Lied, und in den Büschen des benachbarten Orangendickichts flötete der Spottvogel, die amerikanische Nachtigall, ihre leise klagende, liebliche Weise.

2. Der nächtliche Besuch

Es war finstere Nacht geworden. Nur die Sterne blitzten von dem dunklen Firmament herab, aber sie konnten sich nicht einmal im trüben Strom widerspiegeln, auf dem sich der Nebel nach dem Sonnenuntergang nur noch mehr und mehr verdichtet hatte. Unser Flatboot selbst lag so dicht unter der etwa sechs Fuß höheren Uferbank, daß man es selbst vom Damm aus kaum erkennen konnte, während dieser es allen denen, die auf der Straße ab- oder aufwärts gingen, vollständig verdeckte.

Die Leute waren etwa eine Stunde am Ufer gewesen, hatten sich dort, unbekümmert, ob es erlaubt oder verboten sein könne, Orangen, Feigen und Granatäpfel gepflückt und kehrten erst mit einbrechender Nacht an Bord zurück. Der ‚Alte' hatte sein Boot aber, seit er seinen kurzen Spaziergang beendet, nicht wieder verlassen.

So verging die Zeit. Drüben aus dem Negerdorf herüber war dann und wann die schwermütige Melodie irgendeines Liedes zu ihnen gedrungen, dem sich, allerdings vereinzelt, auch eine geistliche Hymne beimischte. Die Flatbootleute hatten sich indessen schon in ihre Kojen und unter ihre Moskitonetze zurückgezogen. Die Insekten wurden nach Dunkelwerden und bei der fast gänzlichen Windstille so arg an Deck, daß man es kaum dort oben aushalten konnte. Der alte Poleridge saß nichtsdestoweniger unverdrossen mit dem Dackel neben sich vorn im Bug des Bootes, qualmte aus seinem kurzen Pfeifenstummel vor sich hin und nahm diesen nur zeitweilig aus dem Mund, um nach einem geglaubten Geräusch am Ufer hinzuhorchen. Es war fast, als ob er jemanden erwarte.

Eine reichliche Stunde mochte er so allein gesessen haben, und eben stopfte er sich zum viertenmal die Tonpfeife mit dem feingeschnittenen schweren Tabak, als von der gerade über ihm befindlichen Uferbank Erde herunterbröckelte; der Dackel knurrte leise.

Der Händler drehte allerdings rasch den Kopf nach dem Geräusch, rührte aber sonst kein Glied und blieb, wie er bisher gesessen, vorn auf Deck, bis er hörte, daß eine ziemlich schwere Gestalt die Uferbank heruntierglitt und auf die Planke trat, die von dem Boot aus an Land geschoben war.

„Hallo", rief da der Alte. „Wer kommt da?"

„Pst!" unterbrach ihn aber der warnende Ton des Kommenden, wer das auch immer war, und der Händler lächelte leise vor sich hin, schwieg aber doch und wartete geduldig, bis sein später Besuch in der Dunkelheit das Deck glücklich erreicht hatte.

„Und wer ist das?" sagte Poleridge jetzt, aber mit unterdrückter Stimme, während er seinen stärker knurrenden Hund beschwichtigte und vergebens in der Dunkelheit das schwarze Gesicht zu erkennen suchte. Der Neger ließ sich aber hier oben auf keine Erörterungen ein.

Selbst in der Nacht hielt er sich auf dem offenen Deck und so dicht am Ufer nicht für sicher. Hinter dem etwa neun Fuß hohen Damm und auf dem Rasen konnte auch leicht ein Horcher vollkommen geräuschlos und gedeckt anschleichen, und dem mochte sich der Bursche wahrscheinlich nicht aussetzen.

„Kommt hinunter", flüsterte er und glitt dann, mit einem scheuen Blick nach dem Land zurück, und mit der Konstruktion dieser Art Boot vollkommen gut vertraut, ohne weiteres die paar Stufen nieder, die in die kleine ‚Kajüte' führten.

Der Händler blieb noch eine Weile an Deck, ohne seine Stellung zu verändern, und wie er so ziemlich tief auf seinem Boot saß, bildete der hohe Damm für ihn den Horizont, auf dem hin er jede Erhöhung gegen den helleren Himmel leicht erkennen konnte. Erst als sich nichts weiter dort erkennen ließ, stand er langsam auf, sah sich noch einmal um und sagte dann zu dem aufmerksam neben ihm sitzenden kleinen Hund:

„Paß auf, mein kleiner Bursche, paß hübsch auf!" und folgte dann dem Neger in das Innere des Bootes. Unten angekommen, kümmerte er sich aber gar nicht um seinen späten Gast, nahm vor allen Dingen aus einem kleinen Seitenfach Schwefelhölzer, entzündete eine Lampe, die auf dem Tisch stand, und sah sich dann erst nach dem Neger um, der mit dem Strohhut zwischen beiden breiten Fäusten an der Tür lehnte. Noch immer konnte er ihn aber nicht erkennen, bis er das ziemlich hell strahlende Licht mit der Hand so weit bedeckte, daß es ihm nicht mehr die Augen blendete, während der Schein voll auf den Schwarzen fiel.

„Aha, Salomo", nickte er da grüßend zu dem Sklaven hinüber. „Noch so spät, mein Bursche? Nun, wie ist's die Zeit gegangen?"

„Danke, Massa, danke", sagte der Mann. „Schlecht genug, wie man's so nimmt, konnte nicht früher kommen; Massa Hoof überall zwischen den Hütten umhergeschlichen."

„Massa Hoof? Wer ist Massa Hoof?"

„Der Overseer - wahrer Teufel von einem Menschen. Paßt jedesmal so auf, wenn hier ein Boot anlegt, daß armer Nigger ja nie ein Vergnügen haben soll. Es gibt doch recht schlechte Buckras auf der Welt, Massa Poleridge."

„Hm, ja, mein Bursche - könntest recht haben", sagte der Alte, „und euer Mr. Hoof, wie du ihn nanntest, sieht mir gerade nicht so aus, als ob er zu den besseren gehörte. Aber was bringst du?"

„Heut abend nichts", flüsterte der Neger vorsichtig. „Doch kann niemand von der Uferbank herunterkommen?"

„Hab keine Angst", sagte der Händler, „mein kleiner Hund liegt oben an Deck, und sowie sich nur etwas Fremdes regt, macht er Lärm."

„Gut - heut abend bring ich nichts", wiederholte der

Schwarze, jetzt vollkommen beruhigt. „Aber gegen Morgen kommen meine beiden Jungen und noch drei oder vier andere mit Vorrat. Massa Poleridge hat doch den versprochenen Whisky mitgebracht?"

„Mehr, als ihr verbrauchen könnt, Salomo", lachte der Händler, „da drinnen liegen einige dreißig Fässer echten Monongahelas; habt ihr da genug?"

Der Schwarze zeigte eine Reihe blendendweißer Zähne.

„Sehr gut, Massa", nickte er vergnügt vor sich hin, „sehr viel gut - Salomo und Sambo werden Krüge und Fäßchen bringen."

„Fäßchen? Hallo, mein Schatz, du glaubst wohl, daß ich euch den Whisky nur so einlaufen lasse? Er ist wenigstens um fünfzig Cents die Gallone teurer im Norden geworden, und wenn ihr nicht etwas Ordentliches dafür geben könnt, behalt ich ihn lieber an Bord."

„Ordentliches?" wiederholte Salomo erstaunt. „Massa weiß, wir bringen Hühner, Eier, Pecan-Nüsse, süße Kartoffeln."

„Ja, ich weiß, ich weiß - aber ich will besonders Ferkel haben", sagte der Händler. „Futter für die hab ich genug an Bord und kann sie am besten wieder weiter unterhalb verkaufen."

„Ferkel quietschen so", sagte Salomo ängstlich.

„Quietschen? Den Henker auch!" lachte der Händler. „Ihr werdet mit ihnen umzugehen wissen, daß sie nicht mehr Spektakel machen, als nötig ist."

„Ja, da hat sich's wohl - mit ihnen umgehen", brummte Salomo. „Ferkel ist ein schrecklich unabhängig Tier und quietscht, wenn Lust hat, ob man's beim Ohr oder beim Schwanz nimmt, und Massa Hoof ist wie der Böse bei der Hand, wenn er Ferkel quietschen hört."

„Aber wo schläft Massa Hoof?"

„Gut Stück von hier, gerade vor den Niggerhütten in kleinem Häuschen mit Veranda", schmunzelte Salomo.

„Nun siehst du, mein Bursche", sagte der Händler, „das habe ich mir etwa gedacht und bin deshalb so weit hier oben angelaufen, wo ihr mit allem, was ihr mir bringen wollt, durch das Orangendickicht kommen könnt. Also vergiß die Ferkel nicht! Vor Tag werde ich munter sein und euch geben, was ihr haben wollt. Habt ihr kein Bargeld?"

„Bargeld? Ja, Massa, aber nicht viel; Sip hat Bargeld und Lucy - Lucy viel - schlaues Mädchen, die Lucy, aber bös - viel bös - kommt einmal nicht in Himmel, wenn sie stirbt."

„Das kann uns einerlei sein, mein Junge", sagte der Händler, „aber schick mir die Mädchen, die Geld haben, morgen mittag herunter und sag ihnen, ich hätte prachtvolle Tücher und Bänder und eine Menge anderer hübscher Sachen mitgebracht. Vielleicht können sie auch morgen abend nach Feierabend kommen."

„Nach Feierabend geht nicht", sagte Salomo, bedenklich den Kopf schüttelnd. „Massa Hoof läßt niemand nach Feierabend heraus, besonders keins der Mädchen. - Mittag geht eher, müssen aber geschwind machen; ist nur eine Stunde Rastezeit. Jetzt muß ich aber auch wieder fort. - Hm - ist der Whisky diesmal recht gut, Massa?"

„Sollst ihn kosten, alter Bursche", lachte der Händler, „und wirst mir das andere dann wohl ordentlich besorgen?"

„Gewiß, Massa, gewiß", rief der Neger mit einem vergnügten Grinsen, während der Yankee eine neben ihm stehende Kruke aufgriff, einen Blechbecher von dem Gesims nahm und ihn halb mit gelbem Branntwein füllte.

Der Neger machte, schon im Vorgefühl des erwarteten und so lange entbehrten Genusses, eine etwas ungeschickte, aber nicht weniger gutgemeinte Verbeugung mit einem halben Kratzfuß, ergriff dann das Blechmaß, das ihm der Händler hinschob, und wollte es eben an die Lippen heben, als oben der Hund anschlug. Erschreckt setzte er es wieder hin und sah den Weißen an, der ebenfalls aufmerksam nach oben horchte. Der Hund war in diesem Augenblick still, und Poleridge sagte:

„Trink nur erst einmal deinen Whisky aus, nachher wollen wir sehen, was mein Dackel hat."

„Wenn das Massa Hoof wäre", flüsterte der Neger bestürzt, „er brächte armen Nigger um, wenn er ihn hier nachts auf fremdem Boot träfe." Wieder horchte er nach oben, dann aber, um wenigstens das Gebotene erst einmal in Sicherheit zu bringen, nahm er den Becher auf, kostete den Inhalt erst und schüttete ihn dann in einem langen Zug die durstige Kehle hinab.

Dem Händler lag indessen selber daran, daß nicht schon jetzt ein Neger heimlich an seinem Bord gesehen wurde. Hatte er erst seinen Handel mit den Burschen gemacht und aus ihnen herausbekommen, was eben zu bekommen war, ei, dann mochte auch seinetwegen der Aufseher erfahren, daß er ihnen verbotenen Branntwein verkauft. Wenn man ihn nicht dabei ertappte, konnte ihm niemand etwas anhaben, und ehe die Sache gerichtlich gemacht wurde, warf er eben seine Taue los und schwamm wieder den Strom hinunter. Mit ein paar Worten ermahnte er deshalb Salomo, sich hier unten ganz ruhig zu verhalten, bis er oben selber einmal nachgesehen hätte, und trat dann vorn in sein Boot hinein, wo er, wenn er sich aufrichtete, mit dem halben Leib über das Verdeck hinausschaute. Ganz an Deck mochte er nicht gehen, denn unten stand Salomo neben der Whiskykruke, und allein wollte er die beiden doch nicht miteinander lassen.

Der Hund hatte sich indessen keineswegs beruhigt, und wenn er auch nicht mehr bellte, knurrte er doch noch leise und verdrießlich vor sich hin. Es war jedenfalls am Ufer nicht alles, wie es sein sollte. Poleridge riet auch dem Neger, als der dem Hund ein paar ermunternde Worte gesagt und wieder in seine Kajüte zurückgekehrt war, lieber noch ein wenig zu warten, ehe er an Land ging. Dieser behauptete aber, zurückzumüssen, damit die Sachen noch vor Tag an Bord kämen, denn dann könne man sich fest darauf verlassen, daß ‚Massa Hoof' ihnen nicht im Weg wäre.

„Wenn er jetzt auch draußen steckt", lachte der Neger dabei vor sich hin, „schadet nichts. Salomo ebenso klug wie Buckra. Kann da oben lange stehen, bis er Nigger findet."

„Was willst du tun, Salomo?" fragte der Händler erstaunt, als der Neger ohne weiteres zu dem Tisch ging und die Lampe ausblies. „Was, zum Henker, ist jetzt los?"

„Will an Land, Massa", kicherte aber der Neger, „good bye! Vor Tag ist Salomo wieder unten."

Und damit glitt er wie eine Schlange aus der Kajüte, hob sich, ohne seinen Oberkörper über dem Verdeck zu zeigen, vorsichtig auf den vorderen und niederen Rand des Bootes, das dort, wie alle diese Fahrzeuge, eine Art von Ausbau bildete, und war im nächsten Augenblick im Wasser. So geräuschlos verschwand er aber darin, daß selbst der neben ihm stehende Yankee nicht das geringste plätschernde Geräusch hören konnte, und ob er sich auch überbog und ihm nachschaute, es ließ sich nichts weiter von dem Schwarzen erkennen. Unter Wasser war er den Strom hinabgeschwommen. War übrigens wirklich jemand an der Uferbank gewesen, so ließ er sich an dem Abend nicht wieder sehen, und Poleridge suchte jetzt selber sein Lager, um zur rechten Zeit am nächsten Morgen bei der Hand zu sein.

Diese Art von Handel kannte er schon und hatte deshalb auch sein Boot so gelegt, daß er – nicht zu weit von dem Negerdorf – durch das benachbarte Dickicht den Schwarzen die beste Gelegenheit gab, unbemerkt zu ihm an Bord zu kommen, und die wurde denn auch von ihnen gehörig genutzt. Alles mögliche brachten sie gegen Morgen angeschleppt, was sie entweder für solch einen Fall aufgespart oder in der Eile und Nachbarschaft hatten stehlen können. Entdeckung brauchten sie dabei, wenn sie nicht auf frischer Tat ertappt wurden, auch gar nicht zu fürchten, denn alles, was gegen sie hätte zeugen können, nahm der Weiße ja in seinem Boot mit fort.

Um drei Uhr morgens war dafür die beste Zeit. Um vier Uhr weckte schon wieder die erste Negerglocke, und wenn sich dann der Aufseher auch noch nicht gleich um sie kümmerte, war doch stets die Gefahr, daß sie von einem der sogenannten ‚Negertreiber' oder Unteraufseher – fast immer ebenfalls Neger – entdeckt und verraten wurden. Nachsicht hatten sie aber von einem solchen nicht zu hoffen, und so erbarmungslos jener ‚Massa Hoof' auch sein mochte, an kalter Grausamkeit wurde er fast noch von seinen Helfershelfern überboten.

Den Verkauf besorgte übrigens Poleridge mit seiner Frau ganz allein, denn zwei Augen waren jedenfalls nötig, auf die sonst fast zu geschickten Hände der Neger aufzupassen, Mrs. Betsy Poleridge schien aber gerade die rechte Persönlichkeit für ein derartiges Geschäft, und es wäre keinem der schwarzen Burschen zu raten gewesen, auch nur eine unrechte Bewegung nach einem etwa dortliegenden Gegenstand zu machen. Dabei mußte sie in dem Dämmerlicht, das in dem niederen Raum herrschte, wahre Eulenaugen haben, denn füllte sie selber irgendein Gefäß, so verschüttete sie nie auch nur einen Tropfen und hatte doch die Augen dabei ganz woanders. Auch magere Hühner oder Enten durfte ihr keiner bringen, wenn er nicht den Preis auf die Hälfte heruntergedrückt haben wollte, und trotzdem sprach sie nie ein lautes Wort. Der ganze Handel wurde in einem halben Flüstern abgemacht, und die Leute, die im anderen Teil des Boots schliefen, hätten wohl die Stimmen hören, aber doch nicht verstehen können, was dort vorging. Übrigens kümmerten sie sich auch gar nicht darum. Daß der Alte heimlichen Handel mit den Negern trieb und sich vortrefflich dabei stand, wußten sie. Sie selber hatten aber ebenfalls, solange das Boot an irgendeiner Plantage liegenblieb, Feiertage, und das beste dabei – der Alte war nicht geizig mit dem Whisky. Weshalb sollten sie sich also in Sachen mischen, die sie gar nichts angingen?

Die Neger hatten sich diesmal aber vor einer Überraschung gesichert und nicht etwa Posten um das Boot her, sondern gleich vor die Wohnung ihres Aufsehers gestellt, bei dem seine beiden Negertreiber schliefen. Sowie sich jemand dort regte, warnte sie das verabredete Zeichen, und sie konnten dann immer das Orangendickicht erreichen, ehe einer ihrer Wächter imstande gewesen wäre, selbst mit dem schnellsten Pferd hier herauf zu galoppieren.

Wie mißtrauisch der Overseer aber auch das Boot betrachtete, und wie begründeten Verdacht er haben mochte, daß es, trotz der Versicherung vom Gegenteil des Kapitäns, doch Whisky enthalte, soviel setzte er auf die Furcht, die seine ihm untergebenen Sklaven vor ihm hatten. Gestern abend war ihnen noch einmal bei strenger Strafe verboten worden, an Bord zu gehen, wenn sie nicht dahin geschickt würden, und er glaubte zu wissen, daß keiner der Burschen es wage, seinem Befehl zu trotzen. Morgens schliefen sie überdies wie die Dachse.

Darin hatte er sich jedoch geirrt, denn wenn die Burschen aufstehen wollten, konnten sie es recht gut. Jetzt galt es überdies, sich für längere Zeit einen Vorrat von Whisky und Tabak anzulegen, denn es kam nicht häufig vor, daß ihretwegen Boote hier landeten und sich der Gefahr aussetzten, gestraft zu werden. Alle möglichen Gefäße schleppten sie dazu herbei: Krüge und Fäßchen, Kalebassen, Blechtöpfe und was sie nur eben in der Eile hatten auftreiben können. Wie die Bienen schwärmten sie von dem Boot ab und zu, bis Salomo, einer der Tätigsten unter ihnen, das Zeichen zum Aufbruch gab. Eben tauchte der Morgenstern drüben aus dem Wald auf, und es blieb ihnen nur noch Zeit, ihre Hütten wieder zu erreichen und was sie eingehandelt in Sicherheit zu bringen, ehe einer der Negertreiber aufstand und die verhaßte Morgenglocke läutete. Eine Stunde später, dann mußten alle zur Arbeit ausrücken.

Mr. Poleridge und seine Frau hatten in der Zeit aber ebenfalls alle Hände voll zu tun, um die eingehandelte lebendige Fracht in Sicherheit und so unterzubringen, daß sie nicht im Weg war. Wieder einmal im Strom, nahm der Yankee das Geflügel allerdings an Deck; jetzt aber durfte er das noch nicht tun und den Overseer unnötigerweise aufmerksam machen. Unten im Raum, wo überdies schon Fässer, Säcke und Kisten genug standen, mußte deshalb eine Stelle für sie hergerichtet werden. Als die Leute dann morgens aufstanden, war schon alles in Ordnung und sogar das Frühstück für sie hergerichtet. Nach diesem hatten sie aber, wie ihnen der Alte sagte, freie Hand, am Ufer herumzulaufen, soviel sie wollten, da er den heutigen Tag noch hier liegenbleiben wolle.

Das ließen sich die Leute denn auch nicht zweimal sagen und schlenderten bald, des langen Bootlebens müde, erst am Ufer hin und dann die erste Quergasse hinauf, die durch die Fenzen in einem rechten Winkel abführte, um den dahinterliegenden Wald oder eigentlich Sumpf zu betreten. Dort wollten sie ein paar Kugeln nach Alligatoren verschießen, denn ihre Büchsen haben derartige Burschen fast immer mit an Bord, und Jäger sind doch die meisten von ihnen.

Nur Jack, der Illinois-Mann, war noch zurückgeblieben, um seine Garderobe etwas instand zu setzen. Dazu wählte er sich vorn im Vorbau seinen Platz, um den schon recht warm niederfallenden Sonnenstrahlen nicht zu sehr ausgesetzt zu sein. Allerdings hatte sich diese Stelle eigentlich der Händler selber oder vielmehr Madame vorbehalten. Jack aber, ein guter, ehrlicher und gefälliger Bursche, war gerade deren Liebling und durfte manches tun, was sie den anderen eben nicht gestattet hätte. Er vor allen hackte ihr das Holz zur Feuerung klar, besserte den Herd aus, wenn irgend etwas daran beschädigt worden, und hatte außerdem das meiste Glück auf der Jagd. Selten ging er, wo sie irgendwo am Ufer anlegten, in den Wald, ohne einen wilden Truthahn oder gar einen Hirsch, wenigstens doch ein fettes Opossum mit an Bord zu bringen, und außerdem widersprach er ihr und ihrem Mann nie – eine Eigenschaft, die sie ganz besonders an ihm zu schätzen wußte.

Jack saß deshalb ganz behaglich unten im Boot, während der Händler oben an Deck mit einem ‚Besuch' auf und ab ging. Der Aufseher der Plantage war nämlich an Bord gekommen, um mit dem Eigentümer eine ‚Geschäftssache' zu besprechen und einen Handel über Baumwollballen abzuschließen, von denen gerade niemand etwas zu wissen brauchte, als eben die beiden. Im Verlauf der Unterredung stellte sich denn auch heraus, daß der würdige Overseer in einem kleinen Blockhaus, etwa zwei Meilen unterhalb, einen ganz hübschen Vorrat von ‚eigenen Erzeugnissen', wie er es nannte, in Wirklichkeit aber nichts weiter als seinem Prinzipal gestohlenes Gut, aufgehäuft hatte und dafür jetzt von dem Händler den größtmöglichen Preis herauszubekommen suchte.

Beide wußten allerdings, daß der eine Flatbootmann an Bord sei, würden sich aber kaum vor ihm geniert haben. Derartige Bootsleute kümmern sich nie um das, was ihr Kapitän an Land treibt und was den Handel des Boots selber betrifft. Macht dasselbe gute Geschäfte, desto besser für sie, denn desto freigebiger ist nachher ihr ‚Alter' mit dem ‚Stoff', wie sie den Whisky gewöhnlich nennen. Außerdem bekommen sie ihre Fahrt monatsweise bezahlt; die müßigen Tage, die sie sich arbeitslos an Land herumtreiben und ihrem Vergnügen nachgehen können, zählen daher ebensogut wie die anderen und sind für sie reiner Gewinn.

Jack war nun allerdings eifrig mit seiner Arbeit beschäftigt und kümmerte sich auch nicht besonders viel um das über ihm geführte Gespräch. Er konnte aber auch nicht vermeiden, den größten Teil desselben mitanzuhören, und schüttelte nur manchmal still vor sich hin den Kopf, daß eine solche Masse betrügerisches Gesindel auf der Welt herumlief.

„Hier möcht ich auch Pflanzer sein", murmelte er leise vor sich hin, „das Kleine stehlen die Neger und das Große die Aufseher selber, und was übrigbleibt, mag der Herr durchbringen. Hol der Henker die diebischen Schufte mit ihrem Menschenfleischhandel! Da lob ich mir die nördlichen Staaten unseres wirklich freien, glücklichen Landes. Hier in dem blutigen Süden muß man entweder ein Hund oder ein Seelenverkäufer sein, und zu beidem hätt ich keine besondere Lust."

„Zu was hättet Ihr keine Lust, Jack?" sagte Mrs. Poleridge, die die letzten Worte gehört hatte und jetzt zu ihm trat.

„Die Jacke hier wieder zu flicken, wenn sie jetzt noch einmal reißen sollte", meinte Jack trocken, indem er aufstand und das gerade beendete Kleidungsstück wieder ein wenig in Fasson schüttelte. Die ‚Alte' brauchte gerade nicht zu wissen, was er von dem Handel dachte und daß er überhaupt darauf geachtet hatte.

„Und wollt Ihr nicht an Land gehen, Jack?"

„Ei gewiß, Ma'm", lachte der junge Bursche, „konnte mich nur nicht in der zerlumpten Takelage vor den Leuten da drüben sehen lassen. Hätte mich ja wahrhaftig vor den Niggern schämen müssen, die doch alle wenigstens ganze Jacken auf ihrem Rücken tragen. Nicht wahr, sie müssen die Kittel immer erst ausziehen, wenn sie gepeitscht werden?"

„Pst, Jack", sagte die Frau und hob warnend den Finger, „seid an Land entsetzlich vorsichtig mit solchen Bemerkungen, denn hier in den sklavenhaltenden Staaten darf ein Nordländer nur den Mund über so etwas auftun, und sie fallen gleich mit dem Geschrei ‚Abolitionist' über ihn her. Ich habe das einmal in New Orleans mitangesehen und möchte lieber einen Schwarm hungriger Wölfe hinter mir haben, als die Weißen in Louisiana, wenn sie auf einen Abolitionisten Jagd machen."

„Hm, kann ich mir etwa denken! Aber wir sind doch noch in Amerika, und ein Weißer und Bürger der Vereinigten Staaten wird doch da hoffentlich reden dürfen, wie ihm der Schnabel gewachsen ist."

„Über alles, was Ihr wollt", sagte die Frau rasch, „nur, um Gottes willen, über nichts, was die Sklaverei betrifft. In den letzten Jahren ist die Erbitterung hier gegen den Norden nur immer mehr und mehr gestiegen, und die Leute hier unten fürchten auch wohl nicht mit Unrecht, daß die Schwarzen durch das viele Reden am Ende gar gegen sie aufgehetzt werden könnten. Hier und da will man sogar schon Verschwörungen unter den Negern entdeckt haben, und wie wir im vorigen Jahr hier unten waren, hängten sie drüben am anderen Ufer einmal an einem Nachmittag sieben Stück auf. Auch einen Weißen faßten sie dabei, der nur in einem Wirtshaus ganz beiläufig geäußert hatte, es sei das eine schändliche Grausamkeit, und die Schwarzen wären so gut Menschen wie wir; aber, lieber Himmel, wie setzten sie dem armen Teufel zu! Erst schleppten sie ihn hinaus und schlugen ihn, daß er aus keinem Auge mehr sehen konnte, und dann zogen sie ihn aus, strichen ihn über und über voll Teer und rollten ihn dann in einem Federbett herum. In diesem Zustand mußte der arme Mensch in den Wald flüchten, denn nachher wollten sie ihn sogar noch aufhängen."

„Aber das war kein Amerikaner!" sagte Jack, dem das Blut schon in Zorn und Unmut in die Schläfe stieg.

„Kein Amerikaner?" sagte die Frau. „Gewiß so gut auf Onkel Sams Grund und Boden geboren wie Ihr und ich, noch dazu, wenn ich nicht irre, aus demselben Staat, aus dem Ihr seid, aus Illinois. Ja, ja, Jack, Ihr kennt die Südländer noch nicht, denn soviel ich weiß, kommt Ihr zum erstenmal hier nach Südamerika herunter. Da nehmt Euch denn in der Hinsicht besonders in acht. Kümmert Euch um nichts, was Ihr seht, Ihr könnt's doch nicht ändern, und redet besonders mit keinem Nigger über Sklaverei. Ich mein es gut mit Euch, Ihr dürft es mir glauben - nur eine gleichgültige Frage darüber an einen der Burschen kann Euch, wenn es zu den Ohren eines Weißen käme, in die schlimmsten Händel verwickeln."

„Wunderliches Land das!" brummte Jack verdrießlich vor sich hin. „Soviel weiß ich aber, ich möchte nicht drin leben und will froh sein, wenn ich erst wieder kalten Boden unter mir habe. Doch meinetwegen, wenn sich die Schwarzen hier geduldig prügeln lassen und sind sieben zu einem, so geschieht's ihnen eben recht und sie verdienen's nicht besser. Mit der Zeit, denk ich, werden sie aber schon klüger werden, und in der Zeit möchte ich dann hier verdammt viel lieber in einer schwarzen als in einer weißen Haut stecken."

Mit den Worten schob er die Arme in den ausgebesserten Rock hinein, drückte sich den alten, etwas arg mitgenommenen Strohhut in die Stirn, hängte die Kugeltasche um, nahm seine Büchse auf die Schulter und schlenderte langsam an Land, um den heutigen Tag in aller Ruhe und nach bester Bequemlichkeit, wie es eben gehen wollte, zu verbringen. Der Dackel, der Jack besonders ins Herz geschlossen hatte, wackelte, in Ermangelung besserer oder anderer Beschäftigung, hinter ihm drein.

3. Die Alligatoren

Es war ein wundervoller Morgen. Die Sonne brannte allerdings ein wenig heiß, doch bot das kleine Orangendickicht, das bis zum Fahrweg niederlief, erfrischenden Schatten, und der wunderbare Duft der Blüten erfüllte die Luft, während daneben die reifen Früchte in dem dunkelglänzenden Laub ordentlich funkelten und zum Genuß einluden. Jack pflückte sich hier vor allen Dingen ein halbes Dutzend, legte sich damit unter einen der Bäume und sog mit außergewöhnlichem Behagen den Saft derselben ein. Oben in den Städten am Ohio hatte er allerdings schon Apfelsinen zu Hunderten gegessen, es kam ihm aber so vor, als ob ihm noch nie eine so gut geschmeckt wie die, die er sich hier selber von den prachtvollen Bäumen abschlagen konnte. Das wurde er aber bald müde und sehnte sich jetzt danach, auch den Wald dieser Gegend kennenzulernen.

Für den wirklichen Jäger hat nämlich nichts einen so wunderbaren Reiz, als zum erstenmal einen fremden Wald zu betreten, in dem man doch noch dazu erwarten darf, fremdes Wild zu finden. Freilich hatte er schon weiter oben am Strom gehört, daß es mit den Hirschen da unten sehr spärlich bestellt sei und es der Mühe nicht verlohne, im Sumpf nach ihnen zu jagen. Dafür gab es hier genug Alligatoren und doch wohl auch manches andere Getier, das zu sehen ihn freute. Jedenfalls wollte er sich den Sumpf einmal in der Nähe betrachten, denn Zeit hatte er genug.

Ein schmaler, an beiden Seiten durch Fenzen begrenzter Fahrweg führte unfern davon gerade darauf zu, und Jack, der den Dackel erst über die Fenz heben mußte, schlenderte, mit dem kleinen Hund an seiner Seite, langsam darauf hin. Mrs. Poleridge hatte ganz recht gehabt: Jack war wirklich zum erstenmal in ‚Südamerika' und alles hier eigentlich eine andere Welt für ihn. Das wunderliche, von den Bäumen in langen Festons niederhängende graue Moos, den sogenannten ‚Spanischen Bart', hatte er allerdings schon weiter oben am Strom gesehen; ebenso die sonderbar gestalteten, schlanken Zypressen mit ihren pyramidenähnlichen Wurzeln. Aber schon die weiten, schattenlosen Baumwollfelder, in denen hier und da kleine Negertrupps verschiedenartig beschäftigt arbeiteten, waren ihm in dieser Ausdehnung neu, und die ungeheuren, von allen Baumstümpfen freien, trefflich urbar gemachten Felder interessierten ihn sehr.

„Das ist freilich keine Kunst", brummte er vor sich hin, indem er den Blick nach rechts und links hinüberschweifen ließ, „wenn wir ein paar hundert arme schwarze Teufel bei uns so wollten arbeiten lassen, ohne ihnen einen Cent Lohn zu zahlen, könnten wir auch solche Maisfelder haben. Ich wollte aber einmal sehen, wie das Land hier ausschauen sollte, wenn die weißen Faulenzer es selbst bearbeiten müßten. Verdammt will ich sein, wenn ich glaube, daß sie einen einzigen Ballen Baumwolle auf den Markt brächten! Und was für Boden haben sie hier – lauter Prachtland, wo der Pflug nur so durchläuft – und düngen dazu mit Schweiß und Blut – da soll's wohl wachsen! Kann mir aber nicht denken, daß ein Mensch Freude daran haben soll, solch ein Feld aufkeimen und reifen zu sehen – ich wenigstens möchte meine Hände nicht damit besudeln."

Die Sonne brannte auf den schattenlosen Pfad fast sengend nieder, und der junge Bursche schritt schärfer aus, um den schützenden Waldesschatten bald zu erreichen. Für so gering er die Entfernung aber am Anfang gehalten, so weit dehnte sie sich aus, da er sie nach Schritten messen mußte, und er war eine reichliche halbe Stunde marschiert, ehe er die letzte Fenzecke gewann.

Hier hatte er erst noch einen nicht mehr breiten Wiesenplan mit kleinen, einzeln zerstreuten Büschen vor sich, dem sich rechts ein teichähnlicher, mit Wasser gefüllter Sumpf anschloß, während den Hintergrund der düstere, dichtverwachsene Wald bildete. Die Büsche lebten ordentlich von kleinen Singvögeln, besonders von den sogenannten Mockingbirds, die nachts ihren lieblichen Gesang hören lassen und die hier überall ihre Nester hatten. Er hielt sich aber doch nicht lange zwischen ihnen auf, sondern ging, so rasch er konnte, auf die nächste Waldecke zu, deren äußerste Bäume bis dicht an das Wasser liefen, um sich dort erst einmal vor allen Dingen auszuruhen und wieder abzukühlen. War doch selbst sein Büchsenlauf in der brennenden Sonne so heiß geworden, daß er nicht einmal mehr die Hand darauf leiden konnte.

Auch der Dackel schien entsetzlich müde geworden zu sein und lechzte nach Wasser. Der kleine Hund mit seinen kurzen Beinchen war an Bord allerdings ein ruhigeres Leben gewöhnt und mochte jetzt auch wohl schon bereuen, mit seinem langbeinigen Freund eine solch entsetzliche lange Tour unternommen zu haben. Er blieb wenigstens sehr häufig stehen und sah zurück, als wenn er es sich eben nur überlege, ob er nicht selbst jetzt noch wieder umkehren solle. Der Weg zurück, und noch dazu allein, mochte ihm aber auch langweilig vorkommen; überdies sah er vor sich den Wald, witterte auch vielleicht das Wasser dort und folgte zuletzt immer wieder seinem selbstgewählten Herrn und Begleiter.

Jack hatte sich am Fuß einer riesigen Zypresse lang ausgestreckt, und der Dackel nahm indessen dicht neben ihm ein Bad, das ihm außerordentlich zu behagen schien. Dabei zog er aber fortwährend die Luft ein, die von dem Sumpf herüberwehte, und als er wieder an Land gekommen war, lief er noch immer am Ufer auf und ab und windete nach dem Wasser hinüber, von wo aus ihm jedenfalls irgendein Stück Wild in der Nase stak. Der Hund war ganz vortrefflich auf der Jagd, besonders auf einer Fährte, und zeigte etwas Derartiges nicht umsonst an. Jack blickte auch aufmerksam ringsumher, besonders gegen den schwachen Luftzug an, ob er dort in der Gegend irgend etwas Lebendiges erkennen könne; es war aber nichts zu sehen, selbst nicht einmal ein Alligator, von denen es doch Massen in diesen Sümpfen geben sollte. Nur etwa zwei- oder dreihundert Schritt entfernt, bemerkte er auf dem Wasser an mehreren Stellen einen hohen kegelförmigen Gegenstand von fast rosenroter Farbe, aus dem er nicht recht klug werden konnte. Waren es die Blätter irgendeiner Wasserpflanze, die da so wunderlich breit emporstanden? Wieder sah er sich dabei nach Alligatoren um, konnte aber keinen einzigen erkennen, als es plötzlich einen lauten Schlag aufs Wasser tat. Jack fuhr rasch danach um, und der Dackel, der die Augen gerade auf jene Stelle geheftet, bellte laut. Fast in demselben Augenblick sprang aber auch der junge Bootsmann von seinem Lager auf, denn wie mit einem Zauberschlag wimmelte der ganze Sumpf von Alligatoren. Die rosenroten Kegel, die er für Blätter gehalten, kamen klappend aufs Wasser nieder, und Hunderte von dunklen schmalen Stellen, von denen er am Anfang geglaubt, daß es aufragendes Erdreich oder faules angebranntes Holz sei, gewannen plötzlich Leben und Bewegung und glitten geräuschlos, aber rasch vorbei.

Dem Dackel war diese Veränderung auf dem Wasser aber ebenfalls nicht entgangen. Kaum sah er, wie sich darin alles regte und bewegte, als er laut kläffend dagegen anschlug, und Jack konnte im Augenblick bemerken, daß die braunen langen Ungetüme dem Bellen des Hundes sehr viel Aufmerksamkeit schenkten.

„Da kommt ihr mir gerade recht, meine braven Burschen“, lachte er leise vor sich hin, indem er vorsichtig seine Büchse aufgriff und spannte, „und was für eine Gesellschaft! Wohin man sieht, kommen die Bestien ja angezogen, na wartet, euch will ich empfangen, daß euch die Jacke jucken soll!“

Der Sumpf dehnte sich hier, wie schon gesagt, am

Rand sämtlicher Felder hin, die sich in ihrer vollen Breite auf dem zunächst dem Strom liegenden Land befanden. Weiter hinein in den Wald schien sich das Wasser aber noch mehr auszudehnen, und um die Verbindung mit dem dahinterliegenden Land herzustellen, war ein flacher und ziemlich schmaler Damm hindurchgebaut. An diesem herunter kamen jetzt besonders drei oder vier alte, lange Burschen geschwommen, hielten aber, als sie den Hund nicht mehr hörten, und ruderten dann langsam querüber, einigen einzeln im Sumpf stehenden Zypressen zu. Andere kreuzten auch wieder von drüben herüber, und einer von ihnen stieg sogar auf den Damm hinauf und blieb dort in der Sonne, den Oberkörper auf dem Trockenen, den langen, gezähnten Schwanz noch im Wasser hängend, liegen.

Ein paar dicht am Damm wachsende Büsche gestatteten Jack, sich hinter ihnen zu decken und vielleicht bis in bequeme Schußnähe an den Alligator heranzukommen. Soviel hatte er dabei im Norden von der Panzerhaut der Tiere gehört, durch die eine Kugel gar nicht schlagen könnte, daß er nahe genug zu kommen wünschte, um einen der Burschen mit der Kugel ins Auge zu treffen, und auf dreißig bis vierzig Schritt wußte er, daß er seines Ziels gewiß war. Leise winkte er deshalb dem Hund, hinter ihm zu bleiben. Der Dackel wußte auch recht gut, was das zu bedeuten hatte, und schlich dann rasch und vorsichtig der im Auge behaltenen Stelle zu.

Der Alligator, soweit er ihn jetzt hinter den Büschen sehen konnte, blieb vollkommen ruhig liegen und schien die Gefahr, in der er sich befand, entweder nicht zu ahnen oder auch vielleicht nicht zu achten. Gar nicht weit vom Damm ab hatten andere gelegen, die jetzt, als sie den Mann darauf hingehen sahen, von ihm fortschwammen. Ein paar hatten ihn sogar auf kaum zwanzig Schritt herangelassen, und er hätte sie recht gut auf die von ihm abgedrehten Köpfe schießen können. Da er aber fürchtete, daß die Kugeln dort abprallen möchten, ließ er sie ruhig fort, um sein Glück an dem auf trockenem Land liegenden zu versuchen, und war auch an diesen schon in recht bequeme Schußnähe gekommen.

So gespannt hielt er indessen seine ganze Aufmerksamkeit auf die erhoffte Beute, daß er auf gar nichts anderes um sich her geachtet hatte. Jetzt aber, wie er die Büchse hob, sein Ziel zu treffen, sah er in der Richtung über den Lauf hin sich etwas Helles bewegen und erkannte in demselben Augenblick auch ein junges Mädchen in einem weißen Kleid, die den schmalen Gang entlang und gerade auf den Alligator zukam. Sie konnte überhaupt kaum noch vierzig Schritt von diesem entfernt sein und ihn gar nicht bemerkt haben, sahen doch die Bestien auch wirklich nur aus wie ein Stück altes, trockenes Holz, wenn sie so still und regungslos in der Sonne lagen. Jack wollte jetzt schießen, aber er fürchtete, die Kugel könne auf der panzerartigen Haut abprallen und das Mädchen treffen, und ein eigenes Gefühl der Angst überschlich ihn, als er sah, wie dieses, vertrauensvoll näherkommend, einer furchtbaren Gefahr mit raschen Schritten entgegenging. Unschlüssig zögerte er, aber es war keine Zeit mehr zu verlieren.

Das junge Mädchen hatte ein kleines, langhaariges braunes Hündchen auf dem Arm, das sie liebkosend streichelte, und sah dabei nicht weiter auf ihren Pfad, als eben nötig war, den Damm zu halten. Kaum noch zehn Schritt konnte sie von der Bestie entfernt sein, und sprang er jetzt vor und rief sie an, und floh sie, so war ja nichts wahrscheinlicher, als daß der heimtückisch lauernde Alligator sie verfolgen würde. Dann aber war es nicht mehr möglich, ihr Hilfe zu bringen, und sich deshalb auf seine gute Büchse verlassend, hob er den Lauf, zielte, um die Kugel womöglich unter das Ohr und von hinten in das Hirn zu bringen, und drückte ab.

Mit dem Schuß schnellte sich das kolossale Tier über

den Damm weg in das Wasser; das junge Mädchen aber, das dicht vor ihren Füßen in diesem Augenblick zum erstenmal das Ungeheuer entdeckte, durch dieses wie den Schuß erschreckt, ließ den kleinen Hund fallen und sprang eben noch in Zeit zurück, dem nach ihr hinüberschlagenden Schwanz der Bestie zu entgehen – ein Schritt nur weiter vor, und sie wäre davon erreicht worden. So traf sie allerdings der Schlag nicht, aber der arme kleine Hund wurde davon mit in das Wasser gerissen, und während er laut aufschrie, drehte sich der zu Tode verwundete Alligator noch einmal nach ihm um, packte ihn in seinem riesigen Rachen und verschwand damit in der über ihm zusammenschlagenden Flut. Jack aber, der sich verwünscht wenig um den Hund kümmerte, stieß einen lauten Freudenschrei aus und sprang auf die Fremde zu, die an allen Gliedern zitternd und keiner Bewegung fähig auf dem Damm stand.

Es war ein junges, bildschönes Mädchen von kaum siebzehn Jahren, mit vollen dunklen Haaren, aber blauen Augen, mit zartem, jetzt fast marmorbleichen Teint. So einfach aber auch ihre Kleidung sein mochte, so zart und edel war die ganze Gestalt, die nur leise erbebte, als der Arm des jungen Mannes sie umfaßte und stützte.

„Haben Sie keine Furcht weiter, Miß", rief Jack, sein gutmütig-ehrliches Gesicht mit voller Röte übergossen, „ich denke, die Bestie hat genug, und der Appetit wird ihr wohl vergangen sein. Meine Kugel ist hineingefahren; sehen Sie nur, wie der Blutstreifen, den sie in der Flucht gezogen, dort schillernd auf dem Wasser liegt. Sie müssen das Untier gar nicht vor sich gesehen haben; die verwünschten Dinger gleichen auch wahrhaftig einem alten Baumstamm auf ein Haar!"

„Ich – ich danke Ihnen", flüsterte das junge Mädchen, während das Blut, das vorher ihre Wangen verlassen, in einer wahren Flut zurückschoß und ihr Antlitz und Nacken fast dunkel färbte. „Ich hatte es wirklich nicht gesehen –

aber – guter Gott, mein Joly, mein armer Joly ist verloren – oh, ich armes unglückliches Mädchen, wie wird es mir jetzt gehen!"

„Das arme kleine Ding hat der Satan allerdings mit über Bord genommen", sagte der Bootsmann etwas verlegen, denn es kam ihm sonderbar vor, daß die junge Dame, wo sie eben erst kaum selber dem Tode entgangen, so über den Verlust eines Hundes klagen konnte. „Das läßt sich aber nicht ändern, und ich danke Gott, daß das Ganze noch so abgelaufen ist. Sie haben sich recht erschreckt, nicht wahr?"

„Oh, mein Gott, ja – ich hätte ja sonst den Hund nicht fallen lassen", seufzte das Mädchen und machte sich dabei leicht von dem sie noch immer stützenden Arm des jungen Mannes frei. „Sollte es – sollte es denn gar nicht möglich sein, das arme Tier zu retten?"

„Retten? Schwerlich", sagte Jack, dem diese Sorge, die sich nur mit dem toten Hund beschäftigte, eben nicht besonders gefiel. „Wenn ihn der Braunbuckel nicht noch als letzten Bissen verschluckt hat, sind ihm doch wenigstens alle Knochen im Leib zerbrochen, und er liegt jetzt irgendwo da unten auf dem Grund vom Sumpf, als Bissen für einen von der Verwandtschaft."

Die junge Fremde barg das Antlitz einen Augenblick in beiden Händen, und als sie sich wieder aufrichtete, sah Jack, daß ihr die hellen Tränen an den Wangen niederliefen.

„Herr du mein Gott", sagte der junge Bursche gutmütig, „ich habe gar nicht geglaubt, daß Sie sich den Verlust des kleinen Tieres so zu Herzen nehmen würden! Wenn der Dackel da mir gehörte, wollt ich ihn gern Ihnen dafür lassen, und wär es auch nur, daß Sie wieder ein fröhliches Gesicht machten. Der aber gehört dem Baas, und der gäbe ihn nicht um viel Geld her."

„Verloren, verloren!" stöhnte die junge Fremde vor sich hin, senkte den Kopf und wollte langsam den Damm hin an Jack vorübergehen.

„Und darf ich Sie nicht begleiten“, sagte dieser, „hier schwimmen noch eine ganze Menge von den Bestien herum, und ich weiß nicht, ob...“

„Ich danke Ihnen“, sagte aber das Mädchen abwehrend, „ich danke Ihnen recht von Herzen - auch - auch für die Güte, die Sie mir bewiesen, aber - ich muß allein gehen - ich darf wirklich nicht“, setzte sie rasch und wie bittend hinzu, als Jack eine Bewegung machte, als ob er sein Gesuch erneuern wolle, „leben Sie wohl!“ Und mit flüchtigen Schritten eilte sie jetzt, als ob sie fürchte, daß ihr der Fremde dennoch folgen würde, den schmalen Damm entlang, floh über den kleinen Wiesenplan und entschwand bald hinter den einzelnen Büschen den Blikken des Nachschauenden.

Jack wandte wirklich kein Auge von der schlanken Gestalt, so lange er einen Schimmer des hellen Kleids durch die Büsche erkennen konnte; dann aber stieß er kopfschüttelnd den Kolben seiner langen Büchse auf den Boden und murmelte dabei leise vor sich hin: „Das ist ein wunderliches Ding; jammert um den kleinen braunen Köter, als ob ihr ein Kind ins Wasser gefallen wäre, und scheint die Gefahr, in der sie selbst geschwebt, auch nicht so viel zu achten. Entweder müssen hier überall solch vertrackte Alligatoren im Weg herumliegen und die Leute in einem fort darüber fallen, oder die Hunde sind verdammt teuer. Na, meinetwegen, ich habe nichts dagegen; aber bildhübsch war das Mädchen. In meinem Leben habe ich solche tief dunkelblauen Augen nicht gesehen, und so schlank gewachsen wie nur eine von den Zypressen hier - aber wer mag sie sein? Eine Tochter vom Pflanzer? Sollte die aber allein und zu Fuß hier im Sumpf herumlaufen? Dazu ging sie mir auch nicht vornehm genug gekleidet, denn die Fräulein hierzulande stecken ja einen Staat auf, daß einem armen Teufel ganz angst und bange dabei zumute wird. Hm, vielleicht so eine Art von Gesellschafterin aus New Orleans - sprach das Englische auch so ein bißchen kurz abgekniffen, als ob sie's nicht alle Tage brauchte und es ein wenig schwer in den Angeln ginge. Nun, mir kann's recht sein, und jetzt - na ja, da hab ich über das Blitzding richtig vergessen, meine Büchse wieder zu laden - hm, hm, hm, war aber doch das schönste Mädchen, das ich in meinem ganzen Leben gesehen habe, und selbst Roleys Betsy in Greentown könnte sich nicht neben der sehen lassen."

Immer noch langsam dabei mit dem Kopf schüttelnd, zog er den Ladestock aus seiner Büchse, nahm dann den Krätzer aus der Kugeltasche, schraubte ihn an den Stock und wischte das Gewehr erst sorgfältig aus. Der amerikanische Jäger tut das fast nach jedem Schuß, besonders, wenn er nicht gleich wieder auf den Brand geladen hat. Dann schüttete er Pulver ein, setzte die Kugel auf, sah nach der Pfanne und schaute sich nun erst wieder, als er sein Gewehr ordentlich instand wußte, nach dem vorher angeschossenen Alligator um. War es ihm doch schon ein paarmal so gewesen, als ob er sein Schnauben irgendwo auf dem Wasser gehört hätte.

Die übrigen Alligatoren hatten sich allerdings nach dem Schuß, und wie sie die Menschen auf dem Damm erkannten, in etwas größere Entfernung zurückgezogen, denn sie sind feige und werden nie selber einen Angriff wagen. Gar nicht weit entfernt aber und gerade an einer Stelle, wo drei Zypressen von Moos überhangen eine prachtvolle Gruppe bildeten, während der abgebrochene Stamm einer vierten zwischen sie hineingeschlagen war und zum großen Teil aus dem Wasser herausragte, konnte er den dunklen Körper eines der Tiere erkennen, der sich dort an der Oberfläche herüber- und hinüberwand.

„Aha, mein alter Bursche", lachte der junge Mann stillvergnügt vor sich hin, „hab ich dich erwischt? Hast Kopfschmerzen bekommen, he? Oder macht dir der kleine Hund vielleicht Magendrücken? Na warte, dich kann ich hoffentlich kurieren! Möchte dich überdies gern einmal in der Nähe sehen."

Er suchte jetzt auf dem Damm hin etwas besser an den Verwundeten hinanzukommen, der indessen gerade jetzt den Kopf hinter den umgestürzten Stamm gebracht. Während sich der angeschossene Alligator aber die größte Mühe gab, aus der etwas unbequemen Lage wieder herauszukommen, blieb Jack mit der Büchse im Anschlag stehen, um einen günstigen Moment für einen zweiten Schuß abzuwarten. Das Wasser schien hier nicht sehr tief, er scheute sich aber doch auch hineinzuwaten, wo er vorher so viele der tückischen Bestien hatte umherschwimmen und untertauchen sehen, und hoffte seine Beute noch bequemer zu bekommen.

Durch die Ruhe draußen waren die übrigen Alligatoren aber auch indessen wieder sicher geworden, und hier und da sah er aufs neue die rosenroten Kegel emporsteigen, die er jetzt ganz erstaunt als die riesigen Oberkiefer der unbehilflichen Bestien erkannte - und was für Zähne die Burschen in dem weit aufgerissenen Rachen führten! Sein Alligator lag aber jetzt ganz still und regungslos, und zwar mit dem Leib zum Teil auf den Baumstamm hingeschoben. Krankgeschossen war er jedenfalls, vielleicht gar schon verendet, und sollte er ihn jetzt da drüben im Stich lassen? Das ging unmöglich an. Er wäre ja kein Jäger gewesen.

Da, wo er stand, konnte er vom Damm aus recht gut den Grund unter dem klaren Wasser erkennen. Es mochte dort etwa drei Fuß tief sein, und wenn er auch weiter drin vielleicht etwas tiefere Stellen fand, war es bis zu den Zypressen ja doch auch kaum hundert Schritt weit, und dort hob sich das Land schon wieder zu einer kleinen Insel empor. Rasch entschlossen, hieb er sich deshalb mit seinem breiten Jagdmesser eine etwa sechs oder sieben Fuß lange Stange ab, an deren unterem Ende er einen vorragenden Ast als Haken stehenließ, und stieg dann, die

Büchse schußfertig auf der rechten Schulter, den Stock in der Linken, in das lauwarme Sumpfwasser hinein.

Am Anfang schritt er allerdings außerordentlich vorsichtig darin hin und blickte mißtrauisch bald nach rechts, bald nach links hinunter, ob er nicht einen der trägen Gesellen neben sich erkennen könne. Da aber das Wasser nicht tiefer wurde und nur höchstens von drei bis vier Fuß wechselte, verlor sich diese Ängstlichkeit auch bald. So hatte er etwa den halben Weg zwischen Damm und Baum zurückgelegt, als er plötzlich etwas hinter sich im Wasser plätschern hörte. Erschreckt fuhr er herum, sah aber gleich, daß es niemand weiter als der Dackel war, der nicht hatte allein an Land zurückbleiben wollen und jetzt hinter ihm dreingeschwommen kam.

„Na ja, du hast gerade noch gefehlt", brummte Jack zwischen den Zähnen durch, „und wenn dich auch ein Alligator fräße, dürfte ich unserer Alten gar nicht wieder an Bord kommen - zurück Kleiner - mach, daß du wieder an Land kommst, und wenn du klug bist, tust du das Maul nicht auf!"

Er streckte dabei den Arm, in dem er die Stange hielt nach dem Land zu aus. Ob aber der Dackel glaubte, daß er ihn mit dem Stock schlagen wolle, oder ob er keine Lust hatte, allein auf dem Damm sitzen zu bleiben, kurz, er schwamm in einem Bogen um den jungen Bootsmann hin und kam ihm nicht zu nahe. Jack suchte ihn jetzt an sich zu locken, um ihn wenigstens auf den Arm zu nehmen; aber auch das litt er nicht oder fürchtete auch vielleicht, daß er zurückgebracht werden sollte, und als Jack jetzt versuchte, ihn mit dem Haken zu erreichen, drehte er sich sogar um und schwamm gerade in den Sumpf hinaus.

„Du bist ein Racker!" brummte Jack mit einem derben Fluch. „Aber meinetwegen, wenn du dir ein Vergnügen daraus machst, habe ich auch nichts dagegen. Soviel sage ich dir aber gleich, ich weine nicht, wenn dir etwas Menschliches begegnet, darauf kannst du dich verlassen."

Und damit wandte er sich von dem Hund ab und schritt wieder, so rasch er konnte, den drei Zypressen zu. Der Dackel hatte aber nur darauf gewartet. Sowie er sah, daß sich der Mann nicht weiter um ihn kümmerte, machte er wieder kehrt und schwamm jetzt ruhig hinter ihm drein, bis Jack bald darauf wieder seichteres Wasser erreichte und gleich darauf das trockene Stück Land unter den Bäumen betrat. Da sich der Dackel übrigens doch noch nicht ganz in seine Nähe getraute, schwamm er erst einmal auf den schräg aus dem Wasser ragenden Baumstamm zu und suchte an dem hinaufzuklettern. Dort lag ihm freilich der angeschossene Alligator im Weg, und wie er ihn nur berührte, schlug der wieder mit dem riesigen Schwanz aus und glitt ein paar Schritte nach vorn.

Der Dackel bekam dadurch natürlich einen Heidenschreck und schrie laut auf, erwischte aber noch glücklich den Stamm, von dem er heruntergerutscht war, lief dort so hoch hinauf, wie er kommen konnte, und bellte nun aus Leibeskräften nach dem sich unter ihm in den letzten Todeszuckungen windenden Alligator nieder.

Jack lachte laut auf, als er die wunderlichen Kapriolen sah, die der Hund machte. Kaum schallte aber das scharfe Bellen über die Bai hinüber, als die Bestien von allen Seiten wieder wie vorher rasch herbeigeschwommen kamen, und als der Dackel nichtsdestoweniger seine freche Herausforderung fortsetzte, sah er sich kaum fünf Minuten später von wenigstens zwanzig Alligatoren umgeben, die alle mit den kleinen tückischen Augen gierig nach ihm hinaufblinzelten und um den Stamm herumschwammen, mit dem sie für jetzt noch nichts anzufangen wußten.

„Das ist recht“, sagte Jack, dem es bei der Masse dieser gewaltigen Tiere doch anfing unbehaglich zu werden, während er sich schon die Zypressen ansah, ob er nicht im Fall der Not an einem oder dem anderen der glatten Stämme hinaufklettern könne. „Jetzt lädt sich der Dackel auch noch Gesellschaft ein und wird die Herren wohl mit seinem eigenen dürren Leichnam traktieren wollen. Und ich sitze jetzt hier im Belagerungszustand, auf zehn Fuß bei zwölf Fuß festem Boden, und kann da am Ende die ganze Nacht sitzen, ehe es den verdammten Bestien einfällt, wieder fortzugehen. Hunde haben heute Glück, das muß wahr sein, und ich denke, der Dackel da oben fängt an einzusehen, daß er eine Dummheit gemacht hat."

Es schien wirklich fast so. Ob der Dackel nun bemerkt hatte, daß, je mehr er bellte, desto mehr Alligatoren herbeigeschwommen kamen, deren nähere Bekanntschaft er doch wahrscheinlich nicht machen wollte, er schwieg plötzlich still, sah sich vorsichtig nach rechts und links unten um und legte sich endlich oben auf dem Stamm ganz ruhig auf den Bauch, den Kopf dabei fest an das Holz gedrückt, um so wenig Raum als möglich einzunehmen. Die Vorsicht kam aber zu spät, denn die Gesellschaft da unten wußte einmal, daß der Dackel oben sei, und wünschte nun auch, ihn herunterzuhaben. Da sie übrigens bald fanden, daß sie das durch umherschwimmen nicht erreichen konnten, fielen sie auf einen anderen Plan, der auch erfolgreich zu werden versprach.

Der eine Alligator, und wie es schien, einer der stärksten, ein Bursche von wenigstens 13 bis 14 Fuß Länge, hob sich mit den scharfbeklauten Vorderbeinen an dem Stamm empor, und während er sich unten mit dem Schwanz gegen den Grund stemmte, schob er den langen beschuppten Leib mehr und mehr außer Wasser und nach oben. Er rückte dabei dem Hund auch bedenklich näher, der ängstlich knurrend und die Zähne fletschend nach ihm hinüberschaute; einer der anderen kam ihm aber diesmal noch zu Hilfe. Neidisch, daß ihm der Kamerad den Bissen vor der Nase wegschnappen sollte, und ziemlich ebenso stark wie dieser, warf er sich gegen ihn an und stieß ihn dadurch von dem Stamm herunter – eine Hilfe, die dem armen Dackel bald verderblich geworden wäre. Der Stamm fing nämlich durch das plötzlich abgeschüttelte Gewicht an zu schwanken, und der Dackel mußte erschreckt alle vier Beinchen ausspreizen, um seinen etwas sehr unsicheren Sitz auf dem runden, glatten Holz da oben zu wahren. Er hielt sich aber trotzdem und hatte Gelegenheit zu sehen, wie der, der ihm eben zu Hilfe gekommen war, von dem anderen bestraft wurde.

Der große Alligator hatte den Angriff nämlich entsetzlich übelgenommen und fuhr in wilder Wut über den Angreifer her. Der wollte sich seinerseits auch nicht werfen lassen, und die beiden mächtigen Tiere peitschten im nächsten Augenblick das Wasser dermaßen mit den Schwänzen und klappten die gierigen Rachen zusammen, daß der Schaum hoch in die Luft und selbst bis zu der Stelle hinspritzte, auf der Jack noch immer unschlüssig stand.

Ein schwächerer Alligator wollte indessen die Zeit ganz schlau benutzen, in der sich die stärksten Kameraden um die Beute schlugen, griff, wie es der erste getan, den Stamm an und schnellte sich daran hinauf. Er mußte aber ebenso rasch machen, daß er wieder hinunterkam, ohne seinen Zweck erreicht zu haben, denn der alte Bursche war nicht so leichtsinnig gewesen, während des Kampfes die Beute außer Augen zu lassen. Wie ein Ungewitter, den Schaum hinter sich ausschlagend, fuhr er wieder herbei, richtete sich zum zweitenmal aus dem Wasser und schien ordentlich herausfordernd zurück nach unten zu sehen, ob noch einmal jemand es wagen wolle, das, was er für sich in Beschlag genommen, ihm streitig zu machen.

Jack stand indes kaum zwanzig Schritt von dem allen entfernt zwischen den drei Bäumen und wußte noch immer nicht recht, was er tun solle, dem Hund zu Hilfe kommen oder ihn seinem Schicksal überlassen. Im letzten Fall hatte er starke Hoffnung, daß die Bestien ihm wieder Raum geben würden, sobald sie den Dackel abgefertigt, und der war doch eigentlich an der ganzen albernen Geschichte selber schuld. Das arme kleine Tier dauerte ihn aber auch wieder. Außerdem zeigte der alte Bursche von Alligator sein Schulterblatt in diesem Augenblick auch gar so verführerisch her. Daß die Kugeln einschlugen, hatte er an dem ersten Schuß ebenfalls gesehen, und ohne sich lange zu besinnen, zielte er dem aufgerichteten Alligator gerade hinter die Schulter aufs Blatt und drückte ab. Wollten sie ihm nachher zu Leibe, so würde er sich seiner Haut schon auch noch wehren.

Der Alligator blieb allerdings nach dem Schuß noch unbeweglich stehen, augenblicklich aber konnte Jack sein Kugelloch gerade an der rechten Stelle erkennen, aus dem das helle Blut vorströmte. Plötzlich ließ der Getroffene die linke Tatze los, senkte den Kopf ein wenig zur Seite und schlug dann mit schwerem Fall aufs Wasser nieder.

Wieder mußte der Dackel balancieren und hatte die Freude, fast unmittelbar darauf einen anderen aufklettern zu sehen, der sich wenig oder gar nichts aus dem Schuß gemacht hatte. In hastiger Eile trieb aber auch Jack eine frische Ladung in den Büchsenlauf hinunter, und ehe der neue Feind den armen kleinen Hund erreichen konnte, knallte auch das treue Rohr schon wieder und machte ihn unschädlich.

Das war den übrigen Alligatoren doch ein wenig zu viel Lärm in unmittelbarer Nähe. Sie ließen ihre Toten auf dem Schlachtfeld liegen und zogen sich in etwas größere Entfernung, aber immer noch nicht außer Schußweite zurück.

Der Dackel hätte jetzt allerdings prächtige Gelegenheit gehabt, von dem gefährlichen Stamm hinunter und zu seinem Herrn zu flüchten, aber er traute da unten dem Frieden noch nicht recht. Die Alligatoren, wenn auch tödlich getroffen, wanden sich doch noch im Wasser umher, das sie mit ihrem Blut färbten; Jack lockte ihn ein paarmal, aber er kam nicht, und der junge Mann rief lachend:

„O ja, erst hat er da oben das große Maul gehabt und räsoniert, als ob er sie alle fressen wolle, und jetzt ist er auf einmal nicht zu Hause. Pfui, Dackel, schäme dich! Aber die anderen Gesellen, denk ich, jagen wir doch erst noch ein wenig weiter in den Sumpf hinein, und dann will ich sehen, ob ich dich selber da herunterholen kann, mein Bursche."

Damit hatte er sein Gewehr wieder geladen und schoß noch ein paar Kugeln hintereinander nach den jetzt kaum an der Oberfläche sichtbaren Köpfen der Tiere. Das Wasser blendete ihn aber, er konnte nicht ordentlich darauf zielen; der Teil, nach dem er zielen mußte, ragte auch kaum anderthalb Zoll aus dem Wasser, und er überschoß sie alle. Nichtsdestoweniger erreichte er damit seinen Zweck, denn die Alligatoren zogen sich weiter und weiter aus seiner Nähe fort, und Jack ging jetzt ernstlich daran, den eben nicht so ganz sicheren Fleck zu verlassen. Wenn sie ihm der Hund noch einmal herbeilockte, hätte es ihnen ebensogut einfallen können, ihn selber anzugreifen, und die Bäume waren viel zu glatt und dick, als daß er imstande gewesen wäre, daran hinaufzuklettern. Nachdem er also seine Büchse wieder geladen, schulterte er sie und suchte dann vor allen Dingen den Dackel von dem Baum herunterzubekommen. Der ließ sich aber diesmal gar nicht lange bitten, und wie der Mann nur an den Stamm trat, kam das arme kleine, geängstigte Tier leise winselnd niedergekrochen und ließ sich willig und geduldig von ihm auf den Arm nehmen.

„Aha!" lachte Jack. „Haben wir was gemerkt? Na, ich denke, mein Bursche, du wirst künftig wohl das Maul halten, wenn du nicht unter deinesgleichen bist. Und jetzt wollen wir alle beide machen, daß wir wieder aus diesem verdammten Sumpf kommen, aus dem ich mir nur das Andenken da mitnehmen werde."

Damit nahm er den Dackel in den linken Arm, mit dem er die Büchse hielt, schlug eine kurze Schnur um den ihm nächsten Alligator und zog den schweren, aber vom Wasser halb getragenen Körper mit sich fort, dem Land zu. Von den übrigen Alligatoren hatte er dabei nichts mehr zu fürchten. Von den Schüssen erschreckt, kamen sie nicht mehr näher, und er landete bald darauf seine Beute am gegenüberliegenden Damm, von wo aus er etwas mehr Mühe hatte, den tüchtigen Burschen bis unter die nächsten Bäume in den Schatten zu ziehen.

4. Die Exekution

Daß die Alligatoren eßbar seien, hatte Jack schon an Bord von dem alten Poleridge gehört, der ihm versicherte, es gäbe nichts Delikateres auf der Welt. Als er die große Bestie mit ihrem warmen Moschusgeruch aber vor sich liegen sah, verging ihm der Appetit danach, und er beschloß, sich nur ein Stück von der Rückenhaut zu einer Satteldecke mit an Bord zu nehmen. Auf der gegerbten Haut, von der die Schuppen natürlich abgestoßen werden müssen, bleibt doch die Zeichnung derselben in Narben zurück, was sich bei Sattelüberzügen ganz hübsch ausnimmt. Während er damit beschäftigt war, hatte er seine Kleider abgestreift, ausgewrungen und in die Sonne zum Trocknen gelegt, zog sich dann wieder an, rollte das Stück Haut zusammen, hängte es sich mit einer kurzen Schnur um, schulterte seine Büchse und trat mit dem Dackel den Rückweg an.

Am Anfang schien er allerdings noch unschlüssig, wohin er sich wenden solle; der Wunsch aber, das junge Mädchen vielleicht doch noch zufällig einmal wiederzusehen und zu erfahren, wer sie eigentlich sei, bewog ihn endlich, dieselbe Richtung einzuschlagen, der sie gefolgt war. Er tat das, konnte aber dorthin keinen gebahnten Weg erkennen, und an der Fenz hingehend, kam er bald zu einem schmalen Sumpfstreifen, den sie nicht imstande gewesen wäre, zu passieren. In dem weichen Boden ringsum ließen sich auch ihre Fußstapfen nirgends erkennen.

„Die muß, hol's der Teufel, über die Fenz geklettert sein!" brummte er leise vor sich hin und sah dabei die ziemlich hohe Einfassung des weiten Baumwollfeldes kopfschüttelnd an. Das aber ließ sich bald herausbekommen, und Jack war Jäger genug, einer Spur zu folgen. Er ging also wieder zu der Stelle zurück, wo sie von dem Damm aus schräg über die Wiese gegangen war, und hatte dort bald die kleinen zierlichen Fußstapfen im Gras aufgefunden. Diesen jetzt vorsichtig und langsam folgend, brachten sie ihn richtig bis zur Fenz, und im Feld drin, auf dem weichen Boden, ließen sich die Spuren des Mädchens ganz deutlich erkennen.

„Alle Wetter", lachte Jack leise vor sich hin, „wenn die jungen Damen hier in Louisiana so vortrefflich zu Fuß sind, möchte ich sie einmal im Sattel sehen. Pst!" rief er plötzlich und blieb stehen. „Da war das doch am Ende eine von den Reiterinnen gestern abend - aber was die hier allein im Sumpf zu suchen hat, möcht ich wirklich wissen. Nun, das muß ich wenigstens herausbekommen, und wenn ich den kleinen, niedlichen Fährten nachgehe, find ich sie auch vielleicht da drüben wieder."

Rasch war er dabei über die Fenz hinüber, wobei er den Dackel wieder auf den Arm nehmen mußte, und schritt dann leicht den hier im weichen Boden deutlich erkennbaren Fährten nach, bis ihn diese zu einem anderen, quer durch die Felder laufenden Weg führten. Hier mußte er noch einmal über die Fenz, sah dann aber auch, daß ihn der Weg gerade auf die Plantage zuführte, deren Außengebäude er nach etwa einer Viertelstunde erreichte.

Zuerst kam er an eine große Baumwoll-Reinigungsmaschine, auf der die Baumwolle von den Kernen gesäubert wurde. Haushohe Berge von Kernen lagen hier zusammen aufgeschichtet und kündeten den reichen Ertrag der Felder. Dann standen eine Menge kleiner, niederer Hütten ziemlich unordentlich dort herum, deren Zweck Jack nicht kannte, und zuletzt kam er an einigen Ställen vorüber, neben denen eine Anzahl von Negerhütten standen, zu dem eigentlichen Negerdorf, das in regelmäßigen Straßen und mit vollkommen gleichgebauten, numerierten Hütten ausgelegt war. Die kleinen weiß und sauber angestrichenen Häuser sahen nett und reinlich aus, und außen herum verrieten eine Anzahl abgeteilter Gärtchen, daß sich die Neger dort auch für sich selber beschäftigen durften. Vor mehreren Hütten saßen alte oder kranke Männer und Frauen, und um sie her spielten kleine nackte Kinder in der Sonne, haschten sich und lachten und jubelten dabei.

„Hm", brummte Jack, der sehr gern mit sich selber sprach, leise vor sich hin, „das hier sieht eigentlich gar nicht so übel aus, und wenn ich auch eben nicht mit ihnen tauschen möchte - habe ich mir diese Negerdörfer doch eigentlich viel schlimmer gedacht. Guten Tag, Alter!" nickte er dabei freundlich einem der alten Leute zu, der mit schneeweißen Haaren nicht etwa im Schatten des Hauses, nein, an der brennenden Sonnenseite kauerte und dabei einen Haufen lärmender kleiner Burschen zu überwachen schien. „Wie geht's? Hast dir einen warmen Platz da ausgesucht."

Der Alte sah ihn etwas erstaunt an, erwiderte aber kein Wort, machte eine demütige Verbeugung mit dem Oberkörper und schaute dann wieder still vor sich hin, während die Kleinen bei dem plötzlichen Erscheinen des fremden weißen Mannes, erschreckt auseinanderstoben und hinter oder in die verschiedenen Häuser fuhren.

„Hallo", lachte der Bootsmann, erstaunt den kleinen Burschen nachschauend, „gebissen hätt ich euch nun gerade nicht. Wie die Kerle springen können! Der Alte ist aber zu faul, das Maul aufzutun, und brät sich hier in der Sonne noch den letzten Tropfen Fett aus, den er auf den mageren Rippen sitzen hat."

Hier und da blieb er noch ein paarmal stehen, wo er solche einzelne Gruppen versammelt sah. Sein Erscheinen hatte überall denselben Erfolg, und er gab es zuletzt auf und schritt, ohne sich weiter um die Schwärme von kleinen schwarzen Gestalten zu kümmern, langsam zwischen ihnen hin. Da er sich jetzt dem Herrenhaus näherte, wurde seine Aufmerksamkeit auch mehr dorthin gelenkt, denn unwillkürlich suchten seine Augen wieder die schlanke, weißgekleidete Gestalt des jungen Mädchens, die er jedenfalls irgendwo auf der Veranda zu erblicken hoffte. Er war ziemlich fest entschlossen, den Platz nicht eher wieder zu verlassen, bis er sie wirklich noch einmal gesehen hätte, und mit weiter keiner bestimmten Beschäftigung für den heutigen Tag, blieb ihm Zeit genug dazu. Einmal mußte sie ja hier wieder irgendwo zum Vorschein kommen!

In der Nähe des Hauses glitten ein paar Neger scheu und rasch an ihm vorüber, aber er achtete nicht besonders auf sie. Andere sah er in einer niedrigen Einfriedung, die den Garten zu umschließen schien, versammelt, und hier mußte jedenfalls irgend etwas Außergewöhnliches vorgehen, denn er hörte auch ein paar ärgerliche Stimmen und bittende Laute einer Frauenstimme dazwischen. Jack kannte dabei die Gebräuche des Südens nicht: daß es Pflanzer dort nicht gern sehen, wenn sich Fremde in ihren eingefaßten Grundstücken herumtreiben, und daß es sogar streng verboten ist, mit den Negern zu verkehren. Im Norden geht jeder, wohin es ihm gerade gefällt; und so schlenderte denn auch Jack, ziemlich unbekümmert darum, ob das jemandem recht war oder nicht, langsam dorthin zu, wo er die lauten Stimmen hörte und wo ihn bald Staunen und Überraschung an die Stelle fesselten.

Er hatte sich jetzt dem eigentlichen Hauptgebäude der Plantage, dem Herrenhaus, genähert, das mit seiner luftigen, blumengeschmückten Veranda unendlich freundlich aus dem dunklen Laub der Orangen, Granaten und den tausend Blüten der Tulpen und Chinabäume hervorschaute. Oben auf der Veranda erkannte sein rasch und forschend dort hinaufgeworfener Blick auch gleich zwei hellgekleidete Frauengestalten, die eine ein junges, blühendes Mädchen von kaum sechzehn Jahren, die andere, augenscheinlich ihre Schwester, aber vielleicht sechs Jahre älter als sie. Das junge Mädchen aus dem Sumpf war nicht zwischen ihnen, er konnte sie auch nirgendwo oben an einem der Fenster entdecken.

„Oh, schlagt mich nicht!“ bat da eine leise, klagende Stimme, gar nicht weit von ihm entfernt aus der Gruppe heraus, die im Garten stand, und die er bis jetzt noch gar nicht beachtet hatte, und ein erschrecktes „Alle Teufel!“ entfuhr fast unwillkürlich den Lippen des Bootsmannes, als er das schöne Mädchen aus dem Sumpf dort mit tränenden Augen und gebundenen Händen, unter den rohen Fäusten von ein paar Negern sah. Die scheu in der Nähe stehenden Schwarzen schauten sich allerdings rasch und erstaunt nach ihm um, aber er sah und hörte in diesem Augenblick nichts weiter als die zitternde Gestalt der Maid, und das Blut schoß ihm dermaßen aus dem Herzen hinauf ins Angesicht, daß es ihm vor den Augen flimmerte, während die Rechte fast krampfhaft die auf der Schulter liegende Büchse umklammerte.

„Schlagt mich nicht, ich bin ja unschuldig!“ bat da das Mädchen noch einmal. „Der Alligator lag dicht vor mir – ich hatte ihn nicht gesehen, und wie er, von der Kugel eines fremden Mannes getroffen, nach mir hieb, ließ ich in Angst und Schreck den armen kleinen Hund los.“

„So will ich dich künftig lehren, die Augen offenzuhalten!“ rief die ältere der beiden Damen von der Veranda nieder. „Macht die Sache ab, Mr. Hoof, wenn ich bitten darf, die Sonne fängt an mich zu genieren.“

„Oh, Miß Eugenie, bitten Sie für mich!“ flehte die Unglückliche, die gebundenen Hände zu dem jüngeren der beiden Mädchen aufhebend.

„Nein, du häßliche Sally“, rief aber diese mit fast noch kindischem Trotz, „weil du so schlecht auf meinen armen kleinen Joly achtgegeben, verdienst du auch Strafe. Ich möchte mir die Augen aus dem Kopf weinen, daß den einer von den garstigen Alligatoren gefressen hat – das arme, arme kleine Tier!“

Mr. Hoof, der Aufseher, stand, wie Jack jetzt sah – und das Ganze kam ihm immer noch wie ein toller, wahnsinniger Traum vor –, dicht neben dem Mädchen und hielt seine Negerpeitsche in der rechten Hand. Mit der linken faßte er jetzt die Schulter der Unglücklichen und wollte zu einem Schlag ausholen.

„Halt!“ schrie da der junge Bootsmann und sprang in Angst und Wut mit einem Satz über das Geländer, das ihn von dem Garten trennte. „Halt! Wollt Ihr ein weißes Mädchen hier eines verdammten Hundes wegen peitschen?“

Der Aufseher hielt allerdings ein, aber nur, um sich erstaunt und ärgerlich nach dem umzusehen, der es hier wagte, sich in seine Autorität zu mischen.

„Was will der fremde Mann hier in unserem Garten?“ rief da die ältere Dame von der Veranda zornig nieder. „Mr. Hoof, ersuchen Sie ihn, daß er augenblicklich den Platz verläßt.“

„Soll auch geschehen, Miß“, rief der Bootsmann trotzig zurück, „sobald ich nur erst einmal erfahren habe, wer Euch ein Recht in Louisiana gibt, ein weißes Mädchen zu peitschen. Verdammt will ich sein, wenn ich...“

„Seid so gut und spart Eure Redensarten, mein Bursche“, unterbrach ihn aber mit einem verächtlichen Blick der Aufseher. „Es fällt hier niemandem ein, ein weißes Mädchen zu peitschen, die Dirne hier stammt von Niggerblut, und Ihr seid so gut und macht, daß Ihr fortkommt, denn zu Eurem eigenen Besten will ich hoffen, daß Ihr nicht mit zu den Abolitionisten gehört.“

„Von Negerblut?“ rief Jack, der wirklich halb betäubt war von der neuen Nachricht. „Und eine Haut wie frischgefallener Schnee?“

„Wünscht Ihr sonst noch was?“ sagte der Aufseher mit spöttischer Höflichkeit.

„Warum geht er nicht?“ rief von oben die ältere Dame nieder, während das junge unglückliche Mädchen mit todbleichen Wangen unter dem Griff des rohen Aufsehers zitterte.

„Und wenn auch zum Teufel noch einmal!“ rief da der

junge Mann, als er den angstvoll bittenden Blick der Unglücklichen auf sich geheftet sah. „Allerdings will ich noch etwas, du verdammtes Schielauge du, und wären die Damen nicht hier, wollt ich dir Faust zu Faust beweisen, daß du ein nichtsnutziger, diebischer Halunke bist. Jetzt aber habe ich keine Zeit dazu, kann aber bezeugen, daß das arme Mädchen da unschuldig ist."

„Wir brauchen Eure Beweise nicht, Sir", sagte aber hochmütig die Schöne oben auf der Veranda. „Seid so gut und verlaßt den Garten und mischt Euch nicht in Sachen, die Eures Amts nicht sind. Hat sie den Hund etwa nicht verloren?"

„Allerdings", rief der Bootsmann, „aber ich war dabei, wie es geschah. Der Alligator lag in ihrem Weg - sie trat fast auf ihn, und meine Kugel traf ihn hinten in den Kopf. Wie er aber mit dem Schwanz zurückschlug, fehlte kein Zoll daran, daß er sie mit sich hinab ins Wasser nahm. Er muß sie fast gestreift haben, und daß sie den kleinen Köter da fallen ließ, ist natürlich. Sie hätten ein Kind fallen lassen, wenn Sie es dort im Arm gehalten."

„Welche Roheit!" rief die Dame empört. „Fort mit Euch, oder meine Leute sollen Euch lehren, was hier Sitte in Louisiana ist. Wenn er nicht gutwillig geht, Mr. Hoof, schicken Sie augenblicklich nach dem Sheriff."

Jack stand wie vor den Kopf geschlagen - das Mädchen von Negern abstammend, und jetzt, nicht einmal eines Vergehens wegen, um eines Unglücksfalles nur, an dem er selber vielleicht die Schuld trug, in der Gewalt ihrer Henker. Wie mit eisernen Fingern hielt er den Lauf seiner Büchse umspannt. Was aber konnte er hier, nicht allein gegen die Menge, der hätte er vielleicht getrotzt, nein, auch gegen das Gesetz ausrichten? Dem Herrn stand das volle Recht, die volle Gewalt über seine Sklavinnen zu, und Erbarmen? War von den Henkern Erbarmen zu hoffen? Die Negertreiber, von einer Anzahl Sklaven unterstützt, kamen jetzt ebenfalls auf den Wink des Aufsehers herbei, und Jack gedachte der Warnung der Mrs. Poleridge: sich um Gottes willen in nichts einzumischen, was die Gesetze und Einrichtungen der Sklaverei betraf. Er war auch klug genug, einzusehen, daß er hier weder mit Gewalt noch Überredung etwas ausrichten könne, warf deshalb noch einen verächtlichen Blick über die ganze Szene und stieg dann langsam wieder über die Fenz zurück, an der auswendig ein schmaler Weg vorbeilief. Dort aber blieb er stehen, fest entschlossen, das Ende dieses Treibens abzuwarten.

„Bitte, Sir, Ihr habt da nichts weiter zu suchen", rief ihm aber auch hier der Aufseher zu, „verlaßt die Pflanzung, oder man wird Euch Beine machen!"

„Du wohl, du gelbhäutiger Schuft?" knirschte aber der junge Mann zwischen den zusammengebissenen Zähnen hindurch. „Hier steh' ich auf einem Fahrweg, außerhalb deiner Fenz, und komm jetzt heraus zu mir und wag es, mir ins Gesicht zu sagen, daß ich von hier fortgehen muß. Wenn ihr euch schämt, vor einem weißen Mann das Mädchen zu peitschen, gut, dann geht woanders hin, womöglich in ein dunkles Zimmer, oder wartet die Nacht ab; von dieser Stelle aber weich ich und wank ich nicht."

Der Aufseher warf ihm einen boshaft-tückischen Blick zu, die Dame vom Balkon aber rief gereizt:

„Laßt den Hoosier da stehen, wenn ihm das Freude macht, und geht an Eure Arbeit. Soll ich es Euch zum viertenmal befehlen?"

Jack sah zu ihr auf - das sonst wirklich schöne, regelmäßige Gesicht war von böser Leidenschaft entstellt, und ihm kam es vor, als ob sie eher einem Teufel als einem Weibe gliche.

Der junge Fremde, der gestern abend mit den beiden Damen ausgeritten war, trat jetzt heraus auf die Veranda - er hatte bis dahin in der offenen Tür gestanden. Er neigte sich auch zu den beiden Schwestern und schien angelegentlich mit ihnen zu flüstern; beide aber machten abwehrende Bewegungen, und die ältere winkte gebieterisch mit der Hand. Der Aufseher hatte sein Opfer wieder gefaßt, und Jack sah, wie er dem unglücklichen Mädchen etwas ins Ohr flüsterte; aber mit Abscheu wandte sich dieses von ihm ab und rief: „Tue dein Schlimmstes!“

„Gut, mein Täubchen“, lachte der Schuft, „das kann dir werden.“ Und im nächsten Augenblick traf seine Peitsche die zitternde zarte Gestalt, daß ein blutiger Streifen in dem weißen dünnen Stoff die Spur der schweren Peitsche gleich darauf verriet.

Jack fühlte, wie ihm das Herzblut zu Eis erstarrte, und es zuckte ihm in den Gliedern, die Büchse in die Höhe zu reißen und den Henker, wie vorhin den Alligator, niederzuschießen. Er fühlte, daß dies die größte Bestie sei. Aber nicht allein, daß er dann den Gesetzen des Landes verfallen gewesen wäre, in dem er sich nun einmal befand, er hätte auch dem armen Mädchen doch nicht helfen können. Ein anderer hätte dessen Stelle eingenommen – es war ja nur eine Negerin, die man peitschte. Aber die Blicke wandte er von dem furchtbaren Schauspiel ab und sah jetzt, wie die beiden jungen Damen dort oben, denen kleine Negermädchen mit großen Pfauenfederfächern Kühlung zuwehten, lächelnd auf der Brüstung lehnten und der Bestrafung der ‚Schuldigen‘ zuschauten. Der Älteren Auge schweifte dabei einmal zufällig nach dem Bootsmann hinunter, als sie aber dessen Blick voll Haß und Verachtung traf, wandte sie sich stolz wieder ab und ihrem Besuch von New Orleans zu, an den sie einige Worte richtete. Aber auch dieser schien mit seinen Gedanken abwesend. Er gab ihr keine Antwort, und als sie sich erstaunt und beleidigt nach ihm umdrehte, machte er den Damen eine stumme, höfliche Verbeugung und verließ die Veranda.

Das Mädchen klemmte die feine Unterlippe zwischen die Perlenzähne, während unten Schlag nach Schlag auf den Rücken der Unglücklichen fiel. Da plötzlich, wie mit einem raschen Entschluß, hob sie den Arm und rief:

„Genug - bindet sie los, Mr. Hoof; ich hoffe, sie wird sich die Lektion merken und künftig aufmerksamer sein." Und ohne den Blick wieder hinunterzuwerfen, trat sie, von ihrer Schwester gefolgt, ebenfalls in das Haus zurück.

Das Mädchen hatte die Schläge wie ein Held ertragen. Ihr Körper zitterte, aber ihr leichenbleiches Antlitz verriet mit keinem Zucken den Schmerz, der ihre Glieder durchwühlte. Nun erst, als der Aufseher die Hand von ihrer Schulter nahm und auf den Befehl der Herrin die Peitsche sinken ließ, schwankte sie, tat ein paar Schritte vorwärts und brach dann ohnmächtig zusammen.

Mr. Hoof winkte ein paar Frauen, die bis jetzt in dem Garten gearbeitet hatten, sie auf ihr Bett zu tragen, riß eine Handvoll Blätter von dem nächsten Busch, mit denen er seine Peitsche abtrocknete, und schritt gleichgültig, als ob er die gewöhnlichste Arbeit verrichtet hätte, seiner eigenen kleinen Wohnung zu.

Jack schwindelte der Kopf, daß er sich an der Fenz halten mußte; niemand kümmerte sich aber weiter um ihn, und wie in einem Traum schwankte er den schmalen Pfad hinab, an dem Haus vorüber und dem offenen Strom wieder zu. Hinter ihm läutete die Mittagsglocke, die Arbeiter vom Feld zu ihrer kurzen Rast hereinrufend, ihm aber klang der Ton wie das Grabgeläute eines schönen Traums, und er kam auch erst wieder zu sich, als ihm die kühle, über den Mississippi ziehende Luft entgegenwehte. Nur mechanisch wanderte er aber am Ufer fort, bis er sein Boot erreichte. Stumm und ohne ein Wort zu sagen, legte er dort seine Büchse auf ihren alten Platz, auf zwei über seiner Schlafstelle eingeschlagene Pflöcke, hing die Kugeltasche daneben, warf sein Messer auf das Bett - die Alligatorhaut hatte er an dem Gartenzaun vergessen - und legte sich dann lautlos an Deck, um in den Strom hinauszustarren.

Die Leute waren alle an Land, nur der ‚Alte' saß vorn im

Boot und hatte sein Gewehr auseinandergeschraubt, um es ordentlich zu reinigen; war auch so mit der Arbeit beschäftigt, gar nicht auf den Mann weiter zu achten. Mrs. Poleridge dagegen fiel das stille Wesen des jungen, sonst so lebensfrohen Burschen auf. Sie hob erst den Kopf über Deck, und als sie ihn dort so still vor sich hinbrütend liegen sah, stieg sie ebenfalls hinauf und trat zu ihm. Aber er hörte sie gar nicht und regte und rührte kein Glied.

„Jack!" sagte die Frau da endlich, die neben ihm stehengeblieben war. „Jack! Was ist denn vorgefallen?" Jack hob langsam den Kopf und sah sie an, und erschreckt rief sie aus: „Herr, du mein Gott, was fehlt Euch? Ihr habt ja ein ganz kreideweißes Gesicht. Seid Ihr krank, oder habt Ihr den Gottseibeiuns irgendwo gesehen?"

„Ja", sagte Jack leise, „den hab ich allerdings gesehen – wenn nicht gar noch etwas Schlimmeres."

„Was habt Ihr nur? Was ist denn geschehen?" rief die Frau wirklich besorgt.

„Nichts – gar nichts", sagte aber Jack leise und sank wieder in seine frühere Stellung zurück, „ich bin nur an Land gewesen und habe mir ein Stück von unserem freien, schönen Amerika betrachtet – weiter gar nichts – ich gebe Euch mein Wort."

„Aber es muß Euch da etwas ganz Absonderliches begegnet sein", sagte die Frau, die sich nicht so leicht wollte abfertigen lassen. „Ihr seid so sonderbar – ich weiß gar nicht – darf ich's nicht wissen?"

„Und was hilft's?" sagte der junge Mann. „Wir beide können's doch eben nicht ändern – wie es nun einmal ist."

„Also ist doch etwas vorgefallen? Ich habe es Euch angesehen."

„Nichts Besonderes wahrscheinlich, hier in Louisiana", sagte Jack, „ich habe nur zugesehen, wie sie ein weißes Mädchen peitschten, daß ihr das Blut den zarten Rücken hinunterlief, weil ihr ein Alligator einen jungen Hund gefressen hatte."

„Ein weißes Mädchen?“ rief die Frau erschreckt und ungläubig aus.

„Sie war wenigstens so weiß wie Ihr oder irgendeine andere Frau in Illinois, die Leute aber sagten, daß sie Negerblut in den Adern hätte.“

„Das wird ein Quadroon gewesen sein“, nickte die Frau, „die sehen manchmal allerdings ganz weiß aus, gehören aber doch noch immer mit zu den Negern. Ja, lieber Gott, das dürft Ihr Euch hier nicht zu Herzen nehmen! Ich bin nur froh, daß Ihr nicht hineingeredet habt. Das können sie gar nicht leiden, und man macht die Sache gewöhnlich nur noch schlimmer.“

„Schlimmer?“ sagte Jack eintönig und sah dann wieder still vor sich hin in den rasch vorbeifließenden Strom. Die Frau schüttelte langsam den Kopf. Sie hätte gern noch mehr von Jack erfahren; der schien aber nicht besonders aufgelegt, sich auf ein weiteres Gespräch einzulassen, und da auch jetzt von der Plantage eine Anzahl Neger herbeikamen, den in dieser Zeit erlaubten Handel an Bord zu beginnen, mußte sie wieder hinunter in ihr Boot, um dem Mann im Verkauf beizustehen und das Geld einzukassieren. Am Tag wurde fast nur für Geld oder solche Sachen gehandelt, die sich die Neger in ihren kleinen Gärtchen selber gezogen hatten.

Jack hörte sie kommen, rührte sich aber nicht, bis ihn das Lachen und Schwatzen unten im Boot aus seinen Träumen weckte. Waren das die Neger, aus deren Mitte vor wenigen Minuten erst eine die Peitsche des Treibers gefühlt? Waren das die Sklaven, deren Nacken das Joch beugte und wundscheuerte? Das war ein Singen, Lachen, Schreien und Jubeln, wie er es nie gehört, und kopfschüttelnd, auf den Ellbogen gelehnt, horchte er eine Weile dem wilden, ausgelassenen Lärm.

Einzelne kamen noch immer herbei, während andere schon mit gekauftem Gut an Deck stiegen und dort in toller Fröhlichkeit umhersprangen. Hier probierte ein junges, hübsches, rabenschwarzes Mädchen ein neues Tuch, dort hängte sich eine andere ein paar buntschillernde, aber wertlose Ohrringe ein, während ihr ein junger Neger einen kleinen, mit rotem und vergoldetem Papier beklebten Nürnberger Spiegel vorhielt. Einer der Schwarzen hatte sich Tabak gekauft und ließ einen der Kameraden zur Probe ein Stück abbeißen, schrie aber laut auf, als dieser mit dem prachtvollen Gebiß eine zu große Ecke erwischt hatte und nun trotz allem Reißen und Zerren des Eigentümers nicht wieder loslassen wollte. Bunter, grellroter und gelber Kattun kam ebenfalls zum Vorschein, und seidene Bänder selbst und wohlriechende Wasser und Seifen wurden vorgeholt: lauter Dinge, um wenigstens am Sonntag in diesen fremden Genüssen zu schwelgen. Selbst die Negerburschen verschmähten den Staat nicht, um am freien Tag durch irgendeinen Tand den Nebenbuhler in den Augen der Geliebten auszustechen. Der schlaue Yankee kannte dabei ihren Geschmack vortrefflich, und bunte Westen und Hemden, bronzene Uhrketten und unechte Ringe vergaß er nie auf solche Reisen mitzunehmen.

Der alte Salomo war ebenfalls zwischen der Schar, hütete sich aber wohl, ein einziges Wort, was nicht eben ihren jetzigen Kauf betraf, mit dem Händler zu wechseln. Einer der Negertreiber überwachte den ganzen Verkehr, und dessen Verdacht durfte er, um Gottes willen, nicht erwecken. Er kaufte sich deshalb ein Stück Tabak und ein kleines Taschenmesser und ging wieder langsam an Land zurück.

Einer der jungen Burschen hatte sich ebenfalls ein Messer gekauft, aber mit einem Korkzieher daran, und oben an Deck betrachteten es seine Kameraden. Der Negertreiber, ein feister Mulatte mit einem Gebiß, dessen sich ein Hai nicht hätte zu schämen brauchen, stand nicht weit davon und sah es.

„Zeig mir einmal dein Messer, mein Bursche“, sagte er

und trat zu der Gruppe.

„Hier, Massa", erwiderte der Käufer und reichte es ihm. Taschenmesser zu tragen, war ihnen nicht verboten.

„Hm, sehr hübsch! Aber wozu hast du den Korkzieher daran - wozu brauchst du den, mein Herzblatt?"

„Brauch ich den?" lachte der Bursche etwas verlegen. „Oh, zu gar nichts - war einmal dran und kann ihn nicht abmachen."

„So? Kannst ihn nicht abmachen? Nun, vielleicht kann ich's", sagte der Mann, öffnete den Korkzieher, hielt ihn aufs Deck, trat mit dem Fuß dagegen, daß er abbrach, und gab dem etwas verdutzten Jungen das Messer wieder.

„So, mein Herz", sagte er dabei, „ich hab es dir ein bißchen bequemer gemacht. Jetzt hast du nicht so schwer daran zu schleppen."

Die anderen lachten laut auf, und der arme Teufel schob sein verstümmeltes Messer etwas beschämt in die Tasche zurück.

„Jetzt ist's aber genug!" rief da der Treiber, nach einer riesigen silbernen Taschenuhr sehend, die eine Kette trug, an der man einen Alligator hätte halten können.

„Die Zeit ist um. An Land, ihr da unten, an Land! Wenn die Glocke drüben läutet und ich erwische noch einen einzigen an Bord hier, so kann er sich freuen. Habt ihr's gehört?"

„Ja, Massa, ja", schrien die Neger und eilten mit flüchtigen Sätzen, dem Befehl Folge zu leisten. Sie wußten, der Bursche spaßte nicht, und es zuckte ihm ordentlich in der Hand, wenn er die lange, schwere Peitsche eine Weile müßig getragen hatte. Der Handel war dadurch kurz abgebrochen, und Mrs. Poleridge hatte sogar nicht geringe Mühe, ein paar der vergeßlichsten Burschen daran zu hindern, daß sie selbst ohne Bezahlung das Boot verlassen wollten. Ein armer Teufel wurde solcherart länger als die übrigen aufgehalten, denn er hatte sich ein rotseidenes Halstuch gekauft und bekam das Geld darauf, was er zuviel bezahlt, nicht schnell genug von dem ‚Alten‘ wieder heraus. Mit Zittern und Zagen stand er, die Hand ausgestreckt, vor ihm; Jonathan Poleridge aber, den der Bursche vorher durch sein langes Feilschen und Spektakeln geärgert, dachte ihm eine kleine Lektion zu und suchte und suchte so lange in seinem Geld herum, bis richtig die Arbeitsglocke wieder läutete.

„O Golly, Golly!“ schrie der arme Teufel und sprang in peinlichster Ungeduld von einem Bein aufs andere. „Arme Nigger geht's schlecht, geht's schlecht, o Massa Poleridge schnell, Massa Poleridge schnell!“

„Na, du bist ja jetzt auf einmal in schrecklicher Eile“, sagte der Händler, ohne eine Miene dabei zu verziehen, „und vorher hattest du das größte Maul von allen - na hier, Schneeball, ist dein Geld; und nun mach, daß du an Land kommst, und glückliche Reise.“

„O Golly, Golly!“ schrie der Schwarze, war mit einem Satz an Deck und flog mehr, als er lief, an dem neben der Planke stehenden Negertreiber vorbei. Dieser aber hatte die willkommene Beute unten schon gewittert und war fertig, und wie der Bursche an ihm vorbeisetzte, zog er ihm mit aller Kraft einen Hieb über die Lenden. Mit beiden Händen fuhr der Getroffene zurück nach dem leidenden Teil, sah sich aber gar nicht um und setzte unter dem lauten Lachen der Kameraden die Flucht nach der Plantage fort. Der Treiber war heute in guter Laune und der Hieb, wenn er auch eine dicke Schwiele zog, doch eigentlich mehr ein freundlicher Scherz gewesen - er hätte den Burschen sonst nicht mit dem einen Schlag davongelassen.

Am Land war es indessen wieder ruhig geworden. Die Neger benutzten die kurze Zeit, die ihnen bis zur zweiten Glocke blieb, um hastig ein paar Bissen zu essen, um dann wieder zu ihrer Arbeit bereit zu sein, und Weiße ließen sich in der Mittagssonne nicht gern im Freien blicken. Mr. Poleridge war indessen unten in seinem Boot beschäftigt, die durcheinandergeworfenen Gegenstände wieder aufzuräumen, und Jack lag noch immer auf seinem alten Platz an Deck, nicht einmal die heißen Sonnenstrahlen achtend, die auf ihn niederbrannten.

An der Levée kam langsam ein Reiter, hielt, als er das Orangenwäldchen erreichte, sein Pferd an, stieg ab, warf den Zügel über einen durch die Fenz ragenden Zweig und kam über den Damm herüber an Bord des Boots. Als Jack die Schritte auf den Brettern hörte, drehte er den Kopf danach um, sprang aber, wie von einer Natter gestochen, in die Höhe, als er den Aufseher, Mr. Hoof, in dem Kommenden erkannte.

„Ist der Kapitän unten?“ fragte der Aufseher, das Erstaunen des Bootsmanns nicht weiter beachtend. Dieser antwortete ihm aber nicht, sondern sah ihn nur mit glühenden Blicken bitteren Hasses starr und stumm an, und der Negerpeitscher, dem das unbehaglich wurde, sagte lächelnd:

„Ah – unser alter Bekannter vom Land drüben! Lieber Freund, Ihr scheint mir hier noch fremd zu Land und unsere Sitten und Gesetze nicht genau zu kennen. Wenn Ihr von jemand, der es gut mit Euch meint, einen Rat annehmen wollt, so mischt Euch nicht wieder in solche Niggerhändel. Es kommt für einen Fremden nichts dabei heraus als Unannehmlichkeit, und Ihr versteht auch nicht und könnt nicht verstehen, wie man hier mit dem Niggergesindel umgehen muß, daß es uns nicht über den Kopf wächst und die Sicherheit aller gefährdet.“

„Und Ihr habt wirklich die Unverschämtheit“, sagte da Jack, der sich von seinem Erstaunen noch immer nicht erholen konnte, „einem ehrlichen weißen Mann ins Auge zu sehen und ihm von Sitten und Gesetzen zu sprechen?“

„Unverschämtheit? Lieber Freund, ich verbitte...“

„Freund? Der Teufel ist Euer Freund!“ schrie aber Jack, bei dem der Zorn die Oberhand gewann. „Und wenn es mir je in den Knochen gezuckt, einen feigen, nichtswürdigen Halunken zu Boden zu schlagen, so ist es in diesem Augenblick."

„Ich möchte Euch doch raten, Euren Übermut ein wenig zu zügeln", sagte der Aufseher, der allerdings totenbleich geworden war, aber trotzdem seine volle Ruhe bewahrte. Nur die rechte Hand, an der die Negerpeitsche hing, fuhr langsam unter die Weste, dort eine jedenfalls verborgene Pistole zu fassen und zu halten. Er dachte gar nicht daran, sich mit dem rauhen Burschen in einen Faustkampf einzulassen.

„Wohl weil Ihr den Puffer in der Tasche tragt?" entgegnete ihm aber mit verächtlichem Lächeln der Bootsmann, der die Bewegung vollkommen gut verstand. „Glaubt Ihr, das Ding würde mich schrecken? Da Ihr aber so rasch mit gutem Rat bei der Hand seid, so will ich Euch auch den meinigen nicht versagen, und der ist: daß Ihr Euch mir aus der Nähe haltet, oder beim ewigen Gott, ehe ich diesen Boden verlasse, vergesse ich mich und besudle meine Hände mit Eurem elenden, nichtswürdigen Blut!"

„Hallo!" sagte Poleridge, der in diesem Augenblick den Kopf aus seiner Kajüte steckte und, als er sich aufrichtete, auch mit der Hälfte seines langen Leibes über Deck emporragte. „Was ist nun los und wer ist tot?"

„Sir - Ihr seid mein Zeuge", rief da der Aufseher, der seine Wut kaum noch zu bändigen wußte und nur bis jetzt von der Furcht vor seinem Gegner im Zaum gehalten wurde. „Ihr seid mein Zeuge, daß ich hier von einem Eurer Leute auf das schändlichste behandelt werde. Meine Stellung erlaubt mir nicht, ihm anders darauf zu antworten, aber das Gericht mag entscheiden, ob ein Bürger von Louisiana, hier in unserem eigenen Staat, von einem Abolitionisten solches zu ertragen braucht."

„Jack, bist du denn ganz des Teufels?" rief Poleridge erstaunt aus.

„Das Gericht?" rief aber dieser, den Einwurf des Bootsherrn gar nicht beachtend, mit höhnischem Lachen. „Und du, Bube, wagst mit dem Gericht zu drohen. Diebischer Halunke, der seinen Herrn massenhaft bestiehlt – nach oben kriecht und schwänzelt und an den unglücklichen Schwarzen dann seine bestialische Wut ausläßt? Geh, Kanaille, aber dein Blockhaus wollen wir dir dann auch durchstöbern und sehen, ob die Ballen Baumwolle alle eingetragen sind, die du dort versteckt hast. Wenn du aber nicht jetzt den Augenblick dies Deck verläßt, so schwör ich dir zu, daß ich nicht länger für mich einstehe."

Die Fäuste geballt, die Augen Feuer sprühend, trat er dem bestürzt Zurückweichenden ein paar Schritte näher. Poleridge hielt es jetzt aber ebenfalls an der Zeit, dazwischenzutreten, denn ihm lag wenig daran, die Behörden auf sein Boot aufmerksam zu machen oder gar Händel mit den Leuten an Land zu bekommen.

„Jack", rief er drohend, „laß mir den Mann zufrieden! Zum Henker noch einmal, ich möchte nur wissen, was in den Burschen auf einmal gefahren ist! Kannst du nicht Frieden halten?"

Der Aufseher suchte aber auch seinerseits, dem Gereizten so rasch als möglich aus dem Weg zu kommen. Daß der Bursche von seinem Handel mit dem Bootsführer wußte, war ihm auch nicht recht und beunruhigte ihn mehr als alles andere. So den Augenblick benutzend, wo Poleridge zwischen ihn und seinen Angreifer trat, verließ er rasch das Boot und hielt noch einmal auf dem Damm, als ob er irgend etwas zurückrufen wollte. Aber auch das gab er auf, trat zu seinem Pferd, warf den Zügel ab und über den Nacken des Tieres, sprang in den Sattel und galoppierte im nächsten Augenblick die Straße hinab, der Plantage zu.

„Na ja, jetzt haben wir die Geschichte", sagte Poleridge, dem Davonsprengenden kopfschüttelnd nachschauend, „da geht er hin, und was hast du dich denn eigentlich in unseren Handel gemischt, he?" drehte er sich dann plötzlich wieder gegen seinen Bootsmann um. „Was geht dich das an, wenn ich ein vorteilhaftes Geschäft mit derartigen Herren machen kann? Glaubt ihr, ich kann euch eure teuren Löhne von dem zahlen, was ich an Mais und Whisky in New Orleans verdiene? Jetzt werd ich alle Hände voll zu tun haben, das wieder gutzumachen, was der Hitzkopf da mit seinem großen Maul verdorben. Was hast du eigentlich mit dem Burschen gehabt?"

„Ich?" sagte Jack finster. „Gar nichts – aber wenn er mir noch einmal in den Weg läuft, so will ich verdammt sein, wenn ich ihm nicht den tückischen Schädel zerschlage und den rechten Arm aus dem Gelenk drehe."

„Wenn du das erste tust, kannst du dir das zweite ersparen", sagte der Alte trocken. „Hast du übrigens so große Lust, des Sheriffs Bekanntschaft hier zu machen, so wär es mir sehr lieb, du wartest damit, bis du von meinem Boot bist, nachher, weißt du, kannst du eben tun, was dich gerade freut."

Jack schwieg und sah finster vor sich nieder; der Alte aber schob die Hände in die Taschen und ging, leise vor sich hinpfeifend, eine Weile an Deck auf und nieder. Nur manchmal warf er einen flüchtigen wie unschlüssigen Blick nach der Plantage hinunter, drehte sich dann plötzlich scharf auf dem Absatz herum und verließ das Boot, die Richtung nach der Pflanzung einschlagend. So verging der Tag; Mrs. Poleridge wollte noch ein paarmal ein Gespräch mit Jack anknüpfen. So freundlich und gefällig der junge Bursche aber auch sonst immer gewesen war, so düster und schweigsam und doch auch wieder ganz ineinandergebrochen schien er heute. Die Frau sah, daß ihm etwas am Herzen nage, und ums Leben gern hätte sie gewußt, was das sei, aber es war eben nichts aus ihm herauszubekommen.

Gegen Abend kam der Alte wieder zurück, er sah aber verdrießlich aus. Die übrigen Leute hatten sich größtenteils ebenfalls eingefunden und lachten und erzählten von dem, was sie heute erlebt und gesehen. Jack schützte Kopfweh vor, ging hinunter in seine Koje und legte sich zu Bett. Das Abendbrot war verzehrt, und die Leute krochen teils unter ihre Moskitonetze, teils schlenderten sie noch in der Nähe des Boots am Ufer auf und ab. Der Alte lag ebenfalls in seiner Koje und schlief, aber nur, um später wieder munter zu sein, wenn seine nächtlichen Kunden an Bord kommen würden. Da schüttelte ihn plötzlich jemand an der Schulter, und als er erstaunt die Augen aufschlug, stand Salomo neben ihm. So leise und geräuschlos war der Schwarze an Bord gekommen, daß ihn weder die am Ufer Stehenden gesehen, noch der kleine, übrigens von dem heutigen Marsch sehr ermüdete Hund gewittert hatte.

„Hallo, Salomo?" sagte der Händler sich rasch aufrichtend. „Schon so spät? Ich muß schrecklich lange geschlafen haben."

„Nein, Massa", flüsterte aber der Neger ängstlich, „noch nicht spät. Können aber heute nicht kommen – und morgen auch nicht!"

„Ha!" sagte der Yankee, jetzt erst völlig munter geworden. „Was ist nun wieder im Wind? Haben sie etwas gemerkt?"

„Ja, Massa", nickte der Schwarze traurig mit dem Kopf, „Massa Hoof hat überall herumgespürt und große Kruke mit Whisky gefunden. Unglück ist los auf Plantage, und schwarze Mann bekommt viel Schläge, aber keinen Whisky mehr."

„Hm – verwünscht", brummte der Alte zwischen den Zähnen hindurch, und seine eisernen Züge zogen sich drohend zusammen, „da ist niemand daran schuld als der tollköpfige Jack! Was dem Burschen nur heute kann in die Krone gefahren sein?"

„Und an Bord wollen sie auch kommen", sagte Salomo.

„An Bord?" rief der Händler und drehte sich rasch nach ihm um. „Wer will an Bord kommen?"

„Der Konstabler", sagte der Neger, einen scheuen Blick über die Schulter werfend, „sie konnten ihn nur nicht gleich finden. Es hieß, daß er an den Atchafalaya geritten wäre, aber jeden Augenblick zurückkommen müßte, und da – da bin ich, so rasch ich konnte, hergekommen, Massa Poleridge davor zu warnen. Wenn sie die Schweine und Gänse an Bord finden..."

„Möcht es euch schlecht gehen, he?" sagte der Händler, und eine Art von Lächeln zuckte ihm über das harte Gesicht.

„Massa Hoof kennt alle Zeichen von Schweinen im ganzen Gebiet", sagte der Schwarze schüchtern.

„Du hast recht, mein Bursche", rief da der Händler, mit beiden Füßen zugleich aus seiner Koje springend, „das wollen wir doch lieber nicht abwarten. Betsy – o Betsy – schläfst du?"

„Nein, was gibt's?" sagte die Frau.

„Füll dem Burschen da einmal eine Flasche Whisky – oder neben dem Faß müssen noch ein paar volle liegen. Und dann mach, daß du wieder an Land kommst, Salomo, denn ich denke, wir wollen in einer Viertelstunde flott sein. Nachher kann sich dein Konstabler und Massa Hoof den Platz besehen, wo wir gelegen haben."

„Das ist das beste", sagte der alte Neger vergnügt, dem sich damit ein Stein von der Brust wälzte, denn was ihnen bevorstand, wenn das Boot untersucht und manches dann gefunden wurde, was nur durch die Hände der Neger seinen Weg dorthin gefunden haben konnte, wußte er recht gut.

Der alte Poleridge hielt sich aber nicht mit weiteren Worten auf. Mit ein paar Schritten war er an Deck, schob die beiden Zeigefinger zwischen die Lippen und stieß damit einen scharfen, gellenden Pfiff aus, der weit hinausschallte. Salomo glitt indessen mit seiner Flasche rasch an Land zurück.

5. Die Abfahrt

„Hallo", rief Bill, der oben mit einem der Kameraden etwa hundert Schritt vom Boot entfernt auf der Levée saß, „was war das? Klang das nicht wie das Zeichen des Alten?"

„Der Teufel wird ihn doch nicht plagen, daß er den alten Kasten noch heut abend in den Strom hinausschieben will?" sagte ein anderer.

„Dem ist alles zuzutrauen", meinte Bill, „aber dann... Wahrhaftig, da ist der zweite Pfiff!" unterbrach er sich rasch emporspringend. „Jungens, da muß was vorgefallen sein, und wir wollen machen, daß wir an Bord kommen."

Die Bootsleute zögerten auch nicht lange und hatten kaum den Fuß an Deck gesetzt, als der Alte mit seiner gewöhnlichen Ruhe sagte:

„Seid ihr alle da?"

„Ich denke, ja", meinte Bill.

„Wo ist Jack?"

„Hier, Sir."

„Gut - Planke ein..."

„Wollen wir fort?"

„Jawohl, mein Herz."

„Jetzt wird's aber schon dunkel", meinte Tom, einer der Leute, „und bei Nacht und Nebel werden wir wahrscheinlich auf das Holz da unten rennen."

„Bill, kannst du die Leine an dem Stamm da oben festbringen?" sagte der Alte. „Nimm das Kanu - hier wirst du wohl gegen die Strömung aufkommen. Du tust mir aber einen Gefallen, wenn du dich ein wenig beeilst."

„Kann ich? Gewiß, kann ich!" sagte Bill, dem es ordentlich unheimlich vorkam, daß ihn der Alte um etwas bat. Im Nu griff er auch die Leine auf, warf sie in das Kanu hinein, dessen Seil der Alte löste, und ruderte im nächsten Augenblick schon dem ihm bezeichneten Stamm zu, der etwas weiter im Strom draußen und höher, als sie sich befanden, festgeschwemmt saß. Es kostete allerdings einige Mühe, das schwankende Kanu gegen die starke Strömung zu stemmen. Bill war aber ein kräftiger Bursche und gewandter Ruderer und erreichte nach kurzer Arbeit einen der Äste, an dem er sich jetzt leicht hinaufziehen konnte. Sowie er den Stamm erreichte, schlug er das mitgebrachte Tau darum, und das andere Ende an seinem Kanu befestigend, war er mit wenigen Ruderschlägen wieder an Bord zurück. Die ganze Mannschaft hängte sich jetzt an das Tau. Das vom Ufer freie Boot wurde gegen die Strömung an- und mehr hinausgezogen, bis es außer aller Gefahr von dem unterhalb liegenden Holz war, dann stellten sich die Leute alle wieder an ihre Plätze, und während sich Bill mit dem Kanu rasch wieder an dem Tau hinaufzog, bis wo es befestigt war, löste es der Alte von Bord ab.

„Jetzt alle zusammen!"

Die ausgehobenen Ruder fielen zusammen ein, das Steuer knarrte, als es den breiten Bug herumwarf, und während Bill schon wieder mit der eingeholten Leine zurückkam und rasch an Bord kletterte, nahm die Strömung das schwere Boot mit hinaus in das offene Fahrwasser, in dem sie jetzt schnell und gefahrlos dahinglitten.

Zu gleicher Zeit sah übrigens der Alte, der mit seinen Augen das Ufer überflog, wie ein Reiter die Levée hinab der Plantage zusprengte. Der Aufseher war es nicht, es konnte möglicherweise der Konstabler sein, und er wandte sich langsam pfeifend und mit einem spöttischen Lächeln auf den schmalen Lippen dem Strom wieder zu.

Die Nacht brach allerdings jetzt ein, und von den Häusern der Pflanzer, an denen sie vorüberglitten, schimmerten ihnen schon einzelne Lichter entgegen.

Der Mond goß aber dafür sein helles Licht auf sie herab, und wenn sie sich nur aus der Nähe des Ufers hielten und keinen Nebel bekamen, konnten sie recht gut hier unten die Nacht durch unterwegs bleiben. Hier durften sie übrigens die langen, schweren Ruder noch nicht ruhen lassen, da die Strömung nach dem eben verlassenen rechten Ufer hinübersetzte und einige hundert Schritt weit, unterhalb der Plantage, eine scharfe niedere Landspitze vorsprang. Die aber einmal passiert, hatten sie auch nicht das geringste mehr zu befürchten, und breit und offen lag ihre Bahn dann mitten im mächtigen Mississippi hin.

Die Leute wußten das auch recht gut schon selber, denn sie waren alle lange genug auf dem Strom gefahren, um den sich ziemlich gleichbleibenden Charakter desselben zu kennen. Mit bestem Willen legten sie sich deshalb in die schweren Ruder, während der Steuernde den Bug fast ganz vom Land abhalten mußte.

Jack war natürlich ebenso rasch wie die anderen dem Zeichen an Deck gefolgt und hatte dort, was ihm oblag, mit bestem Willen verrichtet. Während sich die Kameraden aber bei ihrer Arbeit lebhaft miteinander unterhielten, sprach er kein Wort und blickte nur stumm und traurig nach den Gebäuden hinüber, an denen ihr Boot jetzt vorbeiglitt. Dort konnte er den Garten wiedererkennen, die düstere Baumgruppe bezeichnete den Platz, an dem die Unglückliche heute gepeitscht worden – in einer jener kleinen, niederen Hütten, die selbst jetzt mit ihren hellen Mauern durch die Dunkelheit zu ihnen herüberschimmerten, lag sie, von Schmach und Qual das Herz gebrochen – eine Sklavin, der Willkür der Tyrannen preisgegeben. Aber Sklavinnen werden von ihren Herren auch verkauft – wie nun, wenn er selber sein kleines Besitztum daheim veräußerte, zu Geld machte, was ihm gehörte, und sie befreite? Wie ein Messer stach ihm der Gedanke plötzlich durch das Herz, und die Glieder zitterten ihm ordentlich in dieser so jäh auftauchenden, neu gezeigten Hoffnung. Wenn er vor sie treten und sie als sein Eigentum – nein, frei – in die Welt hinausführen und das arme mißhandelte Kind zum erstenmal in ihrem Leben glücklich sein durfte.

„Paß auf, Jack, paß auf!“ rief ihm der Alte da vom Steuer aus mahnend zu und weckte ihn aus seinen süßen Träumen. „Du vergißt ja das Rudern, Mann. Wenn wir erst an der Spitze dort vorüber sind, könnt ihr euch ausruhen, soviel ihr wollt.“

Jack erschrak ordentlich und legte sich wieder mit aller Kraft in das Ruder, daß sich das elastische Holz unter seinem Gewicht bog. Der Alte aber sah schon nicht mehr nach ihm hin; sein Auge haftete an einem hellen Gegenstand, der sich vom dunklen Ufer loszulösen schien.

„Da kommt ein Kanu oder Boot auf uns zu“, sagte da Bill, der zunächst dem Alten sein Ruder mit der Schulter vorwärtsdrückte, „dort gleich über der Spitze, Kapitän.“

„Ich hab' es schon gesehen, Bill“, erwiderte dieser, „möchte nur wissen, was sie wollen. Etwa zu uns herüber?“ Vom Ufer ab schoß jetzt ein kleines, schmales Kanu gerade auf sie zu, und Bill sagte halblaut: „Verdammt will ich sein, wenn da nicht ein einzelnes Weib drinsitzt!“

Auch die übrigen Leute waren jetzt aufmerksam darauf geworden, durften aber nicht mit dem Rudern aufhören, da sie sich fast dicht an der Landspitze befanden – nur noch ein Büchsenschuß, und sie waren vorüber, während die hier gerade sehr starke Strömung sie reißend schnell darauf zu führte. Das Kanu war indessen dicht vor ihrem Bug vorbeigefahren; vergebens schauten sie sich aber auf der anderen Seite danach um – es kam dort nicht wieder zum Vorschein, und der Alte durfte sein nach rechts hinübergedrücktes Steuerruder nicht verlassen, um zu sehen, was daraus geworden wäre.

Jetzt passierten sie glücklich die Landspitze, die kaum fünfzig Schritt an ihrer Rechten liegenblieb. Ein Reiter hielt dort an – sie konnten die Gestalt des Pferdes und des Mannes darauf auf dem hohen Damm gegen den helleren Himmel deutlich erkennen. Er winkte mit dem Arm und rief etwas herüber, aber die Worte verstanden sie nicht.

„Was sagt er?“ fragte Bill, zum erstenmal jetzt das Ruder ruhenlassend, indem er sich nach dem Alten umdrehte und den Schweiß von Stirn und Nacken trocknete.

„Weiß nicht“, brummte dieser, mit dem Kopf schüttelnd, „ist auch gleichgültig. Wenn er uns hätte etwas sagen wollen, konnte er früher kommen, wie wir noch am Land waren. Jetzt ist's zu spät, und in einer Viertelstunde sind wir mehr drüben an der anderen Seite und in einem anderen Staat. Da drüben ist doch noch Mississippi, nicht wahr, Bill?“

„Gewiß“, sagte der Bootsmann, „noch wenigstens für dreißig oder vierzig Meilen. Aber was ist aus dem Kanu vorhin geworden?“

Der Alte hatte das Kanu fast ganz vergessen; jetzt aber, da er sein Steuerruder über den anderen Bug drückte, kam er auch damit mehr an die linke Seite seines Boots und sah über Bord.

„Alle Wetter!“ brummte er dabei. „Da liegt es - dicht unter dem vorderen Ruder längsseits. Was ist nun wieder im Wind, und wer sitzt drinnen?“

Er hatte allerdings recht. Das Boot lag dicht an der Stelle des Flatboots an, und eine helle Gestalt kauerte darin, rührte sich aber nicht und hatte mit der Hand nur den vorderen niederen Ausbau oder Bug des Boots erfaßt, an dem sie sich festhielt:

„Hm“, sagte Bill, der ebenfalls hinübersah, „das ist am Ende jemand, der ans andere Ufer oder ein Stück stromab will und hier bequeme Passage nimmt. Ich will aber gehängt werden, wenn's nicht wie ein Frauenzimmer aussieht.“ Die übrigen waren jetzt ebenfalls an den Rand des Boots getreten, und Jack, der gerade über dem Kanu stand, zuckte, wie vom Blitz getroffen, zusammen. Die Gestalt im Boot war allerdings eine weibliche, aber der helle, ihm zugedrehte Rücken zeigte dunkle Flecken - heiliger Gott! Wenn jenes Mädchen... Kaum seiner Sinne mächtig, sprang er vorn in den Bug hinab, wo er den Vorderteil des Kanus erreichen konnte, ergriff ein in diesem liegendes kurzes Tau, das zum Anhängen desselben benutzt wurde, und befestigte es sicher an Bord. Jetzt, da keine Gefahr mehr war, daß es abgleiten konnte, fragte er laut:

„Wer ist da drinnen? Wollt Ihr zu uns an Bord?"

Da hob das Mädchen das bleiche, vom Mond jetzt hellbeschienene Angesicht empor und flüsterte mit bittender, zitternder Stimme:

„Oh, verratet mich nicht - rettet mich, rettet mich um des Heilands willen!"

„Was ist da los?" sagte in diesem Augenblick der Alte, der sein Steuer an Bill gegeben hatte und nach vorn kam. Auch Mrs. Poleridge hatte die klagende Mädchenstimme gehört und kam mit zurückgeschobenem Bonnet, den eben gebrauchten Kochlöffel noch in der Hand, auf den Vorbau heraus, um zu sehen, wer da gesprochen.

„Jesus!" hauchte der junge Bursche und konnte den Blick nicht von dem bleichen, zu ihm aufgehobenen Gesicht abwenden.

„Ein weißes Mädchen", rief da Mrs. Poleridge erstaunt, „und allein hier bei Nacht und Nebel in einem Kanu. Aber so helft ihr doch ins Boot, Jack! Steht der Mann nicht da, als ob er den Gebrauch seiner Glieder verloren hätte und nicht bis drei zählen könnte?"

Jack sah die Frau seines Kapitäns an. - Ein weißes Mädchen? Aber war sie denn nicht weiß? Hatte er sie nicht selber dafür gehalten? Und dadurch war vielleicht Rettung für die Unglückliche möglich; hatte er erst einmal der alten Dame Teilnahme für sie geweckt, konnte vielleicht noch alles gut werden. Ihm selber freilich schwindelte der Kopf, wenn er an alles das dachte, was die Unglückliche hier hinausgetrieben und zur Flucht gezwungen haben konnte, aber derlei Gedanken trieb er zurück - die sollten ihm jetzt das Herz nicht schwer machen. Rasch streckte er dem Mädchen die Hand entgegen, die sie zitternd erfaßte, hob die Arme zu sich herauf, bis sie aufrecht im Kanu stand, und half ihr dann herein ins feste Boot.

„Aber nun, um Gottes willen, Kind, sagen Sie mir, was Sie hier mitten in der Nacht allein auf den Strom getrieben hat?“ fragte die würdige alte Dame, indem sie den Arm der Fremden ergriff und sie in den inneren Raum führte. „Mein Kind, Sie sind ja ganz naß von der feuchten Nachtluft“, rief sie bestürzt, indem sie die Hand, mit der sie das Mädchen gehalten, an ihrer Schürze abtrocknete, „und können sich ja auf den Tod erkälten. Solch ein zartes Figürchen. Ja, wenn sich unsereins die Nacht durch auf dem Wasser herumtreibt, so hat das eben nicht viel zu sagen, aber solch ein Kind noch, wie Sie sind! Doch ich schwatze da und schwatze in einem fort, und Sie stehen hier im Freien und zittern am ganzen Leib. Da bitte, setzen Sie sich und warten Sie – erst will ich Ihnen einmal eine Tasse heißen Tee machen; der tut gut und wird Sie bald wieder ein bißchen durchwärmen.“

Das junge Mädchen hatte der alten, würdigen Dame mit bebenden Gliedern gegenübergestanden. Sie fühlte, daß sie hier fälschlicherweise für etwas gehalten wurde, was sie nicht war, und sie zitterte vor dem Augenblick, wo ihre wahre Abstammung entdeckt werden mußte, aber sie wagte es nicht, ein Wort darüber zu sagen – ja, sie vermochte es nicht einmal. Die Zunge klebte ihr vor Angst am Gaumen, und halb ohnmächtig sank sie auf den für sie hingeschobenen Stuhl. Der alte Poleridge hatte am Anfang allerdings Lust gehabt, ebenfalls in seine kleine Kajüte – ein einfacher Bretterverschlag, im Vorderteil des Boots hergerichtet – zu treten; war er doch selber neugierig geworden, zu hören, was es für eine Bewandtnis mit der Fremden habe. Da er aber sah, daß sich seine Alte derselben so annahm und seine Gegenwart überhaupt für jetzt noch an Deck notwendig war, kehrte er, schon am Eingang, wieder um und stieg nach oben, vor allen Dingen erst einmal zu sehen, ob der am Steuer stehende Bill auch das richtige Fahrwasser halte.

Die Leute standen indes an Deck zusammen und unterhielten sich über das rätselhafte Erscheinen des jungen Mädchens. Daß sie mit dem Kanu vom Ufer abgekommen war, hatten sie alle da oben gesehen; was in aller Welt konnte sie aber zu einer solchen Fahrt bewogen haben? War sie ihren Eltern davongelaufen? Und wo gehörte sie überhaupt hin? Der Alte schüttelte selber den Kopf, meinte aber, als sie ihn danach fragten, seine Alte würde das schon alles in Ordnung bringen und sie sollten für jetzt nur noch eine Weile in der Nähe von ihren Rudern bleiben, wenn sie vielleicht noch einmal gebraucht würden. Jack, der hier allein hätte Auskunft geben können, saß still und regungslos, den Kopf in beide Hände gestützt, gleich über dem Eingang der Kajüte. Was sollte er tun? Der Frau alles sagen oder die Entwicklung dem Schicksal anheimgeben? Und hätte der Alte die Unglückliche an Bord behalten, wenn er erfuhr, daß sie eine Sklavin sei? Hatte ihn nicht die Frau selber erst heute noch gewarnt, sich, um Gottes willen nicht in solche Sachen zu mengen, die, wenn entdeckt, die schlimmsten Folgen haben könnten – und würde sie sich jetzt einer solchen Gefahr eines Niggers wegen ausgesetzt haben?

Er horchte nach unten – dort war alles ruhig. Er konnte hören, wie die Frau die Töpfe rückte und mit den Tassen klirrte – aber kein Wort wurde mehr gesprochen. Diese Stille und Ungewißheit war ihm peinlicher als die furchtbarste Gewißheit, und er sprang endlich auf, um seine fieberheiße Stirn dem kalten Nachtwind entgegenzuhalten. Plötzlich horchte er erschreckt empor. Über dem stillen Strom konnte er deutlich die regelmäßigen Ruderschläge eines hinter ihnen dreinrudernden Boots hören. Waren das schon die Verfolger? Todesangst erfaßte ihn, als ob er selber ein Verbrechen begangen hätte, und er sprang an den hinteren Teil des Fahrzeugs, um dort besser ausmachen zu können, wohin sich das fremde Boot wendete und welchen Kurs es nehme.

„Na, Jack", sagte Bill, der dort noch am Steuer stand, „hast du unseren Besuch gesehen? Wer ist es denn eigentlich?"

„Ich weiß es nicht", antwortete, die Worte kaum hörend, der junge Mann, „wo hinaus ist das Boot, das hinter uns war?"

„Es wird über den Strom wollen, die Ruderschläge klangen wenigstens so. Jetzt hör ich aber auf einmal gar nichts mehr davon, sie müssen still liegen – ha, da sind sie wieder!"

Die Leute in dem Boot hatten jedenfalls kurze Zeit mit dem Rudern aufgehört, jetzt fingen sie wieder an, und das regelmäßige Knarren der Riemen, die sich in den hölzernen Dollen bewegten, klang deutlich zu ihnen herüber.

„Sollte mich gar nicht wundern", sagte da der Alte, der zu ihnen getreten war, „wenn die Leute da drüben hinter der Mamsell unten her wären. Muß doch jedenfalls erst einmal hören, was damit los ist, damit man weiß, was man sagen soll, wenn sie kommen."

Der Alte drehte sich langsam um, nach vorn zu gehen, und Bill brummte:

„Weiß, was man sagen soll? Da wird nicht viel zu sagen bleiben. Das Kanu da vorn sehen sie doch jeden Augenblick und wissen dann gleich, daß wir Besuch haben."

„Hast recht, Bill", rief Jack, der daran gar nicht gedacht, „das werde ich aus dem Weg bringen. Um Gottes willen, verratet das Mädchen nicht. Es ist eine Unglückliche, die wir verbergen müssen."

„Hallo", lachte Bill, als Jack nach vorn sprang, um seinen Plan auszuführen. „Jack hat den ganzen Tag das Maul nicht aufgetan, und jetzt ist er auf einmal Feuer und Flamme. Nun, ich verrate sie schon nicht. Ist auch eine Sache, die mich nichts angeht – das mögen die da unten abmachen."

Jack war indessen zu dem vorn angehängten Kanu gesprungen, nahm das kleine leichte Ruder an Bord und trat dann nur auf den einen Rand des schwankenden Fahrzeugs, daß es sich von dortherein füllen konnte. Im Nu war das geschehen, das Wasser lief hinein, und das Kanu sank bis an den Rand unter. Im Schatten des großen Boots ließ es sich solcherart nur erkennen, wenn man dicht daneben war und den Platz wußte, auf dem es lag.

Poleridge war indessen in seine kleine Kajüte untergetaucht. Wenn er aber auch erst die Absicht gehabt hatte, seinen Schützling etwas näher ins Auge zu fassen, sah er bald die Unmöglichkeit ein. Mrs. Poleridge wirtschaftete nämlich gar geschäftig mit dem kleinen Kochofen, um den versprochenen Tee für die Fremde herzustellen, und diese saß hinter ihr auf dem niederen Stuhl, den Kopf gesenkt, die Hände im Schoß gefaltet. Die kleine Lampe, die in dem engen Raum hing, fiel aber voll auf die bleichen, wunderlieblichen Züge der Fremden, und der Yankee, sonst eben nicht gerade zarter Natur, fühlte sich doch ganz eigentümlich von dem leidenden Engelsgesicht bewegt.

„Hören Sie einmal, Miß", sagte er endlich und erschrak ordentlich, als sie die großen Augen fragend zu ihm aufschlug, „ich - ich wollte Sie nicht gern stören, aber da draußen fährt ein Boot im Strom herum, das mir gerade solche Bewegungen macht, als ob es Ihr Kanu suchte. Möglich, daß die Leute auch hier an Bord kommen, ja sogar sehr wahrscheinlich, und da wollte ich Sie denn nur einfach fragen, ob es Ihnen vielleicht recht ist, wenn sie erfahren, daß Sie hier sind. In dem Fall könnte man sie auch vielleicht anrufen." Das Mädchen hob die Hände bittend zu ihm empor und sagte mit ihrer sanften, klagenden Stimme leise nur die Worte:

„Wenn Sie mich verraten, bin ich verloren."

„Hm", brummte der Händler kopfschüttelnd, „also so stehen die Sachen - aber wie, um Gottes willen..."

„Na, laß das arme Kind nur jetzt zufrieden", sagte die Frau. „Nachts läßt du ja doch kein fremdes Boot an Bord heran, wer weiß denn auch, was für Gesindel drinnen sitzt, und daß die Raubbande doch noch hier und da am Mississippi besteht, dächt ich, hättest du weiter oben zur Genüge gehört. Wenn sie was wollen, sollen sie am hellen Tag kommen, und bis dahin sind wir schon ein tüchtiges Stück stromab. Du siehst doch, wie sich das arme Ding da ängstigt und abquält."

„Nu, nu", lächelte der Mann, sie beruhigend, „das gehört gerade nicht mit zu meinem Geschäft, daß ich bei Nacht und Nebel junge Mädchen entführen helfe; wenn du's aber absolut so haben willst, kann's mir auch recht sein. An Bord sollen uns die Burschen schon nicht kommen, dafür werd ich sorgen und bin nur neugierig, was sie vorgeben werden. Übrigens kommen sie näher, wenn ich nicht irre. Na, fürchten Sie sich nicht", sagte er dann weit freundlicher, als es sonst gerade seine Sitte war, zu seinem Schützling, als er sah, wie die Fremde ängstlich zusammenzuckte. „Wen der alte Poleridge nicht gutwillig herausgeben will, den können sie mit einem Boot voll Nigger nicht holen, so viel ist sicher." Und ziemlich entschlossen die Hände in die Tasche schiebend, stieg er langsam wieder an Deck. Kaum hatte er übrigens die Kajüte verlassen, und sein schwerer Tritt drückte noch über den Frauen auf das rundgebogene Bretterdeck des Boots, als sehr zu Mrs. Poleridges Erstaunen Jack in den Raum glitt und wie unschlüssig vor ihr stehenblieb. Von den Leuten kam nie jemand um diese Zeit noch zu ihnen herein, ausgenommen, wenn sie zur Koje gingen und dann durchpassieren mußten, oder vielleicht bei heftigem Regen, um vorn unterzutreten. Die alte Dame drehte sich denn auch etwas erstaunt gegen den jungen Mann um und sagte:

„Nun, Jack, was bringt Ihr? Ist das Boot da?"

„Mrs. Poleridge", sagte da Jack, und ordentlich mit Gewalt mußte er die Worte aus der Kehle pressen, „ich – ich habe Ihnen etwas Wichtiges mitzuteilen – hören Sie mich ruhig an."

„Jesus, meine Güte, was ist Euch, Jack?" sagte die Frau, ihn erstaunt über ihre Brille betrachtend. „Was fehlt Euch denn, und Ihr seht aus..." Sie drehte sich nach der Lampe um, diese etwas höher hinaufzuschrauben. Als sie aber die rechte Hand zu dem Licht aufhob, sah sie erstaunt, daß sie ganz blutig war. „Na?" unterbrach sie sich bestürzt. „Was ist denn das? Blute ich denn, oder – um Gottes willen, liebes Kind, sind Sie...?"

Jack ließ sie nicht ausreden. Einen Schritt vortretend, ergriff er ihre Hand und flüsterte bittend:

„Hören Sie mich, beste Frau, und helfen Sie einer Unglücklichen, die ohne Sie verloren ist."

„Aber, Jack – ich begreife Euch nicht –", rief die alte Dame aufs äußerste erstaunt. „Mein Mann hat ihr ja schon seinen Schutz versprochen, und das arme Mädchen..."

„Ist eine Sklavin", sagte Jack, und Mrs. Poleridge hätte bald einen Schrei ausgestoßen. Ihr Blick flog dabei nach der Unglücklichen hinüber; als er aber auf dem bleichen Antlitz der Armen haftete, sagte sie rasch:

„Unsinn, Mann, die ist so weiß wie Ihr und ich..."

„Und doch Sklavin", stöhnte Jack, „aber hören Sie alles und urteilen Sie dann selbst..." Und mit hastigen, aber klaren, einfachen Worten erzählte er jetzt der die Hände in Angst und Bestürzung faltenden Frau die ganzen Erlebnisse des heutigen Tages, von denen er Zeuge gewesen war und die das Mädchen wahrscheinlich zu verzweifelter Flucht getrieben hatten.

6. Die Verfolger

Indessen hatte das fremde Boot draußen einen weiten Bogen um das Flatboot beschrieben und augenscheinlich den Strom nach irgend etwas abgesucht. Jetzt kehrte es zurück und hielt gerade auf sie zu. Deutlich konnten sie schon von Bord aus die im Mondlicht blitzenden Ruder, wenn sie aus dem Wasser gehoben wurden, erkennen, und bald war das kleine schlanke Fahrzeug ihnen so nahe, daß sie imstande waren, die darin Sitzenden zu zählen. Es waren vier Mann an den Rudern und einer am Steuer; die ersteren jedenfalls Neger, der Steuernde dagegen ein Weißer.

„Hallo, das Boot!“ rief da eine rauhe Stimme das Flatboot an.

„Hallo, das Boot!“ wiederholte fast mechanisch der alte Poleridge, der neben Bill am Steuerruder stand.

„Habt Ihr ein Kanu gesehen, das an Euch oben an jener Landspitze vorbeigerudert ist?“ wurde wieder gefragt.

„Die Stimme kommt mir bekannt vor“, brummte der Alte leise vor sich hin und rief dann laut: „Was für ein Kanu?“

„Was für ein Kanu?“ wiederholte ärgerlich der im Boot. „Nun, zum Teufel denn, ein Kanu mit einem einzelnen Mädchen drin!“

„Hm, so! Nein“, sagte der Alte ruhig.

„Nein? - Ihr müßt es gesehen haben“, rief aber die Stimme wieder. „Es kann in höchstens zwanzig Schritt an Euch vorbeigefahren sein.“

„Möglich“, erwiderte ruhig der Alte, „wir haben aber mehr zu tun, als auf das zu achten, was im Strom herumschwimmt.“

„Ich will verdammt sein“, brummte da Bill, „wenn das nicht der einäugige Halunke von der Plantage da oben ist, der seinen Niggern heut abend noch eine kleine Extrabewegung verschafft.“

„Jawohl ist er's, der - Lump“, nickte der Alte verdrießlich vor sich hin, „kommt mir aber gerade recht. Erst verdirbt er uns den Handel an Land, und dann will er auch hier noch auf dem Wasser das große Wort führen! Was der aber nur mit dem weißen Mädchen zu schaffen haben kann?“

Das Boot war indessen ganz nahe, und zwar zum Hinterteil des nur mit der Strömung niedertreibenden Flatboots gekommen, um mit den an Bord Stehenden bequemer reden zu können.

„Mr. Poleridge“, sagte da der Weiße, der am Steuer saß, „ich habe etwas mit Ihnen zu sprechen - werfen Sie uns einmal ein Tau herunter, daß ich an Bord kommen kann.“

„Tut mir leid“, sagte der Händler aber ruhig, „ich bin heut abend nicht mehr zu Hause. Wenn Sie was von mir wollen, seien Sie so gut und kommen Sie am Tag wieder.“

„Unsinn“, rief der andere ärgerlich. „Sie sind in der Zeit zwanzig Meilen den Strom hinab.“

„Mit Gottes Hilfe, ja“, erwiderte der Händler, „aber bei Nacht und Nebel läßt man nicht gern fremde Menschen an Bord.“

„Aber ich bin kein Fremder“, rief der Mann wieder, „mein Name ist Hoof - ich bin der Aufseher der Plantage, an der Sie bis heut abend gelegen haben.“

„So?“ sagte der Yankee trocken. „Wäre mir dann sehr angenehm, Ihnen noch adieu sagen zu können, denn heut abend hatt ich das wirklich schmählich vergessen.“

Der Aufseher biß die Zähne zusammen; seine Leute hatten die Ruder eingenommen und trieben dicht hinter dem Boot langsam mit ihm stromab.

„Mr. Poleridge“, sagte der Aufseher da mit ernster Stimme, „ich fürchte, Sie spielen ein gefährliches Spiel. Sie haben eine entsprungene Sklavin an Bord und wollen sie verheimlichen. Wissen Sie, daß nach unseren Gesetzen Zuchthausstrafe darauf steht?“

„Entsprungene Sklavin?“ wiederholte der Händler, doch

etwas verdutzt. „Unsinn, Mann – fahrt nach Hause und legt Euch zu Bett und kommt mir hier nicht mit Euren Flausen. Ich habe niemanden an Bord und steh Euch keine Rede mehr."

„Das wollen wir sehen", rief da der Aufseher, bei dem der Zorn die Oberhand gewann. „Sie müssen mich an Bord lassen, um mich selber zu überzeugen. Sie dürfen mir das nicht verweigern!"

„Darf ich nicht? Oh!" lachte der Yankee. „Da könnte jeder angefahren kommen und in finsterer Nacht an Bord wollen, nach entlaufenen Niggern zu sehen. So sicher ist der Mississippi nicht, um das zu riskieren, und von müssen ist nun hier gar keine Rede."

Der Aufseher schwieg; plötzlich aber rief er seinen Leuten zu, die Ruder wieder aufzugreifen. Mit ein paar Ruderschlägen war das Boot an der Seite des Flatboots, und der Aufseher erhob sich, den Rand desselben zu erfassen.

„Tom – reich mir einmal meine Büchse herauf!" rief da der alte Mann mit donnernder Stimme über Deck. „Und der erste, der seinen Kopf bei mir, gegen meinen Befehl, an Bord zeigt, kann sich auch darauf verlassen, daß ich ihm das Mondlicht hindurchscheinen lasse. Wetter noch einmal, ich will doch sehen, wer Herr auf der alten ‚Susy' ist, Ihr oder ich!"

In wenigen Augenblicken kam einer der Leute mit der Büchse angesprungen, und Mr. Hoof wagte nicht dem Verbot zu trotzen, der alte Mann hätte auch seine Drohung erfüllt und kein Gerichtshof der ganzen Welt ihn deshalb schuldig befunden. Mit einem gotteslästerlichen Fluch stieß der Aufseher sein eigenes Boot wieder ab, und die Leute setzten ihre Ruder ein. Das des einen Negers traf aber dabei auf das versenkte Kanu, und im Augenblick wurde die Aufmerksamkeit des Negertreibers dorthin gelenkt.

„Beim Teufel, sie ist an Bord!" schrie er, laut aufjubelnd. „Jetzt wollen wir sehen, ob Ihr ein Recht habt, mit Euren nordischen Abolitionistenbooten hier an den Plantagen zu landen und Neger zu stehlen. Weigert Ihr Euch noch, die Sklavin herauszugeben?“

„Neger stehlen, du faulmäuliger Halunke!“ rief aber jetzt der alte Yankee, dem es schon in den Fingern zuckte. „Nun mach aber, daß du fortkommst, soviel rate ich dir, oder ich selber tue etwas, das mich am Ende später gereuen könnte.“ Der alte Mann hob drohend die Büchse, und der Aufseher, feige überhaupt, wo er irgend Widerstand fand und nicht die Mehrzahl auf seiner Seite hatte, warf den Bug des Boots herum. Die Ruder fielen wieder ein, und das kleine Fahrzeug lag bald außer Schußweite von dem Deck des Flatboots oder der Arche, wie solche Kästen ebenfalls nicht selten genannt werden. Dem Alten ging aber das Wort ‚Sklavin‘ im Kopf herum. War es nur eine List des Aufsehers, einen Vorwand zu haben, um an Bord zu kommen und dieses nach der flüchtigen Weißen zu durchstöbern, oder - es gab allerdings Sklaven, die fast so weiß waren und oft weißer als ihre Herren und doch Niggerblut in den Adern hatten. Der Zweifel wurde ihm unbehaglich, und er mußte ihm rasch ein Ende machen.

„Bill“, sagte er, sich zu dem Steuernden wendend, „hab mir ein Auge auf das Boot, und wenn sie wieder herankommen, ruf mich! An Bord darf mir der Halunke bei Nacht und Nebel auf keinen Fall, und wenn ich zehn Nigger hier hätte, die seinem Sklavenzüchter gehören. Wenn er was von uns will, soll er morgen kommen, oder - an uns schreiben.“ Und mit diesen Worten verließ er, seine Büchse mit hinunternehmend, das Deck.

„Hallo, Jack!“ sagte er übrigens erstaunt, als er in seine Kajüte trat und dort den jungen Bootsmann neben der Fremden stehen sah, deren Hand er gefaßt hielt. „Weißt du, was der Lump, der Mr. Hoof, der draußen in seinem Boot bei uns war, gesagt hat?“

„Die Wahrheit, Mann“, flüsterte da die Frau.

„Alle Wetter!“ rief der Yankee erschrocken, und das Mädchen barg schaudernd ihr Antlitz in den Händen. Jack hatte aber vorgearbeitet und, auf die Gutmütigkeit der alten Dame bauend, diese wenigstens für sich gewonnen. Was kümmerten ihn die Gesetze der Sklavenhalter – hier vor sich hatte er ein armes mißhandeltes Geschöpf, ein Opfer von den Tausenden, die jährlich unter der Peitsche ihrer Henker verbluten; ihrem Schutz hatte sich die Unglückliche anvertraut, und er selber war fest entschlossen, sein Leben für sie einzusetzen. Viel kaltblütiger nahm aber der Yankee die Sache, der zu oft schon hier in Louisiana und überhaupt in den Sklavenstaaten gewesen war, um nicht ganz genau die Gefahr zu kennen, der er sich ausgesetzt, und keineswegs daran dachte, sein Eigentum und seine eigene Freiheit zu wagen, um einer entlaufenen Sklavin zu ihrer Flucht behilflich zu sein. Ruhig legte er deshalb die lange Büchse wieder auf ihren Platz, warf einen langen forschenden Blick auf das in sich zusammengebrochene Mädchen und sagte, indem er sich wieder abwandte, um die Kajüte zu verlassen:

„Ja, dann brauche ich freilich die Büchse nicht mehr – das hätte ich früher wissen sollen.“

„Was willst du tun, Mann?“ rief die alte Frau, die rasch seinen Arm ergriff.

„Was ich tun will?“ wiederholte der Yankee, sie erstaunt ansehend. „Nun, das Boot wieder herbeirufen und sie ihren Leuten übergeben. Glaubst du, daß ich Lust habe, meine Ladung in der nächsten Stadt vom Sheriff verauktionieren zu sehen und selber mit den Louisiana-Zuchthäusern Bekanntschaft zu machen? – Ich müßte geradezu wahnsinnig sein.“

„Aber sieh dir das Mädchen nur erst an, Mann“, bat die Frau, der das Herz bei dem Gedanken weh tat, die Unglückliche ihren Peinigern wieder überliefert zu sehen. „Sieh“, sagte sie, die Hände der Armen von dem bleichen tränennassen Antlitz niederdrückend, „sieh das Kind, weiß wie eine Kirschblüte und mit dem lieben Gesicht meiner Schwester Lucy so ähnlich wie ein Ei dem anderen, und sieh hier", fuhr sie fort, das Mädchen mit ihrer kräftigen Hand emporhebend, daß ihr Mann den blutgestreiften Rücken erkennen konnte, „sieh das – so haben sie das arme Kind mißhandelt und gepeitscht, eines erbärmlichen Hundes wegen, den ein Alligator gefressen hat. Sind das Menschen?"

„Hm", sagte der Händler, „das ist allerdings schlimm – sehr schlimm, und ähnliches traue ich dem Halunken auch wohl zu, der da draußen mit seinem Boot umherrudert, aber – er hat die Gesetze einmal auf seiner Seite, und gegen den Stachel können wir nicht löcken. Hätt ich das Mädchen auf meiner Farm in Indiana, ließe sich ein Wort darüber reden, und wir fänden vielleicht Mittel und Wege, sie nach Kanada hinaufzuschaffen. Hier aber, mit meinem ganzen Vermögen beinah im Bereich ihrer Gesetze, kann ich gar nichts machen, wenn ich auch wirklich wollte. Der Lump da draußen braucht weiter nichts zu tun, als hinter uns herzurudern und morgen, wenn es Tag wird, am nächsten Städtchen zu landen und uns anzuzeigen. Nachher haben wir Sheriff und Konstabler warm vom Bäcker weg an Bord, und daß ich mich dem nicht aussetze, ich dächte, dafür würdest du mich kennen."

„Und das Kind wolltest du wirklich ausliefern?" sagte die Frau.

„Wenn ich vorher gewußt hätte, wie die Sachen standen, hätt ich sie gar nicht an Bord gelassen. Jetzt ist aber noch nichts verdorben. – Der Overseer wird froh sein, wenn er sein Eigentum zurückhat, und wir schwimmen ruhig weiter. Alle Sklaven kann ich doch nicht freimachen, und um mit der einen anzufangen, riskier ich nicht mein Hab und Gut und meinen Hals. Rede nicht weiter, denn du weißt, es hilft dir nichts."

„Dann laß sie wenigstens ihr Boot nehmen und irgendwo an Land gehen!" bat die Frau.

„Damit werden wir aber die Schufte nicht los", brummte der Mann. „Entweder entdecken sie das Kanu mit dem hellen Kleid darin, und dann kann sie ihnen nicht entgehen, oder sie fahren hinter mir drein und machen mir dann Gott weiß was für Umstände im nächsten Ort."

„Liefert mich aus", sagte da plötzlich das Mädchen selber mit leiser, aber entschlossener Stimme. „Ich fühle, daß ich kein Recht habe, Euch solcher Gefahr auszusetzen, und - ich bin doch verloren. Entkäme ich auch hier in den Wald, was hülfe es mir - ich müßte in der Wildnis verderben oder an bewohnte Stellen gehen, und überall gelten diese furchtbaren Gesetze, die mich verdammen. Liefert mich aus - mir bleibt doch keine andere Wahl, als zu sterben."

„Vielleicht doch noch", sagte da eine ernste und ruhige Stimme, und als sich alle erstaunt danach umsahen, trat Jack aus dem Dunkel des Raumes vor, wohin er sich bei des Händlers Ankunft zurückgezogen hatte. „Willst du dich mir anvertrauen, Mädchen?"

„Dir, Jack?" sagte der Yankee. „Was fällt dir ein, Bursche! Das Boot ist für die Handlungen der Leute darauf verantwortlich, und ob ich sie hier versteckt hielte oder ein anderer, bliebe sich gleich."

„Das weiß ich", sagte der Bootsmann ruhig. „Ich weiß auch, daß Ihr sie nicht retten könntet, selbst wenn Ihr wolltet, und in der ersten Angst um das arme Kind hatte es mir nur so den Kopf verwirrt, daß ich selber gar nicht daran dachte. Auch mit dem Kanu allein kann die Arme nicht entfliehen. So gut sie mit dem Ruder umzugehen weiß, so sind ihr die Glieder durch die Mißhandlung gelähmt, und sie würde bald ermüden. Ich habe mir die Sache aber überlegt und - werde sie begleiten."

„Unsinn", brummte der Yankee, „und glaubst du, daß du mit dem Kanu dem von vier Riemen geführten Boot entgehen könntest? In einer halben Stunde hätten sie dich eingeholt, und was dann? Fang du hier mit den Sklavenhaltern etwas an! Durch unser Arbeiten im Norden gegen die Sklaverei sind sie überdies gereizt und wütend gemacht, und fielest du der richtigen Bande in die Hände, hängten sie dich an den nächsten Baum, allen Gerichten und Sheriffs der Welt zum Trotz."

„Wenn sie mich lebendig fangen, ja", lachte der junge Bootsmann ingrimmig vor sich hin, „aber wer ist denn im Boot? Der eine weiße Halunke mit vier Negern - was ist das?"

„Mehr, als du denkst, mein Bursche", sagte der Alte, „der Aufseher hat sich wahrlich niemanden zum Rudern mitgenommen, auf den er sich nicht fest verlassen kann. - Und wohin willst du hier? - Rechts liegt Louisiana, links Mississippi - eins ein Sklavenstaat so gut wie der andere; einer die Gesetze desselben mit peinlicher Ängstlichkeit und Schärfe aufrechthaltend wie der andere. Erreichtest du aber selbst glücklich einen freien Staat, so wärst du selbst dort nicht geschützt, denn unsere freien Staaten liefern ebenfalls entsprungene Neger aus."

„Ich weiß das alles", sagte Jack ruhig, „ich habe mir auch alles überlegt, und mein Plan steht fest. Euch selber kann keine Strafe mehr treffen, wenn man das Mädchen nicht bei Euch findet. Ob sie an Bord gewesen oder nicht, kann Euch niemand beweisen, und nur um einer Unbequemlichkeit zu entgehen, wollt Ihr doch die Unglückliche nicht wieder dem fürchterlichen Elend anheimgeben? - Aber wolltet Ihr es auch", setzte der junge Mann mit wilder Leidenschaft rasch und heftig hinzu, „verweigert Ihr mir selber Eure Einwilligung, so schwöre ich Euch, daß ich Euch und allen zum Trotz das Mädchen dennoch von hier mit fortnehme oder mit ihr untergehe. Mein Blut komme dann über Euch, und Ihr möget sehen, wie Ihr meinem Vater, der Euer Jugendfreund ist, wieder unter die Augen tretet."

„Führt der Junge ein Maulwerk am Kopf", sagte der

Alte, wirklich erstaunt zu seinem Bootsmann aufsehend, „und sonst hat er den Tag keine zehn Worte gesprochen – und mir willst du desertieren?"

„Ihr braucht mich jetzt nicht mehr", sagte Jack, dem sich bei der Frage eine Zentnerlast von der Seele wälzte; er wußte, Poleridge hatte eingewilligt. „Der Strom ist hier breit und tief, und die Gefahren liegen hinter uns. Gebt mir den Lohn, den ich bei Euch verdient – ich verlange nicht mehr – und für das übrige laßt mich sorgen."

„Und das Mädchen?" sagte der Alte mit einem forschenden Blick.

In atemloser Spannung hatte die Unglückliche der neu für sie auftauchenden Hoffnung, so schwach die immer sein mochte, gelauscht. Kannte sie doch alle die Gefahren, die noch in ihrem Weg lagen, viel besser als der junge Mann, dessen edles Herz, dessen kecker Jugendmut ihnen trotzig entgegensah.

„Willst du mir dein Schicksal anvertrauen", sagte da Jack, ging auf sie zu und streckte ihr die Hand entgegen, „willst du mir folgen, Mädchen, und glauben, daß ich es treu und ehrlich mit dir meine?"

Tiefes Rot färbte bei diesen Worten die eben noch so bleichen Züge der Jungfrau – zitternd erhob sie sich, legte ihre Hand in die des jungen Mannes und sagte mit lautem, tiefbewegtem Ton:

„Ich will Euch folgen, wie ich meinem Bruder folgen würde, und möge Gott Euch lohnen, was Ihr einem armen, verlassenen Wesen tut."

„Dann auch mit Gott!" jubelte Jack. „Und wenn da oben noch ein solches Wesen thront, dann wird, dann muß es uns schützen, daß wir nicht untergehen. – Und nun fort – die Nacht ist noch lang, und mir ist jetzt so froh und leicht ums Herz, daß ich meine Lust hinaus in die Welt schreien möchte."

„Das wäre sehr zweckmäßig", sagte der Alte trocken, „Mr. Hoof würde sich wenigstens gleich erkundigen, was wir wünschen. Aber meinetwegen, wenn du denn einmal blind und toll in dein Unglück hineinrennen willst, habe ich kein Recht und keine Macht, dich zu halten. Wir sind freie Bürger, und jeder von uns kann tun und lassen, was er will. Allerdings würden sie mir auf die Jacke kommen, wenn du hier unbemerkt entkommen solltest, das fürcht ich aber kaum, denn das Boot wird uns so weit aus den Augen lassen, daß ihnen ein Kanu entgehen könnte. Trotzdem will ich alles tun, was in meinen Kräften steht, dir fortzuhelfen, und wär es auch nur deshalb, diesen Mr. Hoof mit langer Nase abziehen zu sehen. Mach dich soweit zurecht - ich werde indessen einmal an Deck gehen und zuschauen, wie es da oben aussieht. Du brauchst auch nichts zu übereilen, denn du hast noch ziemlich die ganze Nacht vor dir." Poleridge drehte sich um und wollte die Kajüte verlassen, als ihm seine Frau in den Weg trat und seine Hände faßte. Große Tränen liefen ihr dabei an den Wangen nieder.

„Schon gut, Alte", sagte der Mann, sie langsam, freundlich beiseite schiebend, „ich weiß, daß ich einen dummen Streich mache. Wenn es der Tollkopf da aber nun einmal gar nicht anders haben will, mag er auch dafür die Folgen tragen. Leid ich durch seine Schuld Schaden an meinem Boot, so muß es mir sein Vater daheim ersetzen, soviel ist sicher." Er verließ im nächsten Augenblick die Kajüte, und Jack stand im ersten Moment unschlüssig da und wußte nicht, wo er beginnen sollte. Mrs. Poleridge aber, das Muster einer praktischen Frau, schob ihn dem Eingang zu und sagte rasch:

„Jetzt fort mit Euch, Jack! Bringt das Kanu in Ordnung und macht Euch zum Auslaufen fertig, sobald mein Alter die Zeit für passend hält; ich will indessen das arme Ding hier verbinden und gegen die kalte Nachtluft schützen. Auch Proviant werd ich Euch einpacken, weil Ihr ja unterwegs etwas brauchen werdet - und wenn ich dabei eine Sünde tue und gegen die Gesetze handle, so mag es mir

Gott verzeihen. Gott kann aber auch solche Gesetze nicht gegeben haben, und böse Menschen mißhandeln unter deren Schutz nur andere Geschöpfe desselben Gottes - denen beizustehen, kann keine Sünde sein. - Und nun hab guten Mut, mein Kind", wandte sie sich dem Mädchen zu, als der junge Mann die kleine Kajüte verlassen hatte. „Jack ist ein so braves, ehrliches Herz, wie nur einer im weiten Land - keiner von jenem rauhen, nichtsnutzigen Bootsgesindel, sondern der Sohn wackerer Eltern, den wir alle liebgewonnen haben. Das Herz hat er aber auf dem rechten Fleck, und wenn einer in allen Staaten, so ist er imstande, das, was er hier begonnen, auch durchzuführen."

Noch während sie sprach, hatte sie die Schultern des Mädchens entblößt, und die Tränen liefen der Frau wieder rasch über die Wangen nieder, als sie die furchtbaren Zeichen sah, die des Henkers Peitsche dieser zarten Haut eingegraben. Aber sie reinigte mit leiser und doch geschäftiger Hand die Wunden, legte einen frischen Verband auf und sorgte dann dafür, daß die Arme etwas überzuziehen hatte, um die frischen Wunden nicht zu erkälten. Wieder und wieder schüttelte sie aber dabei den Kopf und konnte nicht aufhören, sich zu wundern, daß ein so weißes Mädchen den Negern zugezählt und so mißhandelt werden könne. Jack war aber indessen auch nicht müßig gewesen und hatte so geräuschlos wie möglich mit einem seiner Kameraden das vorhin versenkte Kanu erst an der Seite aufgehoben und dadurch halb auslaufen lassen und dann vom Wasser freigeschöpft. Ohne Geräusch war das freilich nicht möglich gewesen, das Boot jedoch, das sich jetzt vor ihnen hielt, war zu weit voraus, um ihr Treiben hier gewahren zu können, und bald lag das kleine Fahrzeug wieder leicht und sicher auf dem Wasser.

Das Flatboot näherte sich jetzt einer der im Mississippi häufig liegenden Inseln, und da es sich bei dem hohen Wasserstand ziemlich gleich blieb, an welcher Seite sie hinfuhren, beschloß der alte Poleridge, die Schattenseite zu wählen. Der Mond stand schon ziemlich tief, und unter dem Schutz der Bäume konnte es dem Kanu doch am Ende gelingen, glücklich zu entkommen. Seine Leute hatte er indessen mit der beabsichtigten Flucht des Kameraden bekannt gemacht, und Bill schwur, daß ihm nichts auf der Welt größeres Vergnügen machen würde, als mitzugehen. Das Kanu war aber dazu zu klein, und der Alte fragte ihn auch, ob er glaube, daß er sein Flatboot allein den Strom hinabbringen könne?

„Es ist genug", brummte er, „daß ich den Tollkopf von einem Burschen laufenlasse, und ihr anderen könnt Gott auf euren Knien danken, daß ihr nicht mit von der Partie zu sein braucht. Sollte mich gar nicht wundern, wenn wir nächster Tage in New Orleans lesen, daß sie einen Abolitionisten mit einer entsprungenen Niggerin gefangen und zum abschreckenden Beispiel für andere aufgehängt haben. – Und nun fort, Jack, oder steh wenigstens bei deinem Boot und sieh zu, daß dein Passagier fertig ist, und ihr anderen – haltet reinen Mund. – Von euch hat niemand etwas gesehen, verstanden?"

„Müßt uns für verdammte Holzköpfe halten, daß Ihr das auch noch erwähnt!" brummte Bill. „Good luck, alter Junge und halt dich tapfer – einer gegen fünf ist noch gar nicht so schrecklich arg, und du bist gerade der Rechte, ihnen heimzuleuchten."

Jack reichte allen seinen Kameraden der Reihe nach die Hand, und sie alle hatten, wenn auch mit den furchtbarsten Flüchen oft untermischt, ein derbes, aber herzliches Wort für ihn. Die ganze Sache entsprach auch viel zu sehr ihrem wilden, abenteuerlichen Leben, um nicht aller ihrer Sympathien gewiß zu sein. Der Alte war indessen in die Kajüte gegangen, konnte aber hier einen lauten Ausruf des Staunens nicht unterdrücken, als ihm seine Frau das indes angezogene Mädchen entgegenführte. Mit einem von ihren dunklen Kleidern angetan, eins der amerikanischen Bonnets auf, das das Gesicht wenn auch nicht verdeckte, doch beschattete, kannte er die entlaufene Sklavin kaum wieder.

„Na, das muß wahr sein“, sagte er ganz verblüfft, „wer dich in dem Aufzug sieht, mein Kind, und mit dem Gesicht und dann auch nur eine Ahnung hat, daß du Negerblut in den Adern trägst - und verwünscht wenig muß es außerdem sein -, kann mehr als Brot essen und hat ein schärferes Auge als der alte Poleridge. Wenn dich der Junge erst einmal glücklich aus der Nachbarschaft hier bringt, nachher kann wahrhaftig noch alles gutgehen. - Aber wo ist Jack? - Blitzbengel der, wenn ich in seinen Jahren wäre, ich weiß nicht, was ich selber täte, aber derlei Gesindel, mit nichts im Vermögen, als was sie in der Westentasche mit forttragen können, sitzt auch immer locker wie ein geladenes und gestochenes Gewehr; der geringste Druck, und sie gehen los. Na, Junge, da hast du deine Madame“, wandte er sich dann zu dem eben eintretenden Jack, „eine etwas jüngere Ausgabe der Mrs. Betsy Poleridge, und nun mach, daß du fortkommst. Da vor uns liegt die Insel - hast du deine Decke?“

„Alles in Ordnung, Sir.“

„So und hier ist auch dein Geld, das du bei mir guthast - es sind ein paar Dollar mehr, denn ich habe den Monat für voll gerechnet - werd es von deinem Alten schon wiederbekommen, wenn sie dich hängen sollten. - Schon gut - deine Büchse ist doch in Ordnung?“

„In bester, und Kugeln hab ich auch genug, auch noch ein Stück Blei in der Tasche, frische zu gießen, wenn sie nicht ausreichen sollten.“

„Und dein Pulverhorn?“

„Gefüllt...“

„Na, dann mit Gott, und nun leb wohl und halte dich tapfer - ich muß hinauf an Deck.“

Er drückte dem jungen Burschen derb die Hand und wollte dann die Kajüte verlassen, blieb wieder stehen, besann sich einen Augenblick; drehte sich wieder um und reichte auch dem Mädchen die Hand. Es war nur ein Nigger, und das Vorurteil konnte er nicht so leicht besiegen, das selbst in den Herzen der nördlichen Amerikaner wurzelt. Aber sie sah so ganz genau wie eine Weiße aus, und der blutige Rücken der Armen fiel ihm auch wieder ein, daß er die Hand des Mädchens nahm und fast herzlich schüttelte.

„Leb wohl“, sagte er dabei, „ob du recht getan, weiß ich nicht - ich selber mache einen dummen Streich - aber wir wollen das Ende abwarten.“ Und ohne sich wieder umzusehen, stieg er langsam nach oben.

7. *Im Kanu*

Bill, der einem anderen das Steuer überlassen, hatte indessen vorn vom Boot aus einen scharfen Ausguck gehalten. Der Mond stand allerdings schon ziemlich tief am Himmel, aber es war noch hell genug, eine weite Strecke aus zu sehen. Der Alte überlegte sich dabei, ob die beiden Leute nicht doch am besten täten, den Untergang des Mondes abzuwarten; dann aber waren sie auch der Gefahr ausgesetzt, daß sich ihre Verfolger ganz dicht beim Flatboot hielten und sie, sowie sie ihre Flucht bemerkten, unfehlbar augenblicklich eingeholt hätten. Jetzt blieben diese doch ein Stück davon entfernt, und wenn sie, einmal unter der Insel, zurück hinter das Flatboot ruderten, hatten sie noch die Hoffnung, ihnen zu entgehen. Wenigstens mochten sie soviel Vorsprung gewinnen, daß sie das Ufer des Mississippistaates erreichen konnten. Im Wald war Jack daheim, und der Aufseher hätte dort außerdem vorher einen Warrant bei einem dortigen Sheriff beantragen müssen, um die entlaufene Sklavin gerichtlich verfolgen zu können und ausgeliefert zu bekommen.

Das Boot hatte, wie Bill nicht entgangen war, allerdings an der Spitze der Insel auf sie gewartet, um vor allen Dingen erst zu sehen, welches Fahrwasser das Flatboot annehmen würde, das rechte oder linke. Die Insel war zwar nicht groß, aber mit hohen Baumwollholzbäumen und Weiden dichtbewachsen, und die durften sie nicht zwischen sich und das verfolgte Boot lassen. Mr. Hoof übrigens, mit Wut und Haß im Herzen seine Beute überwachend, wußte recht gut, daß hier eine günstige Stelle zur Flucht sei. Trotz aller Vorsicht Jacks hatte er, oder vielmehr einer seiner mitgenommenen Negertreiber, das Ausschöpfen des Kanus gehört und kannte die Bedeutung des Lautes. Die Weißen wollten den Tag nicht abwarten, sondern, um jeder Verantwortung ledig zu werden, jedes Zeugnis gegen sich abzuschütteln, das Mädchen wahrscheinlich hier im Schatten der Insel an Land schicken, von wo aus sie dann später, sobald sie selber außer Sicht wären, ihre Flucht ungehindert fortsetzen könnte. Das mußte er zu verhindern suchen, und deshalb blieb er jetzt hier auch ruhig auf seinen Rudern, im Schatten eines in den Strom gestürzten Baums liegen, um sich von da an nur einfach zwischen der Insel und dem Boot zu halten. Sowie sie weiter unterhalb wieder freies Wasser erreichten, hatte er kaum zu fürchten, daß ihm das Kanu ungesehen entkommen könnte.

An Bord des Boots war ihnen das aber ebenfalls nicht entgangen, und Jack baute darauf seinen Plan. Mr. Hoof hatte nicht bedacht, daß die Flüchtige nicht wagen durfte, an einer Insel zu landen, wo sie, wenn entdeckt, ihren Verfolgern gar nicht mehr entgehen konnte. Die Insel lag nun ziemlich in der Mitte des Stroms, aber fast noch mehr nach der Mississippiseite als gegen Louisiana zu, so daß die Entfernung nach jenem Staat auch nicht so groß war. Das Kanu schien außerdem vortrefflich gebaut und lag leicht auf dem Wasser, und mit zwei Rudern konnten sie, wenn selbst verfolgt, ihre Entfernung schon eine Weile halten. Das Mädchen mußte deshalb den Platz vorn im Kanu einnehmen, das Gesicht dem Bug zugekehrt, um im schlimmsten Fall ihr Ruder ebenfalls zu gebrauchen. Jack dagegen, mit einem anderen sogenannten Paddel, das er vom Bord des Flatbootes mitgenommen, stand daneben noch auf dem niederen Vorbau und wartete auf das Zeichen, das ihm der Alte geben sollte.

Dieser hatte die Stelle nicht außer acht gelassen, wo er das verfolgende Boot wußte – jetzt trieben sie in etwa hundert Schritt daran vorüber. „Jetzt!" flüsterte er zu dem ungeduldig darauf harrenden Jack hinab. „Halte nur das Flatboot genau zwischen dir und der Insel, und mach so wenig Geräusch wie möglich."

Die Warnung war unnötig. Jack wußte schon selber ganz genau, was er zu tun hatte, und seine Büchse in der einen, das Ruder in der andern Hand sprang er in das Kanu – die Frau warf vorn das dünne Tau los und in den Bug hinein, und mit einem leise geflüsterten „Lebt wohl" drehte der scharfe Bug vom Boot ab und in den Strom hinaus. Vollkommen geräuschlos setzte dabei der junge Bootsmann sein kurzes, leichtes Ruder ein, nur dann und wann den Kopf über die Schulter wendend, um die rechte Höhe mit dem Boot zu halten. Kein Wort wurde zwischen den beiden gewechselt. Jetzt mußten sie vor allen Dingen die Verfolger von ihrer Fährte bringen, und Gott würde dann schon weiterhelfen.

Das ging auch vortrefflich. Mr. Hoof hielt sein Boot soviel als möglich zwischen der Insel und dem Flatboot und konnte dabei den ganzen Strom recht gut übersehen, die Stelle allein ausgenommen, die hinter dem letzteren lag. Dicht zur Insel hatte das letzte hohe Wasser aber eine Menge Holz, ganze Stämme und an diese wieder einzelne Äste angeschwemmt, und um nicht mit den langen Riemen darin hängenzubleiben oder gar aufzulaufen, mußte er gerade vom Land abhalten. Dadurch aber kam das Flatboot ein Stück voraus, und der eine Negertreiber, der schon lange gedrängt hatte, daß sie nicht so weit von dem Boot ableiben, sondern sich dicht dahinterhalten sollten, was ihnen die Bootleute gar nicht verwehren konnten, entdeckte plötzlich, schon eine tüchtige Strecke entfernt, das flüchtige Kanu.

Wenige Worte genügten, den Steuernden darauf aufmerksam zu machen. „Ruder scharf ein, meine Burschen!" schrie Mr. Hoof, als er den Bug seines Boots herumwarf, um die Verfolgung aufzunehmen.

Der Alte an Bord hatte die Bewegung natürlich gleich gesehen und die Ursache vermutet. Dem Kanu durfte er dabei auch kein Zeichen geben, daß es entdeckt sei, um späteren Folgen vorzubeugen, aber mit dem Boot konnte er sich unterhalten, darin lag nichts Sträfliches.

„Hallo, Sir!" rief er deshalb nach diesem hinüber, und

zwar viel lauter, als nötig gewesen wäre, ein noch einmal so weit entferntes anzuschreien. „Wohin soll denn jetzt die Reise so eilig gehen? - Ich dachte, Sie wollten uns begleiten."

„Bestie!" murmelte der Aufseher zwischen den Zähnen hindurch, lachte dann aber ingrimmig vor sich hin. „Es hilft dir doch nichts, mein Bursche, die Dirne ist mein, ehe sie nur in Rufnähe vom Ufer kommt. Wacker, Jungen, wacker, legt euch in die Riemen, und ich gebe jedem von euch fünf Dollar aus meiner Tasche, wenn wir das Mädchen sicher wieder an Bord haben."

Die Leute bedurften keiner weiteren Ermahnung, mit besten Kräften legten sie sich in die Ruder, und das leichte, trefflich gebaute Boot schoß schäumend über die Flut. Aber auch Jack hatte das laute Reden an Bord gehört, und wenn er das, was dort im Schatten der Insel vorging, auch noch nicht sehen konnte, erriet er doch leicht die Ursache.

„Jetzt nimm das Ruder, Kind", rief er dem still im Boot kauernden Mädchen zu, „und wenn du noch imstande bist, deine Arme zu gebrauchen, so hilf, soviel du kannst, den Schuften zu entgehen. Hab aber keine Angst, Herz", setzte er fröhlichen Muts hinzu, „wenn sie uns auch wirklich einholen sollten, haben sie uns deshalb noch immer nicht. Ich bin nun einmal mit dir ausgelaufen und will dich retten, oder - wir gehen eben zusammen, wenn's sein muß. Nur den Burschen da drüben überlaß ich dich nicht, darauf darfst du rechnen."

Das Mädchen erwiderte kein Wort - wenn ihre Arme auch schmerzten, griff sie das Ruder, dem Befehl gehorsam, auf, und daß sie es zu gebrauchen wußte, hatte sie schon vorher bewiesen. Das Kanu tanzte auch nur so über das Wasser hin, und näher kamen sie dem dunklen Waldstreifen, der sich vor ihnen am gar nicht mehr so fernen Ufer hindehnte. - Aber näher kam auch das Boot, und Jack, als er den Kopf mit einem leise gemurmelten Fluch zurückdrehte, konnte sich nicht verhehlen, daß ein Zusammenstoß mit den Feinden, ehe sie das Land erreichten, fast unvermeidlich sei. Allerdings hatte er seine Büchse neben sich und war fest entschlossen, sie im äußersten Notfall auch zu gebrauchen, aber einmal abgeschossen, konnte er sie in dem schwankenden Kanu gar nicht wieder laden – und was dann? – So viel hatte er dabei gemerkt, daß ihr Kanu das Wasser weit rascher durchschnitt, wenn er nicht zu viel gegen die Strömung anhielt, sondern ihr mehr folgte. Dadurch verlängerte er aber auch die Entfernung zwischen sich und dem Land, dabei konnten die Verfolger nur gewinnen. Es blieb ihm deshalb schon nichts anderes übrig, als das nächste Land in so gerader Richtung als möglich anzusteuern; wer konnte wissen, welche Vorteile ihm die Nähe des Lands selber bot, und daß er solche dann nach Kräften nützen würde, dazu war er fest entschlossen.

Das Mädchen ruderte indessen still und schweigend fort. Nur einmal, als die Ruderschläge der Verfolger zum erstenmal ihr scheues Ohr trafen, wandte sie den Kopf dorthin, dann arbeitete sie geduldig weiter. Hinter ihr lag der Tod, vor ihr das Leben; und an das klammerte sich ja das arme junge Mädchen noch mit allen Fasern ihres Herzens fest. Jack ruderte ebenfalls aus Leibeskräften, aber je mehr er sah, daß die Verfolger näher kamen, desto fester und ingrimmiger biß er die Zähne zusammen. Furcht kannte er dabei gar nicht; sein Leben hatte er schon oft selbst eines gleichgültigen Erfolgs wegen gewagt, aber das ärgerte ihn, daß er vor dem feigen Burschen von Aufseher fliehen mußte.

„Schuft von einem Kerl“, murmelte er dabei vor sich hin, „hätt ich nur ein Boot unter mir, wie du, in dem ich mich aufrichten dürfte, ohne die Gewißheit zu haben, im nächsten Augenblick damit umzuschlagen, wie in der Nußschale von einem Ding hier, ich wollte dich lehren, arme Mädchen blutigpeitschen!“

Weiter - immer weiter ruderte er. Der Schweiß stand ihm in großen Tropfen auf der Stirn, und trotzdem schallten die Ruderschläge immer lauter und deutlicher zu ihnen herüber. Dabei war es, als ob das Land, das ihm am Anfang so nahe geschienen, gar nicht näher kommen wolle. Noch immer lag eine weite Wasserfläche zwischen ihm und dort, und das verfolgende Boot hätte er schon mit der Büchsenkugel erreichen können. Aber kein Wort sagte er; was half jetzt alles Reden, wo sie handeln mußten, und überdies entschied die nächste Viertelstunde ja auch ihr Schicksal - zum Guten oder Bösen -, aber immer näher kam das Boot. Während des Mädchens Arme, von der Entzündung des Rückens angegriffen, mehr und mehr ermatteten, legten sich die Verfolger nur mit frischerer Lust in die Ruder, je deutlicher sie sahen, wie sie dem Kanu näher kamen. Auf der einen Seite winkte ihnen für sie reichlicher Gewinn, auf der andern drohte ihnen die Peitsche, kein Wunder, daß sie da ihr Bestes taten, um den ausgesetzten Preis zu verdienen. Zehn Minuten waren solcherart noch vergangen. Das Boot konnte kaum noch hundert Schritt von ihnen entfernt sein, und das laute Lachen des Aufsehers, der über den glücklichen Fang jubelte, tönte schon zu ihnen herüber. - Jack knirschte vor Wut die Zähne zusammen, und ein toller Entschluß reifte auf einmal in ihm.

„Und sie sollen dich doch nicht fangen, Sally!“ flüsterte er dem Mädchen zu. „Wenn wir auch nicht zusammen fliehen können, will ich den Hunden da drüben doch den Spaß vereiteln.“

„Es ist vergebens“, stöhnte das Mädchen, indem sie das Ruder sinken ließ, „ich danke Euch für alle Güte, die Ihr mir erwiesen, und hätt ich noch Tränen! Aber es ist vorbei - in wenigen Minuten sind wir in ihrer Gewalt.“

„Noch nicht“, sagte aber Jack, das Ruder mit doppelter Kraft gebrauchend. „Teufel! Das Land ist kaum zweihundert Schritt mehr entfernt, und so nahe vor dem Hafen noch zu scheitern - aber noch gibt es ein Mittel. Die kurze Strecke kannst du auch allein noch rudern, und daß dir die anderen nicht folgen, dafür laß mich sorgen. Ich rudere dich jetzt noch so weit als irgend möglich, die Entfernung zu verringern, und laufen sie dann an uns heran, dann sitz nur fest, dann spring ich hinüber in ihr Boot und will sie schon am Rudern hindern, bis du in Sicherheit bist."

„Und Ihr? - Was wird aus Euch?"

„Pah!" sagte der junge Bursche. „Was können sie machen? - Sie sollen mir nachher einmal beweisen, daß du gerade hier in dem Kanu gewesen - wenn sie überhaupt imstande sind, mich zu halten. Ich kann schwimmen wie ein Fisch und will ihnen schon entgehen."

„Es ist umsonst", sagte kopfschüttelnd das Mädchen. „Was hilft es mir auch, wenn ich allein, mit dem Boot doch hinter mir, das Ufer erreiche! Sie würden mein Kanu finden und zerstören, und morgen hätte ich die Aufseher der nächsten Plantagen mit ihren Bluthunden auf meiner Fährte. Meine ganze Flucht war Wahnsinn und hat nur dazu gedient, Euch noch mit in mein Verderben zu reißen."

„Unsinn", brummte Jack zwischen den Zähnen hindurch, „soweit sind wir aber noch nicht, und du kannst doch wenigstens den Versuch machen, zu entkommen. Doch immer besser das Letzte versucht, als sich frei in sein Schicksal zu ergeben." Das Mädchen schwieg einen Augenblick und senkte den Kopf; endlich sagte sie mit leiser, kaum zum Ohr des jungen Manns dringender Stimme:

„Ihr habt gesagt, daß wir zusammen fliehen wollen. - Sie werden Euch töten, während ich das Ufer erreiche - ich gehe nicht - ich will mit Euch sterben."

Ein eigenes, wunderlich wildes und schmerzliches und doch auch wieder so süßes Gefühl zuckte durch des jungen Burschen Herz bei diesen Worten.

„Mit mir sterben, Sally? Nun gut dann, Kind - es ist

möglich, aber - so weit sind wir noch nicht. Wenn uns der Bursche da drüben zum Äußersten treibt, mag er sich die Folgen dann auch selber zuschreiben, Gnade gibt er nicht und hat sie deshalb auch nicht zu erwarten, und wenn du so gesonnen bist, dann..." Er brach kurz ab, aber ein wildes Feuer glühte in seinen Augen, und doch war in diesem Augenblick auch aller Schmerz, jede Angst von ihm gewichen. Er warf den Kopf zurück, sah das Boot kaum einen Steinwurf weit hinter sich, und drohend klang zugleich des Negertreibers Stimme zu ihnen herüber.

„Willst du es aufgeben, mein Schatz, und hast du eingesehen, daß du uns nicht mehr entgehen kannst?"

Jack hatte das gar nicht mehr so ferne Land mit den Blicken überflogen, und eine Stelle dort schien ihm die Möglichkeit einer Landung zu gestatten. Fast überall war die Uferbank steil und schroff abgebrochen, nur eine kleine Strecke unterhalb begann eine Sandbank, an deren oberen Teil er hoffen durfte, anzulaufen. Zu gleicher Zeit wandte er den Bug seines Kanus ein klein wenig mehr stromab, und der Aufseher, der am Steuer mit dem Gesicht nach vorn in seinem Boot saß, erkannte zum erstenmal, daß die flüchtige Sklavin nicht allein in dem Kanu sei.

„Alle Teufel!" rief er aus. „Was ist das? Sind wir einem falschen Kanu gefolgt, oder hat die Dirne noch einen Begleiter bei sich? Darum konnte sie so scharf rudern. Aber warte, mein Herz, dir soll die Lust vergehen, zum zweitenmal davonzulaufen - jetzt bin ich nur begierig, deinen Kompagnon kennenzulernen."

„Dessen Bekanntschaft kannst du bald machen, mein Bursche!" rief da Jack, den Bug seines Kanus herumwerfend, daß es gerade gegen die Strömung anhielt, die Büchse hatte er zugleich auf seine Knie gelegt, die Mündung dem kaum noch zwanzig Schritt entfernten Boot zugekehrt - in dieser Stellung konnte er die Waffe mit

Sicherheit führen.

„Verdammnis!“ schrie der Aufseher. „Das ist nicht die Stimme eines Niggers - das ist...“

„Ein guter Freund und alter Bekannter von dir, Kamerad“, rief da der junge Mann, sein Ruder vor sich ins Boot werfend und die Büchse in Anschlag heraufnehmend. „Halte das Kanu einen Augenblick in der Richtung, Sally, bis ich den Burschen da drüben abgefertigt habe - und nun herum mit eurem Bug, ihr Schufte, oder so wahr ein Gott da oben über uns lebt, ich schieße dir eine Kugel durch das Hirn!“

„Das ist der Bootsmann von dem Flatboot drüben!“ schrie der Aufseher, von seinem Sitz emporspringend. „Hundert Dollar, Jungens, wenn ihr den Burschen lebendig fangt, daß ich ihn hängen sehe.“

Die Neger setzten ihre Ruder mit aller Kraft ein; das Boot sprang bei jedem Schlag, den sie ins Wasser taten, ordentlich nach vorn. Dabei hielt der Steuernde den Bug voll gegen die Seite des Kanus, und Jack durchschaute im Nu die Absicht des Aufsehers. Sobald es ihm gelang, das schwankende Kanu mit dem weit stärkeren, in voller Fahrt herankommenden Boot zu treffen, so mußte es sich füllen und sinken, eine Schußwaffe war dann unbrauchbar, und sie selber im Wasser den Verfolgern rettungslos preisgegeben.

Das Mädchen hatte den Kopf schaudernd abgewandt; die Stimme ihres Henkers füllte ihr Herz mit Todesfurcht, und nur mechanisch folgte sie dem Befehl ihres Begleiters, den Bug des Kanus noch gegen die Strömung zu halten. Jack dagegen wußte, daß der entscheidende Moment gekommen sei. Das Kanu lag vollkommen still, mit der Strömung langsam niedertreibend, während das Boot schäumend heranschoß. Die Büchse hob sich langsam - der untergehende Mond schien hell auf das blitzende Korn - Jack wußte, daß von dem sicheren Schuß sein Leben abhing, und als er den Kopf des Aufsehers mit Korn und Visier auf kaum zehn Schritt mehr in einer Linie hatte, drückte er ab.

Ein gellender Aufschrei dröhnte mit dem Schuß zusammen, Jack aber, die Büchse ins Kanu werfend, hatte im Nu das Ruder aufgegriffen, ihr Bug flog herum, scharf ab von dem verfolgenden Boot, und wich, als dieses einmal im Gang heranflog, mit Blitzesschnelle zur Seite aus. Aber auch das Boot änderte seine Richtung, denn der zu Tode getroffene Aufseher war auf das Steuerruder zurückgestürzt, dieses zu Starbord hinüberdrückend. Dadurch wandte sich jetzt dessen Bug stromauf. Die Neger aber, die keine Ahnung gehabt, daß der weiße Mann seine Drohung so furchtbar rasch erfüllen würde, ja, die vielleicht nicht einmal geglaubt, daß er ein Gewehr bei sich führe, ließen erschreckt die Ruder fallen und sprangen auf, um ihrem gestrengen Herrn beizustehen. Mr. Hoofs Regiment hatte aber ein Ende. Die sichere Kugel des jungen Bootsmanns war, nur etwas zu tief, durch seine Stirn gefahren. Er lebte zwar noch, aber nur, um wilde, unartikulierte Schreie auszustoßen und mit den Armen jählings um sich her zu werfen. Nach dem Schuß war er im Boot emporgesprungen und wäre über Bord gefallen, hätte ihn nicht einer seiner Leute gefaßt und gehalten. Dadurch aber, und während er mit seinem zuckenden Körper das Steuer zur Seite drückte, kam auch die ganze Bootsmannschaft in Unordnung, und Jack war nicht der Mann, die ihm solcherart gegönnte Zeit unbenutzt verstreichen zu lassen.

Keinen Jubelschrei stieß er aus über den geglückten Schuß, keinen Blick warf er zurück auf das jetzt von ihm abgewandte Boot. Mit neuer Hoffnung, aber freilich auch dem unbehaglichen Gefühl, ein abgeschossenes Gewehr im Kanu zu haben, legte er sich mit aller Macht in sein Ruder und arbeitete dem Land entgegen. Im Boot entdeckten sie jetzt allerdings die Flucht des schon so sicher geglaubten Kanus, aber ehe sie ihre Ruder wieder aufgreifen konnten, hatte das schon einen tüchtigen Vorsprung gewonnen, und dicht am Land mit der Strömung hin glitten die Geretteten.

Gerettet? Lieber Gott, noch lagen vielleicht schlimmere Gefahren für sie im Hintergrund, als selbst der jähe Tod im Strom gewesen wäre; aber diesem ersten waren sie doch entgangen. Der schlimmste Feind, den sie im Land hatten, war unschädlich gemacht, und allem anderen sah der junge Bursche mit leichtem, fröhlichem Herzen keck entgegen.

Wohl folgte jetzt das Boot; die Neger hatten den Körper des Sterbenden, dem sie doch keine Hilfe bringen konnten, auf den Boden des Boots gelegt und nahmen die Verfolgung wieder auf. Aber es war kein rechter Ernst mehr darin. Was konnten sie auch, Sklaven miteinander, gegen den Weißen machen? Durften sie sich an ihm vergreifen, und stand nicht Todesstrafe für irgendeinen von ihnen darauf, der Hand an einen der bevorzugten, freien Kaste legte? Allerdings hatte der Mann eine Sklavin gestohlen, und vielleicht hätten sie die Gerichte freigesprochen - aber nur vielleicht. Sie wußten es nicht genau, und dann war auch der erste Schuß mit solcher Sicherheit gefallen und hatte sich sein Opfer so furchtbar schnell aus ihrer Mitte herausgeholt - sollten sie der Waffe noch einmal trotzen? Und weshalb?

Die beiden Negertreiber, während sie nichtsdestoweniger so rasch sie konnten hinter dem Kanu dreinruderten, überlegten sich das alles leise miteinander - aber im freien Wasser konnten sie die Flüchtlinge nicht mehr überholen. Um den Wipfel eines in den Strom gestürzten Baumes biegend, war es plötzlich ihren Blicken entschwunden, und als sie dicht davor das Wasser mit ihren Rudern zurückdrängten und vorragende Äste faßten, um sich dort festzuhalten, hatte ein überragender Baum die beiden schon in seinen Schutz genommen.

In dem Boot befanden sich noch, außer dem erschossenen Aufseher, vier Neger – die beiden Negertreiber, Mulatten, und zwei der zuverlässigen Sklaven, die Mr. Hoof für seinen Dienst ausgewählt. Ohne weißen Befehlshaber durften sie aber selber nichts eigenmächtig unternehmen, ja wären sie selbst auf der nächsten Plantage angelaufen, so waren sie der Gefahr ausgesetzt, als entflohene Sklaven aufgegriffen und zurückgehalten zu werden. Nichtsdestoweniger hielten es die beiden Negertreiber für ihre Pflicht, den Flüchtigen wenigstens den Wasserweg abzuschneiden, indem sie das dort eingelaufene und wahrscheinlich jetzt verlassene Kanu herausholten und treiben ließen oder zerstörten. Es war dann immer eher möglich, die beiden hier im Wald wieder aufzufinden und zu fangen. Nach kurzer Beratung entschlossen sie sich denn auch, ihr Boot in das Gewirr von Ästen, durch die das schmale Kanu viel leichter hindurchgeschlüpft war, hineinzuschieben. Gar nicht weit den Strom hinauf hatten sie dann die Anzeige zu machen, und hielt man sie fest, so ließ sich ihre Unschuld leicht beweisen. Vorsichtig machten sie sich deshalb an die Arbeit, und die Ruder auf die Bänke legend, während sie sich an den Ästen langsam vorwärtszogen, brachten sie das Boot auch bald dort ein, wohin ihnen das Kanu vorausgefahren war. Ehe sie aber nur in dem dunklen Schatten der Bäume erkennen konnten, wo es lag, donnerte ihnen des Bootsmanns Stimme entgegen:

„Zurück, ihr Burschen! Schiebt sich euer Boot noch eine Elle weiter hier herein, so schieß ich dem ersten Wollkopf, der sich darin zeigt, eine Kugel durchs Hirn – habt ihr mich verstanden?“

Die Neger antworteten nicht; daß der Mann aber nicht spaße, davon hatten sie den blutigen Beweis in ihrem eigenen Fahrzeug liegen, und rascher, als sie in das Gewirr hineingekommen, arbeiteten sie sich wieder zurück. Mit Gewalt war da nichts auszurichten, und sie selber mußten sich einen anderen Plan ausdenken, um dem Kanu wenigstens die weitere Flucht abzuschneiden.

Jack hatte indessen seinen eigenen Plan gefaßt. Sowie das Kanu mit der Spitze die dort nicht zu steile Uferbank berührte, sprang Sally heraus und stand jetzt zitternd am Ufer, um ihren Beschützer zu erwarten. Der junge Bootsmann säumte denn auch nicht, ihr zu folgen, und einmal erst auf sicherem Boden, wurde ihm leichter, fröhlicher ums Herz. Seine erste Sorge war aber, die abgeschossene Büchse wieder zu laden, und mit der Waffe jetzt schußfertig in der Hand wußte er, daß er sich die unbewaffneten Neger leicht in nötiger Entfernung halten könne. Ihren ersten Versuch, sein kleines Fahrzeug zu nehmen, machte er auch rasch durch seine Drohung zunichte, seine Situation war aber dadurch auch nicht viel gebessert. Vorsichtig horchte er allerdings erst eine Weile nach den Zurückweichenden hinüber, solange er ihre Stimmen hören konnte, und kletterte dann leise wieder in das Kanu hinab.

„Wo wollt Ihr hin?“ flüsterte Sally, erschreckt die Hände faltend. „Nur ruhig, mein Herz“, warnte aber der Mann mit ebenso leiser Stimme. „Erst muß ich wissen, was die Burschen da draußen vorhaben - bleib nur ruhig hier und fürchte nichts - ich komme gleich zurück.“

Seine Büchse im Kanu, ohne jedoch das Ruder zu gebrauchen, schob er jetzt den Bug desselben langsam weiter und weiter vor, bis er der ihm ängstlich Nachschauenden im Schatten des dunklen Baumwollholzwipfels entschwunden war - lange Minuten vergingen, und er kehrte nicht zurück. War er geflohen? Hatte er sie allein hier ihrem Schicksal überlassen? Sie schauderte bei dem Gedanken, und noch einmal so unheimlich rauschten die düsteren Wipfel über ihr und tönte klagend der Ruf der Eulen durch den stillen Wald. Eine volle halbe Stunde verging ihr so in peinlich qualvollem Warten, und keine Nacht war ihr so lang noch vorgekommen. Endlich glaubte sie, das Geräusch zurückgedrängter Büsche zu hören; ihr Herz klopfte stürmisch in der Brust, und jetzt – er kehrte zurück. Dort schob sich das lange schmale Kanu langsam dem Land wieder entgegen, und als sie sich vorbeugte, den Bug desselben zu fassen und zu halten, trat Jack, die Büchse in der Hand, zu ihr heraus.

Kein Wort sprach er dabei, nur alles, was noch im Boot lag, hob er heraus, zog das Kanu dann weiter auf den weichen Boden, höher und höher hinauf. Seine ganze Kraft mußte er dabei anwenden und bald an dem, bald an jenem Ende heben, denn das Mädchen konnte ihm wenig dabei helfen. Endlich aber gelang es ihm doch, es, wenigstens vom Wasser aus, außer Sicht hinter einen Busch zu bringen, und er ging nun daran, die hinterlassenen Spuren im weichen Boden so gut als möglich wieder unkenntlich zu machen. Sally hatte ihn dabei, soviel sie konnte, unterstützt, und das beendet, faßte er jetzt des Mädchens Hand und half ihr wieder die Uferbank hinauf, weiter, immer weiter in den Wald hinein. Noch immer sprach er kein Wort und suchte nur sorgfältig die offensten Stellen für seinen Schützling aus, um ihr den rauhen Weg so gut als möglich zu erleichtern, bis sie das Ufer weit, weit hinter sich gelassen.

Sally war ihm, ohne eine Frage zu tun, ohne eine Klage auszustoßen, durch Schilf und Sumpf und über umgebrochenes Holz gefolgt. Da plötzlich blieb er stehen, warf seine Decke zu Boden, lehnte die Büchse an einen umgestürzten Stamm, neben dem sie standen, und sagte freundlich:

„Nun, mein Kind, sind wir deinen unmittelbaren Verfolgern wenigstens entrückt, und wie's nun weiter kommen mag, müssen wir versuchen. Aber hast du Kraft, mir noch ein paar Stunden lang durch dies Gewirr von Schilf und Unterholz zu folgen?"

„Ja", sagte das arme Mädchen leise, „wohin Ihr mich führt; ich will nicht fragen, was und wie Ihr's tut."

„O nein, mein Herz, so war es nicht gemeint", sagte der

junge Mann lachend, „du sollst allerdings genau wissen, was ich zu tun gedenke; ob es uns glückt, steht freilich in Gottes Hand. Nun höre: Dadurch, daß ich den Burschen von unserem Kanu zurückscheuchte, sind sie natürlich der Meinung, daß wir ihnen mit dem und zu Wasser noch entgehen wollen. Sie wissen auch ziemlich genau, wie wild diese Wälder sind, und können sich nicht denken, daß ein Fremder seinen Weg hindurch finden würde. Der Wald aber ist meine eigentliche Heimat und ein alter Freund, und einen besseren Führer könntest du dir nicht wünschen."

„Aber die Verfolger werden nach der nächsten Plantage rudern und dort die Leute auf unsere Fährte setzen."

„Wenn sie das diese Nacht beabsichtigen, wären wir jetzt schon wieder im Kanu unterwegs", sagte Jack, „und hätten's dann gewiß viel bequemer. Wie die Sache aber jetzt steht, haben sie ihr Boot draußen an den Büschen festgemacht und wollen dort jedenfalls, während sie den Tag abwarten, uns hindern, wieder auszulaufen. Das war auch das Gescheiteste, was sie tun konnten, denn bei Nacht dürfen sie nirgends anlaufen, wie niemand daran denken könnte, uns hier im Wald im Dunkeln zu verfolgen. Was sie für morgen früh beabsichtigen, weiß ich nicht, bis dahin aber, hoff ich, sind wir aus ihrem Bereich. Weiter unterhalb im Strom und kaum eine halbe Stunde Wegs von hier entfernt sah ich nämlich, gerade als ich mir einen Platz zum Landen suchte, ein schwaches Licht aus dem Wald schimmern. Dort liegt jedenfalls die Hütte irgendeines Holzfällers, die sich hier überall am Ufer niedergelassen, um Holz für vorbeikommende Dampfer aufzuklaftern. Alle diese Leute haben aber ein Boot oder Kanu an ihrem Haus, und wenn wir das erreichen, ehe die Sonne aufgeht, dann mögen sie hier oben sitzen und Wache halten nach Herzenslust, dann führe ich dich vor Tag einem freien und, will es Gott, glücklichen Leben entgegen."

„Glücklich?" sagte seufzend das arme Mädchen. „Darf ich auf Glück noch rechnen?"

„Ja, mein Kind", sagte da mit weicher Stimme der sonst so rauhe, wetterfeste Bursche, indem er des Mädchens Hand ergriff und hielt. „Ja, Sally, wenn wir all den Gefahren, die uns hier noch umgeben, glücklich entgehen, dann darfst du das und hast es mehr vielleicht verdient als tausend andere, die von ihrer Geburt an darin sich schwelgen. Jetzt aber fasse nur guten, frischen Mut, mein armes Kind! Du hast mir nun einmal dein Leben anvertraut, und daß es dich nie gereuen soll, lasse meine Sorge sein. Aber nun fort: Wir versäumen hier mit Schwatzen die schöne, kostbare Zeit und haben hier das Schlimmste vor uns – einen weiten Weg durch Dornen und Gestrüpp. Ich fürchte fast, es wird zuviel für dich."

„Oh, sorgt Euch nicht um mich!" rief das Mädchen, und ihre Stimme klang in dem Augenblick zum erstenmal froh und sorgenfrei. „Ihr sollt sehen, wie rüstig ich Euch folgen werde, und jetzt, in diesem Augenblick, ist es mir auch fast, als ob ein schwerer Gram von meiner Seele genommen wäre. Guter Gott, ich habe noch nie in meinem Leben gewußt, wie einem Wesen zumute ist, um das ein anderes sich sorgt! Ihr seid der erste, der freundlich mir entgegentritt, von dessen Lippen ich keine harten, zürnenden Worte höre, und wenn ich jetzt auch meinen Peinigern wieder in die Hände fiele, wenn ich ein ganzes langes Leben durch für diesen einen glücklichen Augenblick büßen müßte – ich will nicht murren –, hab ich doch gelebt."

„Du armes, armes Kind", sagte Jack, „daß es solche Teufel mit menschlichen Fratzen gibt, die sich Gottes Ebenbild nennen und eine Hölle um sich schaffen! Aber die Zeit kommt vielleicht auch, wo diese Sklaverei als Fluch und Schande gebrandmarkt wird, wo nicht ein solches Gesindel die Peitsche mehr über ein unglückliches Volk schwingen darf! Doch fort mit den Gedanken –

bleibe dicht hinter mir, mein wackeres Mädchen, und halten deine Kräfte nur noch ein paar kurze Stunden aus, so denk ich, haben wir das Schlimmste überstanden."

Rasch griff er wieder seine zusammengeschnürte Decke, in die er ihren Proviant gewickelt hatte, vom Boden auf, nahm seine Büchse und schritt durch den dunklen, jetzt nicht einmal mehr vom Mond erhellten Wald. Vorsichtig wählte er dabei jede nur einigermaßen lichte Stelle, und wo es ihm die dichten Wipfel erlaubten, blieb er stehen, um nach den Sternen seine Bahn zu finden. Sorglich half er dabei dem Mädchen über jeden in ihrer Richtung liegenden umgestürzten Stamm, führte sie durch hier und da eingerissene Gräben und rückte, wenn auch langsam, doch weiter und weiter mit ihr vor.

So mochten sie zwei volle Stunden gewandert sein, und Jack hatte sich jetzt am Rand eines Schilfbruchs gehalten, wo das Unterholz nicht so dicht stand. Da erreichte er plötzlich einen kleinen freien Platz, und wo er ihn betrat, verkündete ein durch Menschenhand gefällter Baum die Nähe einer Wohnung.

Rasch bog er sich nieder, mit der Hand den Boden fühlend; und mit dem Jubelschrei: „Ein Weg! Ein Weg!" sprang er wieder empor.

„Ist hier ein Weg?" fragte das Mädchen, das schon an seiner Seite stand.

„Ja, mein Herz, ein Fahrweg noch dazu, auf dem die Leute jedenfalls ihr Holz zum Strom geschafft haben, und hier sind wir vom Ufer auch gar nicht mehr so weit entfernt. Hörst du den Dampfer, der dort drüben den Mississippi herunterbraust? Wenn wir die Richtung jetzt genau wüßten, in der das Haus liegt, könnten wir es vielleicht in kurzer Zeit erreichen."

„Dort bellt ein Hund", rief Sally plötzlich, des jungen Mannes Arm ergreifend und nach hinüber deutend, wo sie geglaubt, daß sie den Laut gehört.

„Dort läutet die Glocke!" schrie Jack jubelnd. „Das

Dampfboot legt an, Holz einzunehmen, und in fünf Minuten wissen wir, woran wir sind."

„Aber es geht den Strom hinab", sagte schüchtern das Mädchen.

„Und was tut's?" lachte Jack, die Brust von neuer Zuversicht gefüllt. „Ich bin gern im Wald, Herz, und nie glücklicher, als wenn ich die grünen Wipfel über mir rauschen höre. Der letzte Marsch hat mir den Wald aber auf ein paar Tage verleidet, und mit den tiefen Spuren, die wir dort im weichen Boden hinterlassen, ist es am Ende auch besser, wir machen, daß wir hier fortkommen. Gebe der Himmel, daß wir's zur rechten Zeit auch noch erreichen!"

Wieder schlug die Glocke draußen an. Deutlich konnten sie die scharfen Töne herüberschallen hören, und Jack wußte recht gut, daß dieses Zeichen in der Nacht nur dann gegeben wird, wenn entweder Passagiere zu landen sind oder das Boot Holz einnehmen will. Das erstere war hier nicht wahrscheinlich, denn der dichte Wald verkündete keine Plantage, und nahm das Boot wirklich Holz, so behielten sie auch Zeit genug, den Platz zu erreichen. Vor allen Dingen mußten sie jetzt die Richtung genau wissen, in welcher der Dampfer anlegen würde, und ob sie dem gefundenen Weg hier folgen könnten. Darüber sollten sie auch nicht lange im Zweifel gelassen werden. Wieder gab die Glocke ein paar kurze Schläge, und kaum fünf Minuten später hörten sie das scharfe Zischen des ausgelassenen Dampfes.

„Hurra, jetzt haben wir's!" lachte Jack in wilder Fröhlichkeit. „Und nun vorwärts, Kind – noch eine kurze Strecke, und wir sind am Ziel."

Rüstig schritt er auf dem Weg hin, und schon sahen sie eine weite Lichtung vor sich, in der sie die dort vielleicht begonnene Farm zu erreichen hofften. Da sah Jack plötzlich die Sterne vor sich im Weg von einem Wasserspiegel widerflimmern und erkannte zu seinem Schreck, daß sie an einem breiten Sumpf standen, der zwischen ihnen und dem Ufer lag.

„Alle Teufel!“ murmelte er leise vor sich hin. „Das ist eine schöne Geschichte, so dicht am Ziel, und der verdammte Sumpf.“

„Solche Stellen wimmeln von Alligatoren“, stöhnte entsetzt das Mädchen, während Jack, der eben denselben Gedanken gehabt, sich bestürzt hinter dem Ohr kratzte.

„Ja, ich weiß, mein Herz“, brummte er leise zwischen den Zähnen hindurch. „Deren Bekanntschaft haben wir heute schon einmal gemacht.“

Wieder zischte der Dampf aus dem Boot, und über die offene Waldstelle herüber klang es, als ob es kaum fünfhundert Schritt entfernt liegen könnte.

„Und wenn wir nun versuchten, den Sumpf zu umgehen?“ sagte schüchtern das Mädchen.

„Das geht nicht“, rief Jack. „Die ganze Nacht könnten wir dazu gebrauchen und brächen überdies noch Hals und Beine in den verwünschten Zypressenwurzeln. Nein, Sally, hier sind wir einmal und müssen auch hindurch, und was ich heute morgen von den Alligatoren gesehen, läßt mich glauben, daß sie eben feige Bestien sind. Drum frischen Mut - hier, Mädchen, nimm meine Büchse - hab acht, daß du den Hahn nicht spannst, und jetzt trag ich dich hindurch.“

„Durch den Sumpf?“

„Hab keine Angst - das Wasser ist an solchen Stellen selten tief - Bäume stehen ja überall darin, und durch die Pfütze wollen wir uns nicht zurückschrecken lassen. Fürchtest du dich?“

„Ich fürchte für Euch“, sagte leise das Mädchen, indem sie zögernd die dargereichte Waffe nahm. „Ich will lieber den Alligatoren zur Beute fallen, als den Verfolgern.“

„Beides nicht angenehm“, lachte Jack, „aber ich hoffe, wir entgehen den einen wie den anderen, und nun vorwärts!“

Sorgsam hob er die schmale Gestalt in seine Arme, und

mit festem, trotzigem Schritt betrat er den weiten, öden Sumpf. Aber der Boden war hart, das Wasser reichte ihm wenig über die Knie, waren ja doch auch schon die Holzwagen hier hindurchgefahren, und weiter und weiter schritt er darin hin. Rechts und links hörte er hier und da ein Plätschern, und der scheu umhergeworfene Blick ließ ihn manchen dunklen Punkt erkennen, den er mißtrauisch für einen der braunen, weitrachigen Burschen hielt. Aber dem Geräusch, das er im Wasser machte, wichen sie aus, und nach kaum einer Viertelstunde fühlte er wieder trockenen Boden unter den Füßen.

Und dort lag auch das Boot. Durch die Büsche konnte er schon die Feuer erkennen, die von der Mannschaft am Ufer entzündet waren, und wie sie jetzt rasch darauf zuschritten, sahen sie, von ihrem Schein erhellt, das kleine Blockhaus an der schmalen Lichtung liegen. Während der Dampfer mit ausgehobenen Planken dicht am Ufer lag, arbeitete die Maschine, und geschäftige Menschen liefen, große Lasten Holz auf den Schultern, an Bord und wieder unbeladen von Bord zurück an Land.

„Aber werden sie uns aufnehmen?“ flüsterte das bange Mädchen, dem in der Nähe der vielen Weißen die alte Furcht das Herz beschlich.

„Wir werden sie nicht fragen“, lachte Jack. „Jetzt halt den Kopf oben, Kind, und zeig um Gottes willen keine Scheu. Wir gehen gerade an Bord – fragen wird uns kein Mensch, bis wir erst einmal unterwegs sind, denn dazu haben die Leute jetzt nicht Zeit, und für das andere laß du mich dann sorgen.“

Sallys Hand ergreifend, schritt er jetzt langsam in den Menschenknäuel hinein, der, wenig seiner achtend, geschäftig herüber und hinüber wogte. Ein paar der Leute sahen wohl verwundert nach der weiblichen Gestalt, aber vielleicht waren es Passagiere aus dem Boot, vielleicht gehörten sie hier in das Haus – was kümmerte es sie!

Dicht hinter einigen der Holzträger schritten sie über

die schmale Planke hin an Bord und dort ohne weiteres in das düstere Zwischendeck hinein, zwischen Gruppen von Schlafenden und Spielern hin. Niemand kümmerte sich um sie, und Jack hatte bald eine für den Augenblick unbesetzte Koje gefunden, in die er seine Decke warf. Dann blies er das Pulver von der Pfanne seiner Büchse, stellte das Gewehr in die Ecke und schien sich jetzt vollkommen zu Hause zu fühlen.

Draußen läutete in diesem Augenblick wieder die Glocke, die Leute waren fertig; das Boot schob in den Strom hinaus, und die von den Passagieren, die mit Holz getragen, kehrten in das Zwischendeck zurück.

„Hallo, Kamerad," sagte da ein langer Kentuckier, der in seiner verlassenen Schlafstelle wieder einkehren wollte und sie indessen ganz unerwarteterweise in Besitz genommen fand. „In der Koje schlaf ich, nimm deine Decke nur wieder heraus."

„Ist das Euer Platz?" fragte Jack.

„Ja – hast du was dagegen?" fragte trotzig der Mann.

„Nein, Kamerad", lautete die ruhige Antwort, „aber ich bin eben hier mit meiner Frau an Bord gekommen und sehe keinen andern Platz für sie. Wenn du da drinnen schlafen willst, muß sie die Nacht auf einer Kiste sitzen, wenn du ihr aber den Platz überläßt, zahl ich ihn dir."

„So war's nicht gemeint", brummte der Bursche gutmütig, als er einen Blick in das freundliche, ihm zugewandte, jetzt von Purpurröte übergossene Gesicht des Mädchens geworfen. „Legen Sie sich ruhig hinein, Ma'm, und wenn Sie die Decke, die da drinnen liegt, als Kopfkissen benutzen wollen, soll's mich freuen – Sie werden so noch hart genug liegen."

„Dank Euch, Freund", sagte Jack, des Mannes Hand ergreifend und schüttelnd.

„Unsinn", brummte dieser, „'s ist gern geschehen."

Dabei drehte er sich ab, streckte sich auf einer der nächsten Kisten aus und war bald trotz der unbequemen

Lage sanft und süß eingeschlafen.

Jack bereitete indessen seinem Schützling das Lager auf dem ihr überlassenen Schlafplatz, hüllte die müden Glieder des armen Mädchens in die wollene Decke ein und ging dann selber vor zu den Heizern, um sich an deren Feuer die naßgewordenen Kleider wieder zu trocknen.

Momentan hatten sie allerdings gar nichts für ihre Sicherheit zu fürchten. Sally war weiß genug, um in keinem, der sie nicht persönlich kannte, auch nur den Verdacht aufkommen zu lassen, daß Negerblut in ihren Adern fließe. Nur an den Fingernägeln bleibt gewöhnlich bei den Quadroonen noch ein matter, dunkler Schein, verräterisch die Abstammung zu künden. Aber selbst das war so unbedeutend, daß es nur dem genauen Beobachter aufgefallen wäre, während Sally das selber wußte und sich wohl davor hüten konnte.

Jack aber, trotz der furchtbaren Anstrengung der letzten Nacht, trotz der Aufregung, in der er sich fortwährend befunden, konnte selbst nicht schlafen. Zum erstenmal, zwischen all den fremden Menschen, in deren Gewalt er sich rettungslos befand, sowie sie nur das am letzten Tag Geschehene geahnt, wurde ihm die Gefahr klar, der er sich ausgesetzt. Solange die Aufregung selber dauerte, hatte diese kein anderes Gefühl in ihm aufkommen lassen, als das, seinen Verfolgern zu entgehen. Jetzt aber, in dem Zustand von Ruhe, den er genoß, mit keiner unmittelbaren Gefahr mehr, die ihn bedrohte, kühlte sich sein Blut auch ab, und er begann zum erstenmal zu überlegen. Mitten in den Sklavenstaaten, in diesem Augenblick sogar noch weiter und weiter auf dem flüchtigen Boot gegen Süden schnaubend, war er auch jede Stunde der Gefahr ausgesetzt, daß irgend jemand das Mädchen erkenne oder Verdacht über ihre Abkunft schöpfe. Entweder mußte er sich dann von ihr lossagen oder – Rechenschaft von ihr geben, das eine aber wollte, das andere konnte er nicht, und einmal erst den Verdacht auf sich gelenkt, war er verloren. Der morgige Tag mußte ebenfalls die glückliche Flucht wie den Mord des Aufsehers aufdecken, und wenn er sich über den letzteren auch nicht die geringsten Gewissensbisse machte, wußte er doch recht gut, daß ein entsetzlicher Lärm darüber entstehen werde und die Zeitungen so rasch als irgend möglich die Tatsache, mit der genauen Beschreibung des flüchtigen Mädchens, verbreiten würden.

Zu keiner Zeit war dabei in den südlichen Staaten die Aufregung gegen den Norden größer gewesen als gerade jetzt; zu keiner Zeit hatten die Sklavenhalter ihre vermeintlichen Rechte unnachsichtlicher überwacht als in den letzten Monaten. Mit furchtbarer Strenge waren alle Neger, gegen die nur der geringste Verdacht vorlag, meuterische Absichten zu hegen, bestraft worden; mit dem größten Eifer hatte man alles verfolgt, was nur mit dem Abolitionistentreiben im Norden in der geringsten Verbindung stehen konnte, und Versammlungen waren fast in allen größeren Städten des Südens abgehalten worden, um einander in dieser Hinsicht mit allen nur zu Gebote stehenden Kräften zu unterstützen. Das alles hatte er schon vor ihrer Abreise im Norden gehört, und die Warnung des Alten, sich um Gottes willen in acht zu nehmen, daß er nicht gehängt würde, fiel ihm in diesem Augenblick mit aller Schärfe wieder ein.

Keinesfalls gedachte er weiter den Strom hinabzugehen als irgend nötig, und schon mit Tagesanbruch bot sich ihm eine passende Gelegenheit, einen Landeplatz zu finden. Der einzige Schutz, den er vorderhand erwarten konnte, war, wie er recht gut wußte, nur in einer großen Stadt, und als er von einem der Bootsleute hörte, daß sie etwa mit Sonnenaufgang Natchez, die bedeutendste Stadt in Mississippi, erreichen würden, beschloß er, dort mit seinem Schützling an Land zu gehen. Noch konnte die Nachricht der entflohenen Sklavin nicht hierhergelangt sein, und jeden Tag, ja oft drei-, viermal des Tags hatte er in einer solchen Stadt Gelegenheit, ein stromaufgehendes Boot zu benutzen.

Mit Tagesanbruch kam der Buchführer aus seiner Kajüte herunter, die in Natchez ausgehende Fracht wie etwa das Boot verlassende Passagiere zu revidieren. Diesem meldete er sich vor allen Dingen, seine Passage zu zahlen und sein Billett zu lösen, um keine Unannehmlichkeiten zu haben.

„Hallo“, sagte dieser erstaunt, als er ihm sein Anliegen vortrug, „wo seid Ihr an Bord gekommen?“

„An der letzten Landung, da, wo Ihr Holz eingenommen habt“, erwiderte Jack, der recht gut wußte, daß nicht die mindeste Gefahr für ihn in der Wahrheit lag, „ich war mit meiner Frau oben bei meinem Bruder zu Besuch und will jetzt wieder nach Hause zurück. Ich wohne in Natchez.“

„Ahem“, brummte der Buchhalter, der darin nichts Außerordentliches sah, denn Ähnliches geschah alle Tage. „Also Passage für Euch und Eure Frau?“

„Für uns beide.“

„Na, zahlt zwei Dollar zusammen“, lautete die Antwort, „von Vicksburg hättet Ihr drei zu zahlen gehabt.“

Das Geld wurde gezahlt, Jack bekam seinen Zettel und weckte jetzt Sally, die Landung nicht zu versäumen. Ungehindert erreichten sie auch das Land, wo Jack gleich unten am Hügel ein deutsches Kosthaus aufsuchte, um jeder Möglichkeit zu begegnen, irgendeinen Bekannten dort zu treffen. Das war bald gefunden, denn vier oder fünf solche lagen dicht beisammen. Die einzige Schwierigkeit blieb, ein kleines Stübchen allein zu bekommen, aber auch das gelang endlich, und, die Entflohene solcherart in Sicherheit gebracht, erwartete er mit peinlicher Ungeduld das nächste, stromauf gehende Boot und – es kam keins! Den ganzen Tag stieg er den Natchezer Hügel auf und ab, den Strom hinabzusehen – so viele Boote sonst den Strom befahren und so vielen sie selbst unterwegs begegnet waren, heute schien der Fluß wie ausgestorben, und wenn ja der puffende Dampf eines derselben laut wurde, kam es auch sicher stets den Strom herab.

Die ganze Nacht blieb er solcherart auf der Lauer, nur

dann und wann das arme Mädchen beruhigend, das in tödlicher Angst jetzt fast verging. Die Zeit verfloß, und mit der Schnelle, mit der sich in Amerika solche Nachrichten verbreiten, war jeden Augenblick zu befürchten, daß ihnen nachgeforscht würde.

In solcher furchtbaren Aufregung befand er sich zuletzt, daß er, wo er nur zwei zusammen heimlich sprechen sah, wo nur ein fragender oder selbst gleichgültiger Blick ihn traf, sein Herz rascher zu klopfen anfing und er sich oft fast selbst verraten hätte. Endlich - endlich, wie die aufsteigende Sonne die auf dem höchsten Gipfel gelegenen Häuser vergoldete und aus den blanken Fensterscheiben ihr Licht widerspiegelte, kam einer der breiten, mächtigen Dampfer, die besonders zwischen New Orleans und Saint Louis ihre regelmäßigen Fahrten haben, stromauf. Alle diese legen dabei in Natchez an, um Passagiere zu wechseln und auch Fracht auszuladen, vielleicht auch für den Norden zu nehmen.

War übrigens Kunde von dem Geschehenen nach Natchez gekommen und spürte man hier den Flüchtigen nach, so wußte Jack recht gut, daß an der Bootslandung Konstabler postiert sein würden, die aus- oder eingehenden Passagiere zu mustern. So keck und mutig er dabei jeder wirklich gekannten Gefahr entgegenging, so lähmend wirkte diese unbestimmte auf ihn ein. Die Ungewißheit, in der er schwebte, hatte ihn ganz zermürbt, und als er zu Sally ins Zimmer trat, sie abzuholen, sank das Mädchen zitternd in die Knie, denn sein totenbleiches Gesicht ließ sie das Schrecklichste ahnen.

„Wir sind entdeckt?“ rief sie und barg das Antlitz in den Händen. „Oh, verheimlicht es mir nicht - die Verfolger sind auf unserer Spur!“

„Aber, Kind, wie du mich erschreckt hast!“ sagte der Mann und fühlte, wie ihm selber die Knie zitterten. „Und sprich auch nicht so laut - die Wände hier sind dünn, und ein solches Wort, dem falschen Ohr zugetragen, könnte uns allein schon verderblich werden. Nein, komm; noch ist nichts geschehen, daß mich etwas Derartiges könnte ahnen lassen; aber – wir selber müssen auch den Kopf oben tragen. Es darf uns niemand ansehen, daß wir uns selber nicht sicher fühlen, und dann, hoffe ich, kann noch alles gutgehen. Den Kopf also in die Höh', mein Mädchen; daß du einen entschlossenen Charakter hast, beweist schon deine Flucht, und führe das jetzt durch, was du begonnen. Nur wenige Tage noch, und wir sind in Sicherheit."

„So kommt", sagte das Mädchen, sich gewaltsam zusammennehmend. „Ihr habt recht und – Ihr sollt mit mir zufrieden sein."

Jack sah die lieben, von Tränen schwimmenden Augen lächelnd zu sich aufgeschlagen, und es war, als ob mit diesem Blick der alte frische Mut in sein Herz zurückgekehrt sei. Die eigene Gefahr hatte er vergessen, und mit der Sorge um das holde Wesen, das seinem Schutz sich willenlos überlassen, fühlte er auch die Kraft in sich, das Begonnene durchzuführen. Den Schwachherzigen selbst überkommt ein eigenes, sonst nicht einmal gekanntes Bewußtsein von Stärke, eine festere Zuversicht, wenn er noch einen Schwächeren, seiner Hilfe vertrauend, zu sich aufblicken sieht. Wieviel mehr denn mußte ein solches Gefühl den jungen tatkräftigen Mann erheben, der, an Gefahren von Jugend auf gewöhnt, nur in der zögernden Gefahr einen Augenblick gewankt. Seine Hand umspannte fester die treue Waffe, die er wieder auf der Schulter trug, und als das Mädchen jetzt an seiner Seite zum Boot hinabschritt, schaute er fest – doch trotzdem heimlich forschend – ringsumher.

Aber nur fremde, gleichgültige Gesichter waren es, die ihm begegneten, und durch das wilde Drängen einer Menge von Müßiggängern hin, die stets ein anlegendes Boot belaufen, durch Kofferträger und das Boot verlassende Passagiere bahnte er sich, mit dem Mädchen an der

Hand, mühselig den Weg an Deck.

Übrigens hatte er keine Vorsicht versäumt und die Zeit, die ihm in Natchez geblieben war, vortrefflich genutzt, seinen Schützling durch nichts auffällig zu machen. Das etwas zu weite Kleid der alten würdigen Mrs. Poleridge war mit einem passenden vertauscht worden, ein neues Bonnet schützte ihr Gesicht gegen die Sonnenstrahlen sowohl wie den neugierigen Blick der Menge, und leichte Handschuhe verhüllten die verräterische Farbe der Nägel.

War es den beiden dann auch am Anfang noch ein unbehagliches Gefühl an Bord, ehe sie ihre sämtlichen Mitpassagiere gemustert und sich überzeugt hatten, daß nur Fremde sie umgaben, so wich das doch bald einer größeren Sicherheit. Nur jetzt erst einmal die Plantage hinter sich und aus der unmittelbaren Nähe ihrer gefährlichen Feinde, und alles Schwere war dann überstanden. Allerdings hatte Jack gehofft, schon am vorigen Abend ein stromauf gehendes Boot zu finden, wo sie dann in der Nacht jene ihnen gefährliche Gegend passiert und mit Tagesanbruch weit hinter sich gelassen hätten. Derartige große Boote, wie das war, auf dem sie sich jetzt befanden, legen aber nur selten unterwegs an einzelnen Plantagen an. Dadurch verringerte sich ihre Gefahr; was ihnen aber auch drohte, sie mußten den Weg hier zurücklegen, um rasch in freies Land zu kommen.

Die ‚Queen of the West', wie der Dampfer hieß, arbeitete indessen mit voller Kraft gegen die starke Strömung des Mississippi an, und während sich Sally ein dunkles Eckchen im Zwischendeck gesucht, ging Jack hinaus auf das Vorderdeck, um die dortigen Leute zu mustern.

Vom Vorderdeck nieder stieg jetzt ein älterer Herr, der auf der nächsten Plantage an Land gesetzt sein wollte. Die Kajütenwärter trugen sein Gepäck hinter ihm her; die ‚Deckhands' oder Matrosen hatten indessen das Boot längsseits geholt, das er bestieg und an Land gerudert wurde. Indessen arbeitete die Maschine nur langsam gegen den Strom an, eben genug, um nicht zurückgetrieben zu werden, und das gewaltige Boot lag ziemlich still auf dem Wasser.

Eine kleine Flotte von Flatbooten kam indessen mit der Flut herab, und die Leute an Bord arbeiteten aus Leibeskräften, dem Dampfer auszuweichen, der nicht gut weiter nach dem Land zu hinüberhalten konnte. Die ‚Queen of the West' ging wenigstens siebzehn Fuß im Wasser, und das Ufer schien nach dort zu ziemlich seicht.

Jack hatte mit dem eigenen Interesse, das er für diese Boote fühlte, sie rasch gemustert. Freilich war es schwer, sie untereinander zu kennen, da sie – alle gleichmäßig von ungehobelten Planken nach einer Form zusammengenagelt – sich nur hier und da in der Größe etwas voneinander unterscheiden. Auch die Mannschaft derselben geht ziemlich gleich, an Bord nur einfach in Hose und Hemd gekleidet, und wenn nicht manchmal eins oder das andere absichtlich einen weißen oder roten Streifen um das Boot herum malt oder eine kleine Flagge führt, sind sie sehr schwer auseinanderzuhalten.

Auf dem vordersten, das jetzt rasch herabkam, stand allerdings eine Figur am Steuer, die von weitem dem alten Poleridge glich. Das Boot selber trug einen weißen breiten Streifen und keine Fahne; es war also nicht das seine. Jacks Blick flog schon nach den anderen hinüber, als ein kleiner Hund auf dem ersten sichtbar wurde, der gegen das schnaubende Dampfboot anbellte.

„Der Dackel!" rief Jack fast unwillkürlich laut aus, und im Nu hatte er die alten Kameraden, hatte er seinen alten Kapitän erkannt.

„Hallo, das Boot!" rief er vom Vorderdeck jubelnd aus, und Poleridge, der das Hinterteil seines Fahrzeugs eben mit aller Kraft herumgeschoben und sich die Passage an dem Dampfer vorüber freigemacht hatte, drehte sich rasch nach dem Ruf um.

„Hallo, wie geht's an Bord?“ rief ihnen da Jack, auf die niedere Brüstung springend, hinüber. „Alle wohl?“

„Jack! Soll mich der Teufel holen!“ schrie Bill.

„Jack!“ jubelte aber auch der Alte, der ihn ebenfalls erkannt, seine Mütze nach ihm hinüberschwenkend. „Hurra, Junge, alles in Ordnung?“

„Alles in Ordnung!“ schrie Jack zurück, während das Boot rasch vorübertrieb.

„Das ist brav – das ist brav“, nickte der alte Mann, und es war fast, als ob Bill in ein „Hurra“ ausbrechen wolle. Wenn das aber wirklich der Fall gewesen, besann er sich zur rechten Zeit, und alle schwenkten die Hüte dem Dampfer zu. Der Alte hatte aber indessen etwas unter Deck hineingerufen, und plötzlich erschien auch die würdige Mrs. Poleridge mit dem halben Körper über Deck. Zum Rufen waren sie schon zu weit, aber zum Grüßen schwenkte sie ein altes, in der Eile aufgegriffenes baumwollenes Tuch und ruhte nicht und wedelte damit, bis der Dampfer anbrauste. – In wenigen Minuten waren die Boote außer Sicht. Ein paar der Bootsleute hatten zugesehen, wie die Mannschaft des Flatboots den Passagier so jubelnd grüßte. Das aber kam alle Tage vor. Alle diese Burschen schwimmen auf solchen Fahrzeugen den Fluß mit der Strömung nieder und kehren dann mit dem nächsten Dampfer stromauf in ihre Heimat zurück. Daß sich da alte Bekannte, die sich zufällig solcherart wiederfinden, begrüßen, ist natürlich. Jack aber war in mehr als einer Hinsicht über das Begegnen froh. Einmal freute es ihn, den alten Kameraden noch ein letztes Lebewohl zurufen zu können; dann aber gab ihm die Sicherheit des Boots auch die Gewißheit, daß es nicht weiter verfolgt oder, wenn verfolgt, nicht entdeckt war. So konnte es also auch nicht über den Schutz zur Rechenschaft gezogen worden sein, den es der flüchtigen Sklavin an jenem Abend, wenn auch nur für kurze Zeit, gewährte.

Um ganz sicherzugehen, hatte der alte Poleridge übrigens seine Flagge eingezogen und um sein ganzes Boot den weißen Streifen gemalt. Ein Wiedererkennen unter den hundert ähnlichen, die überall den Fluß befuhren, war also fast unmöglich, wenigstens entsetzlich schwierig. Er schien sich übrigens trotzdem dort oben nicht lange aufgehalten zu haben und machte jedenfalls, daß er aus dem Bereich der dortigen Pflanzung kam. Weiter unten hatte er für sich nichts mehr zu fürchten; wußten doch die Verfolger, daß die Negerin das Boot wieder verlassen hatte.

Rasch kehrte Jack jetzt ins Zwischendeck zurück, dem Mädchen dort die Kunde mitzuteilen, daß er das ihnen so wohlbekannte Boot gesehen, und sorgte dann auf das Freundlichste für seinen Schützling, um es ihm so bequem als irgend möglich zu machen.

Mit dem Leben an Bord eines solchen Boots schon seit langer Zeit vertraut, da er auf dem Ohio und oberen Mississippi manche Dampfbootfahrt gemacht, hatte er auch in Natchez an Geschirr und Proviant alles eingekauft, was sie in einer Woche etwa wohl brauchten. Frischer Proviant war übrigens auch weiter oben in den kleinen und größeren Städten, die sie gelegentlich anliefen, überall wieder zu bekommen. Jack hatte es dabei übernommen, das Mittagsmahl zu kochen, etwas, was in Amerika, besonders an Bord der Boote, sehr häufig geschieht und deshalb nicht auffällt, und Sally konnte dabei viel unbeachteter in ihrer Ecke bleiben. Übrigens bestand das Mahl nur in Kaffee und kalter Küche, war also auch leicht hergestellt, und Jack behielt Zeit genug dabei, dann und wann hinauszugehen, um sich im Strom etwas zurechtzufinden. Näherten sie sich doch der Stelle wieder, an der sie gestern durch den Sumpf die Blockhütte erreicht und Schutz an Bord des Dampfers gefunden hatten.

Das Boot hielt indessen wieder an einer der Plantagen, um irgendeinen Passagier an Land zu setzen oder aufzunehmen; aber Jack zeigte sich hier absichtlich nicht draußen, um keinem bekannten Gesicht mehr in dieser gefährlichen Gegend in den Weg zu treten.

Der Aufenthalt dauerte übrigens auch gar nicht lange, und die ‚Queen of the West' hielt jetzt ziemlich dicht an der linken Seite des Stroms hinauf - dieselbe, an der die Holzfällerhütte lag, von der sie in jener Nacht geflüchtet waren. Allerdings hatte der junge Mann den Platz nur in der wilden Beleuchtung der hohen, flackernden Feuer gesehen, trotzdem erkannte er aber die Gegend wieder, und das Herz pochte ihm stärker, als er die bekannte Stelle aufs neue und nun in ganz geringer Entfernung vor sich auftauchen sah.

Gern hätte er auch Sally herausgerufen, um ihr den Platz zu zeigen, der für sie beide an Erinnerung so reich war, aber ein großer Teil der Zwischendeckspassagiere hatte sich an dem heißen Tag, wo unter Deck noch dazu der Kochofen in Glut gehalten wurde, hier draußen im Schatten des überragenden Decks einen kühlen Platz gesucht, und er wünschte alles zu vermeiden, was sie unnötigerweise den Augen der Menge zeigen konnte.

Diesmal fuhren sie jedoch vorbei; das Boot hatte noch Holz genug an Bord, um bis gegen Abend auszureichen, und legte jetzt in kurzer Zeit die Strecke zurück, die es den Flüchtigen gestern so entsetzliche Mühe gekostet, zu durchbrechen. Deutlich konnte Jack dabei von Bord aus den ziemlich offenen Sumpf erkennen, den er, Sally in den Armen, in jener Nacht durchwatet - und suchten nicht vielleicht in diesem Augenblick sogar die Verfolger dort drüben nach seinen Fährten? Er lachte bei dem Gedanken trotzig vor sich hin, bis das Ufer selber seine Aufmerksamkeit wieder mehr in Anspruch nahm.

Sie liefen jetzt ziemlich dicht am Waldesrand hinauf, und über ihnen ließ sich schon die Insel erkennen, von der ab sie ihre Flucht in dem Kanu begonnen. Da war der Schilfbruch schon, durch den sie sich mühselig die schwere Bahn gesucht - hier begann die Sandbank, und gleich darüber, wo vom steileren Uferrand das Wasser einzelne Wurzeln unterwühlt und in den Strom hinabgeworfen, dort hatten sie Schutz gefunden. Der vorragende Baum dort mit seinem breiten, von der gelben Flut durchwühlten Wipfel mußte die Stelle sein, wo das Boot damals, ihrer harrend, auf der Wacht gelegen und...

„Da war es, Massa“, flüsterte plötzlich eine leise Stimme an seiner Seite, und als er sich erschreckt danach umschaute, sah er einen alten Neger neben sich, der ihm nur mit den Augen winkte, ihm zu folgen.

Jack war es, als ob all sein Blut zu Eis geworden wäre, und wie ein lähmender Schlag zuckte es ihm durch alle Glieder. Der alte Neger aber, ohne ihn weiter zu beachten, schritt langsam von ihm hinweg der andern Seite des Boots zu, dessen heißer Gang jetzt in der glühenden Mittagssonne von den Passagieren gemieden schien. Niemand befand sich dort draußen, und als Jack dem Schwarzen, nur mechanisch und kaum eines Gedankens fähig, folgte, wandte sich dieser wieder gegen ihn.

„Ihr seid von Massa Poleridges Boot, nicht wahr? Pst“, warnte er aber, als Jack, keines Wortes mächtig, schwieg, „ich weiß alles - ich war in dem Boot, in dem Ihr Massa Hoof so hübsch die Kugel in die Stirn schosset, daß er nur noch ein bißchen mit Armen und Beinen strampelte. Schlechterer Buckra hat nie gelebt, und arme Schwarze danken Gott auf ihren Knien, daß ihn Teufel geholt hat. - Salomo verrät Euch nicht...“

„Aber wo kommst du her?“ hauchte Jack, noch immer keines weiteren Gedankens fähig.

„Sollte Euch eher fragen“, lachte der Neger still vor sich hin, „wo Ihr herkommt - müßt es unmenschlich schlau angefangen haben, daß Ihr schon wieder hier vorbeifahrt, als ob Ihr von New Orleans heraufkämt. Ich bin hier mit unserem Boot, und beide Niggertreiber und Scipio sitzen vorn am Bug und schlafen in der Sonne - sind müde wie die Hunde, alle miteinander, und das Beste -

Master ist ebenfalls an Bord."

„Dein Herr?"

Salomo nickte mit einem breiten Grinsen, das beide Reihen Zähne sichtbar werden ließ. „Würde sich erschrecklich freuen, wenn er wüßte, wie nah er..." Salomo sah sich erst vorsichtig um, ob niemand hinter ihn getreten sei, und flüsterte dann leise: „...Sally hat."

„Du hast sie gesehen?" fragte Jack erschreckt.

Der Neger blinzelte lachend mit den Augen.

„Salomo ist nicht dumm – wenn sie auch ein feines Kleid und Bonnet trägt und Handschuhe an den Fingern hat, wie eine feine Lady. Aber Gott segne das Kind – sie haben sie behandelt, daß es einen Stein hätte erbarmen mögen. Massa Hoof und die beiden Missusses, und Salomo will eher bei lebendigem Leib verderben, ehe er sie verriete."

„Aber wenn einer der anderen, einer der Negertreiber, das Mädchen sähe..."

„Pst", schüttelte Salomo lachend den Kopf, „hat Salomo schon gesehen und weiß, daß alte Mann sie nicht verrät. Hat Salomo letztes Jahr, wie er krank war, gepflegt wie eigen Kind und ihm gute Sachen gebracht und Schläge dafür von Massa Hoof bekommen – gut – liegt da drüben eingescharrt unter Baumwollholzbaum. Schlechteren Aufseher kriegen wir doch nicht wieder..."

„Aber ich muß Sally warnen."

„Ist nicht nötig", hielt ihn der Neger zurück, „hat Salomo gesehen – Salomo hat ihr leise zugenickt, und sie ist geschwind in Koje gekrochen und schläft mit Gesicht nach Wand hin."

„Und wenn dein Master nun das Boot durchsuchen läßt?"

„Pah, Unsinn", lachte der alte Neger, „hat keine Ahnung, daß Ihr so tief unten könnt gewesen sein und jetzt schon wieder hier heraufgekommen. Gestern, wie wir Kanu nicht mehr fanden – Salomo sagte nichts, als er die

Spur sah, wo es jemand die Uferbank hinaufgehoben –, ruderten wir nach Plantage hinauf, schickten gleich Boten an Master und ließen die Leiche dort an Land zurück. Und während weiße Konstabler mit Hunden in Wald gingen, Jagd auf Sally und Buckra zu machen, ging unser Boot mit anderem Konstabler den Mississippi ein Stück hinunter – weit, weit – und haben Nachricht auf allen Plantagen gelassen und Weiße in den Wald gehetzt und Wachen zu den Booten an Land gestellt. Master aber kam mit dem ersten Dampfer herunter und traf uns, und weil er keinen Aufseher und Negertreiber mehr zu Hause hat, muß er selber so schnell wie möglich heim – will aber morgen wieder herunterkommen – kann sich selber einmal ein Vergnügen machen."

„Aber wenn mich nun einer eurer Leute kennt?"

„Pah", sagte Salomo, den Kopf schüttelnd, „hätte Euch auch nicht erkannt, wäre Sally nicht gewesen. Ein Buckra sieht aus wie der andere – aber geht hinein – setzt Euch in die Ecke, zieht den Hut übers Gesicht und schlaft – guckt niemand nach Euch, und in halber Stunde sind wir oben."

„Leb wohl, Salomo", sagte Jack, ihm die Hand hinreichend, „du bist ein braver, redlicher Bursche."

Der Neger sah sich vorher scheu um, ehe er die dargebotene Hand nahm, dann schlug er ein, drückte sie herzlich und flüsterte, während er sie rasch zurückzog:

„Dank Euch, Massa, aber wenn jemand sähe, daß Ihr armen, schwarzen Nigger die Hand gebt – o Golly, Golly, was für Lärm sie machen würden – und grüßt Sally – Salomo darf nicht zu ihr gehen – sagt ihr, schwarze Männer beten für sie, und – behandelt sie gut, nicht wahr, Massa?"

„Wie meine Schwester, Salomo", sagte der junge Mann herzlich.

„Gott segne Euch, Massa – Gott segne Euch!" flüsterte der alte Neger, noch einmal flüchtig des Weißen Hand fassend. „Aber nun macht fort – besser sicher – besser sicher." Und ohne weiter ein Wort zu sagen, drehte er sich ab und wollte den inneren Raum des Zwischendecks wieder betreten.

„He, Salomo - wo steckt der Schlingel?“ rief in diesem Augenblick die Stimme eines Weißen, der aus dem Zwischendeck herauskam. Es war eine große, kräftige Gestalt, sehr elegant, aber in lichte Sommertracht gekleidet, einen breiträndigen, äußerst feinen Panamahut auf und ein spanisches Rohr in der Hand.

„Hier, Massa“, rief Salomo, „wollte eben zurück - habe nur nach dem Boot gesehen, ob es noch fest hing.“

„Ach so“, sagte der Pflanzer, sich von ihm ab- und dem Strom zuwendend, „hierher Ben - wo ist Scipio - her mit euch, zum Henker, wie oft soll man euch rufen! Steht bei eurem Boot - ich will an der nächsten Plantage landen - werdet ihr gegen die Strömung nachher ankommen?“

„Geht sehr schwer, Massa“, sagte Scipio, der andere Neger, den Hut ehrerbietig abnehmend, „ist erschrecklich stark, gerade da runter.“

„Geht ganz gut, Massa - Sip weiß viel von Strömung“, versicherte aber Salomo, dem nur daran lag, seinen Herrn mit den Kameraden so rasch wie möglich von Bord zu bekommen, „nur zwei Stellen ein bißchen stark...“

„Gut - dann steht bei, sowie sie das Boot anhalten...“

„Ja - zwei Stellen ein bißchen stark“, murmelte Sip verdrießlich, wenn auch ganz leise vor sich hin, „wird's schon merken - nur eine Stelle bißchen stark, aber den ganzen Weg.“

Der Pflanzer stand, den Fuß auf die Querleiste des Geländers, den Ellbogen auf seine Knie gestützt, an dem hinteren Teil des Decks, und um ihn her seine Neger, um das Anhalten des Boots zu erwarten.

Jack wußte, daß er Sallys Herrn gegenüberstand; und wenn auch keine Gefahr war, daß dieser ihn kennen konnte, mußte er doch nichts mehr fürchten, als einem der anderen Neger zu begegnen. Dicht am überbauten Rad des Dampfers war allerdings noch eine andere Tür, die hinein in das Zwischendeck führte, aber dort konnte ihm ebensogut einer der gerufenen Neger begegen. Und Sally - aber sie hatte ja Salomo gesehen und kannte die Gefahr, die ihnen drohte, und für den Augenblick blieb ihm nichts zu tun übrig, als sich selber soviel als möglich gedeckt zu halten.

Mit der so plötzlich über ihn hereingebrochenen Gefahr wuchs ihm auch wieder der kecke Mut. Wie deshalb der Pflanzer den schmalen Außengang betrat, sah er ihn ruhig an, drehte sich dann langsam um und lehnte sich, in das Wasser hinausschauend, auf das Geländer. Er hörte die Neger hinter und neben sich sprechen, konnte fühlen, wie sie an ihm vorüberstreiften, aber er wandte den Kopf weder nach rechts noch links und pfiff dabei laut und unverdrossen den Yankee Doodle, die amerikanische Nationalmelodie, vor sich hin.

Da hörten plötzlich die Räder auf zu schlagen - die aufgewühlten Wellen, zu denen er niedergeschaut, ließen nach, und nur durch sein eigenes Gewicht getrieben, durchschnitt der schwere Dampfer noch die Flut.

„Hier steh bei, Sip...“, rief Salomo, geschäftig das eine Tau lösend, mit dem ihre schlanke Jolle neben dem breiten Schiffsboot des Dampfers angehängt war, „spring hinunter, Boy, und hilf Massa einsteigen!“

Die Neger zogen das Boot rasch so dicht als möglich unter den ausgebauten Stern des Dampfers, und während die beiden Negertreiber ihrem Master von oben hinunterhalfen, stützten ihn unten die beiden anderen Schwarzen, daß sein Fuß ja nicht zu hart die Bank berühre.

Ruhig, ohne eine Miene zu verziehen, ohne ein Wort des Dankes nur zu sagen, nahm der Pflanzer die sich von selbst verstehende Dienstleistung hin, und Salomo fest an der Schulter packend, um sich selbst dabei zu stützen, schritt er über die Bänke weg, dem weichgepolsterten Sitz am Steuer zu. Die anderen beiden Neger folgten ihm rasch nach, das Tau wurde von Bord aus losgeworfen, und „Go ahead" rief die Stimme des obern Offiziers dem Lotsen wieder zu. Das Zeichen wurde gegeben, die Räder fingen wieder an zu arbeiten, der Dampfer stemmte sich aufs neue in die Strömung, während sich das Boot dem Land zuwandte.

Salomo, der das hintere Ruder führte, warf einen Blick nach dem Zwischendeck des Dampfers hinauf, aber der junge Bootsmann war von der Galerie verschwunden.

9. Die freie Fahrt

Sally hatte indessen eine Stunde in wahrer Todesqual zugebracht und alle Angst und Pein der letzten Tage, nur mit doppelter Schärfe, noch einmal in der kurzen Zeit durchlebt. Das Herz voll goldener Hoffnung eines freien Lebens, saß sie halb träumend, halb wachend vor ihrer Koje; an Gefahr beinahe nicht mehr denkend, hatte sie ihre Umgebung schon fast vergessen und empfand nur das selige Gefühl, daß sie das Boot rasselnd und schnaubend weiter, immer weiter, dem Norden entgegenführte. Da blieb jemand der im Zwischendeck Umherstreifenden vor ihr stehen, und in der Meinung, Jack sei es, schlug sie die Augen zu ihm auf, fühlte aber auch in dem Moment ihr Herzblut stocken, denn vor ihr stand Salomo, der Neger ihres Herrn. Sie war nicht einmal imstande, die Augen wieder von ihm wegzunehmen – sie sah nur, wie der alte Schwarze erst einen vorsichtigen Blick um sich warf, ihr dann freundlich zublinzelte und nach der Koje deutete; dann schaute er sich um, als ob er noch hinter sich jemanden erwartete, und verließ langsam das Deck wieder.

Erst als der Blick des Negers von ihr genommen, als sie die Gestalt desselben durch die schmale Tür verschwinden sah, kam sie wieder zu sich selber. Sie wußte, daß Salomo nie allein das Boot betreten haben würde, und in dem unbestimmten Gefühl, daß er sie nicht verraten würde, stand sie auf, drehte ihr Antlitz langsam der Wand zu und legte sich dann, mit einem Bonnet den Kopf bedeckend, in die niedere Koje vom Deck abgewandt. Als Salomo gleich darauf wieder einen flüchtigen Blick in den inneren Raum warf, sah er sie sehr zu seiner Zufriedenheit solcherart untergebracht und versuchte nun, wie wir schon wissen, ihren Begleiter ebenfalls zu finden.

Regungslos blieb das Mädchen indessen in ihrer Stellung, und wenn auch ihr Körper ruhte, arbeitete die Seele doch in wilder peinigender Angst in ihr. Da hörte sie die

Stimme ihres Herrn - wußte ihren Beschützer der Gefahr, die ihm so gut wie ihr drohte, ahnungslos ausgesetzt und durfte ihn nicht warnen. Auch die Stimmen der Negertreiber - ihrer Feinde - hörte sie, und endlich hielt das Boot. War sie entdeckt, hatten sie die Plantage schon erreicht, und würde nicht plötzlich eine rauhe Hand sie fassen und von der Schwelle des schon betretenen Glücks, der schon geschauten Freiheit, gewaltsam zurückreißen in das fürchterliche Leben? Alles war ruhig - wieder arbeitete das Boot und klapperte die Maschine, zischte der Dampf, rauschten die schweren Räder und schlugen die Wellen plätschernd hinterdrein. Sie wagte kaum zu atmen - sie wollte beten, aber sie vermochte es nicht. Die Gedanken verwirrten sich, und all die alten Schreckgebilde des verflossenen Lebens jagten sich in wilder Hast an ihrem inneren Geist vorbei. Da plötzlich berührte eine Hand ihre Achsel - galt es der entlaufenen Negerin? Ihre Glieder flogen wie in Fieberfrost.

„Sally“, flüsterte da Jacks freundliche, tröstende Stimme leise an ihrem Ohr, „beruhige dich, mein Herz, und stehe auf - die Gefahr ist vorüber - das letzte, was uns drohte. Wir sind gerettet.“

Noch immer regte sich das Mädchen nicht. Zu rasch folgte dieser neue Wechsel von Glück und Sicherheit der kaum erst überstandenen Angst und Pein, bis sich die mühsam zurückgedämmten Gefühle endlich in einem lindernden Tränenstrom die Bahn ins Freie brachen. Jack zog seine Hand zurück - machten doch die Tränen dem gepreßten Herzen Luft, und mit einem Zartgefühl, wie es selbst der roheste Hinterwäldler gar nicht selten, besonders den Frauen gegenüber, beweist, setzte er sich still und schweigend vor der Koje nieder. Aber das arme Mädchen war in Leiden gekräftigt und gestählt und überwand gar bald das augenblickliche Gefühl von Schwäche, das sie entnerven wollte. Noch in der Koje nahm sie das Bonnet ab, strich sich die vollen Haare aus der Stirn und erhob sich dann langsam von ihrem Lager.

Als Jack sah, daß sie aufstehen wollte, verließ er leise seinen Platz und ging wieder auf den Larbord-Gang hinaus, bis das Boot endlich sich mehr und mehr der Stelle näherte, auf der die Plantage jenes Pflanzers lag. Schon konnte er die Landspitze darunter erkennen, über der der Strom einen weiten Bogen gegen Westen machte - schon sah er die Dächer der Häuser aus dem dunklen Grün der Gartenbäume herausragen und zögerte noch immer, ob er Sally dazu herausrufen solle oder nicht. Aber das Mädchen hatte ihn schon selbst gefunden, und an seine Seite tretend, schaute sie still und gedankenvoll nach dem, oh, so wohlbekannten Platz hinüber!

„Dort liegen die furchtbaren Hütten", sagte sie endlich, fast wie mit sich selber redend und zusammenschaudernd, „dort liegt das Haus, das mir eine Hölle war - das es vielen armen, unglücklichen Wesen noch ist und bleiben wird - ich kann es nicht mehr sehen", brach sie da plötzlich ab, „es ist, als ob ich noch immer die gehobene Peitsche über mir wüßte und die scharfen Schläge meine Glieder zerfleischen fühlte."

„Ich habe dich gerächt, mein armes Kind", sagte der junge Mann ernst. „Der Schuft, der dich dort mißhandelte, liegt mit zerschmettertem Hirn jetzt eingescharrt. Er wird keine Peitsche mehr schwingen, keine Geißel mehr den Unglücklichen sein."

„Und meinethalben habt Ihr Menschenblut vergossen", sagte Sally, ihm gerührt in die Augen sehend, „meinethalben habt Ihr Euer eigenes Leben gewagt, einer armen, verachteten Sklavin wegen."

„Sally", bat Jack, „und weißt du so gewiß, daß ich es deinetwegen nur getan? Doch jetzt beruhige dich erst, mein Herz; scheuche die trüben Gedanken von dir, denn mit der Stelle dort lassen wir jede Gefahr hinter uns - so wirf auch alle Angst und Sorge von dir. Die Leute hier dürfen nicht ahnen, was dir das Herz wohl immer noch bedrückt. Zeig ihnen heitere, sorgenfreie Augen und bedenke, daß nur wenige Tage uns auf immer den Sklavenstaaten ja entführen. Hoch oben an diesem Strom liegt noch ein freies, schönes Land - mein Vaterland und künftig hoffentlich auch das deine. Willst du die trüben Sorgen da vergessen?"

Sally schaute ihn mit einem Blick an, in dem ihre ganze Seele lag, dann nickte sie ihm freundlich lächend zu und sagte bittend:

„Nur eine einzige Stunde gebt mir noch - dann ist alles vorüber und - vergessen", und ehe er nur ein Wort erwidern konnte, war sie ihm wieder in das innere Deck entwichen. Jack aber hätte laut aufjubeln mögen in der Lust und Seligkeit und sprang hinauf jetzt auf das Hurricane-Deck. Mußte er doch allein sein, den Gefühlen Luft zu geben, die in ihm tobten, und hier unten hätte er sich kaum mäßigen können, dem ersten besten Fremden um den Hals zu fallen und ihm zu sagen, wie froh, wie glücklich er sei. Als er aber nach einer Stunde wieder herunterkam, trat ihm das Mädchen mit heiterem Lächeln froh entgegen. Aller Gram, aller Kummer war aus den lieben holden Zügen der Jungfrau gewichen und selbst die Spur der letzten Träne verwischt und aufgetrocknet.

Und so verging ihnen jetzt im raschen Flug die Zeit. Die Tage verplauderten sie zusammen, und Jack mußte dem Mädchen von dem Leben erzählen, das sie oben im Norden führen, von den Feldern, die sie bebauen, und die nicht mit Negerblut und Schweiß gedüngt waren; von dem freundlichen Familienleben dort, von seinen Eltern und Geschwistern und dem wunderschönen Land mit seinen weiten, herrlichen Prärien und waldbewachsenen Hügeln. Aber nachts lag Jack, in seine Decke eingehüllt, vor ihrer Koje und hielt treue Wacht und sorgte für das Mädchen, wie er es dem alten Neger versprochen, als ob sie seine eigene Schwester sei.

Fünf Tage waren solcherart verstrichen, und wenn

Jack am Anfang auch noch immer ein unbehagliches Gefühl überkommen wollte, sobald sie an irgendeiner größeren Stadt landeten, oder irgendein Boot vom Ufer ab kam, um neue Passagiere an Bord zu holen, so verlor sich das doch bald. Sie näherten sich dem Norden; hinter ihnen lag schon Arkansas und der Mississippistaat, zur Linken dehnte sich Missouri aus, ihnen zur Rechten zogen sich die bewaldeten Berge Kentuckys hin. Weiter und weiter brauste das wackere Boot stromauf, und wie die Sonne wieder unterging, da nahm Jack freundlich Sallys Hand und führte sie zum erstenmal mit sich zum Hurricane-Deck hinauf, von wo sie die weiten Ufer überschauen konnten. Er war aber so sonderbar aufgeregt dabei, wie ihn das Mädchen noch nie gesehen, und Sally blickte staunend zu ihm auf. Da endlich streckte er den Arm aus und sagte, nach dem rechten Ufer deutend, mit zitternder, bewegter Stimme:

„Siehst du dort, mein Herz! Siehst du den breiten schönen Strom, der dort, von Osten niederkommend, sich in den Mississippi wälzt? An seiner Mündung liegt die kleine Stadt da vorn."

„Gewiß", lautete die schüchterne Antwort des Mädchens, das sich die Bewegung des Mannes nicht erklären konnte.

„Das ist der Ohio", rief da Jack, „und jenes Land dort drüben, das unser Bug in keiner halben Stunde Zeit berühren wird, ist Illinois, der erste freie Staat und künftig unsere Heimat. Dort drüben landen wir, und noch heute abend führt uns eins der kleinen Ohioboote, die du dort liegen siehst, den wunderschönen Strom hinauf und in die Arme meiner Eltern - meines Vaters - meiner Mutter."

„Vater - Mutter", flüsterte das Mädchen leise und traurig vor sich hin, „wie süß, wie lieb die Namen dem Ohre klingen - und ich habe nie Vater - nie Mutter sagen dürfen!"

„Du sollst es lernen, Mädchen", sagte da der junge

Mann, in tiefster Seele von den rührenden Tränen bewegt, „mein Vaterhaus, du armes Kind, sei auch von jetzt das deine, und jetzt, wo du frank und frei bist, wo dich kein Sklavenhalter suchen und finden wird, und wenn sie dich fänden, dich nie wieder mir entreißen sollten, frag ich dich, Mädchen, willst du die Meine – willst du mein Weib sein, mein braves, liebes Weib in Freud und Leid, was immer für uns auch kommen möge?"

Sally erblaßte, und die großen blauen Augen schüchtern und staunend zu ihm erhebend, sagte sie:

„Die Sklavin wolltet Ihr zu Eurem Weib erheben?"

„Oh, nenne das Wort nicht mehr!" bat Jack, ihre Hand ergreifend und in der seinen haltend. „Wie ich dich deinen Henkersknechten entführt, will ich dir auch und werd ich dir die Freiheit sichern, und müßte ich selber mit dir nach Kanada hinüberziehen. Aber seit ich dich zum erstenmal gesehen, bin ich dir gut, von Herzen gut, mein Mädchen. Der Eltern Segen aber ist mit uns, sie kennen mich und werden meine Wahl billigen; haßt doch mein Vater nichts so sehr auf der Welt wie den sklavenhaltenden Süden. So denn, schlag ein, Sally – willst du die Meine sein?"

Er hatte zum erstenmal den Arm liebend um sie gelegt und fühlte, wie der schlanke Körper in der Berührung zitterte und bebte. Sally sprach kein Wort, kein Hauch entfloh den lieben Lippen, aber sie lehnte den Kopf an des Mannes treue Brust, und fest umschlossen hielt der Glückliche das geliebte Mädchen.

10. Schluß

Drei Jahre waren nach den zuvor beschriebenen Vorfällen verflossen und die Pflanzer in Louisiana gerade emsig beschäftigt, die dieses Jahr vortreffliche Baumwollernte zu beenden. Unter der heißen Mittagssonne standen die Neger draußen in den schattenlosen Feldern, die weißen Flocken in leichte Schilfkörbe zu pflücken und das ihnen aufgegebene Gewicht noch vor Feierabend zusammenzubringen. Es war gerade nicht mehr, als sie arbeiten konnten, aber säumen und rasten durften sie auch nicht viel dabei, und fehlte ihnen nur ein kleiner Teil an der bestimmten Qualität, so blieb die Strafe selten aus.

Draußen im Feld arbeiteten die Neger und ritt der Aufseher umher, die verschiedenen Trupps zu überwachen, aber um das Herrenhaus her herrschte tiefe und durch nichts gestörte Stille. Die Herrschaft hielt Siesta, und es wäre keinem der Neger zu raten gewesen, auch nur durch einen Laut in der Nähe der Wohnung die heilige Ruhe zu unterbrechen.

Der breite Mississippi, durch die gerade in dieser Jahreszeit herunterkommenden Wasser der Felsengebirge genährt, war ungewöhnlich hoch, aber auch außerordentlich belebt, und keine Viertelstunde verging fast, in der nicht entweder ein Dampfer vorübergekeucht oder Flat- oder Segelboote den Strom herabgekommen wären. Aber niemand in der Plantage kümmerte sich um das, was ihnen auch überhaupt schon lange alltäglich und gleichgültig geworden war. Die Fenster waren dicht verhangen, die Jalousien geschlossen, und nur durch die offenen, auf die Veranda führenden Türen wurde der vom Strom herüberwehenden Luft der Zugang gestattet. Selbst die am Mississippi hinaufführende Straße war vollkommen menschenleer; nur eine einzige alte Frau saß im Schatten eines hochstämmigen Pecan-Baumes und überwachte eine kleine Herde an der Levée weidender Schafe.

Es war ein trauriger Anblick, die alte, zur Mumie zusammengetrocknete Frau da stumpfsinnig kauern zu sehen. In ihrer Jugend vielleicht der Liebling des Aufsehers und von schwerer Arbeit verschont, im reiferen Alter dann in das Baumwollfeld geschickt, bis auch die letzten, allenfalls noch zu verwertenden Kräfte aufgebraucht, hatte sie selbst jetzt noch keine Ruhe. Wie alt sie war, wußte sie selbst nicht mehr, blieb sich auch gleich, denn niemand kümmerte sich darum. Aber hier draußen mußte sie sitzen, den lieben langen Tag, und auf die Schafe aufpassen, die an der Levée hin ihr Futter suchten – wehe, wenn ihr eins verlorengegangen wäre! Aber die Schafe liefen auch nicht fort, und wär es nur aus Mitleid mit der armen Frau gewesen, die dann hätte hinter ihnen dreinkeuchen müssen. Ruhig pflückten sie das süße Cocogras von dem hohen Damm, und die Alte saß neben ihnen, haschte nach den Fliegen, die in ihre Nähe kamen, und drehte dann den gefangenen langsam die Köpfe ab.

Über den Strom herüber kam ein schlankes, scharf gebautes Boot gerudert. Es trieb das Wasser nicht schäumend vor sich her, sondern warf es an beiden Seiten wie abgeschnitten fort. Einem Pfeil gleich schoß es durch die Flut, und die beiden Männer darinnen, die die Ruder führten, schienen trotz der Hitze ihre Lust daran zu haben, den kleinen Klipper springen zu lassen.

Ein dritter, älterer Mann saß am Steuer und hielt sich in der stärksten Strömung, bis er der Landestelle gerade gegenüber war. Dann aber hielt er fast mitten hindurch, kaum einen halben Strich den Bug stromauf gekehrt, und mit einem Fußbreit vermochte die Strömung ihn wohl eine Strecke von hundert Fuß hindurch aus seiner Bahn zu rücken, so wacker lief das Boot.

Ein alter Neger, der ein Stück weiter oben dicht am Ufer stand, um vorbeitreibendes Holz mit einem Haken zu fangen und an Land zu holen, sah nicht mehr nach den Stämmen hin, sondern schaute bewundernd auf das schlanke, treffliche kleine Fahrzeug, bis dieses den scharfen Bug gegen die Strömung herumwarf und im nächsten Augenblick auch schon unter dem steilen Ufer längsseits und an einer vorragenden Wurzel angebunden lag.

Drei Männer stiegen hier aus, alle ihre langen amerikanischen Büchsen auf der Schulter, und schritten langsam die Levée hinauf. Nur der eine war ihnen rasch voraus, und es schien fast, als ob er ungeduldig wäre, den vor ihnen liegenden Platz recht bald zu überschauen. Oben jedoch erwartete er die beiden anderen, die eine Zeitlang schweigend neben ihm stehenblieben. Endlich sagte der ältere, der auch im Boot das Steuer geführt:

„Höre, Jack, nimm dich aber in acht und mach keine Dummheiten, oder halte dich wenigstens im schlimmsten Fall immer in der Nähe vom Boot. Sowie du das unter dir hast, bist du sicher, denn die kleine ‚Sally' holt kein anderes ein."

„Habt keine Angst um mich, Sir", lachte aber der junge Mann. „Lange Jahre sind verflossen, seit wir hier am Ufer lagen, und schwerlich kennt noch einer den jungen Burschen, der damals ja kaum den Fuß an Land gesetzt. Aber wenn auch; was könnten sie mir im schlimmsten Fall beweisen? Überdies hab ich es mir nun einmal in den Kopf gesetzt, die Botschaft selber auszurichten. Ihr müßt mir meinen Willen schon lassen."

„Daß du ein Tollkopf bist, weiß ich lange", lachte der Alte gutmütig vor sich hin, „aber du wirst jetzt niemanden sprechen können. Das ganze weiße Volk hier, den Aufseher ausgenommen, hält um diese Zeit Siesta und läßt sich um die Welt nicht stören."

„Was tut's?" erwiderte sein jüngerer Begleiter. „ich habe noch ohnedies vorher ein anderes Geschäft abzumachen. Wißt Ihr nicht, daß ich Sally eine Decke für ihren Sattel von einem der hiesigen Alligatoren versprochen? Die muß ich mir vor allem anderen erst holen, denn wer weiß, ob ich nachher noch soviel Zeit behalte."

Der Alte schüttelte lachend den Kopf.

„Du wirst dir den Schädel wohl noch einmal einrennen", meinte er, „aber was tut's; wer nicht einmal durch Schaden klug werden will, an dem ist doch Hopfen und Malz verloren. Nun, lauf, wohin du Lust hast, wir bleiben indessen hier im Schatten liegen, und kommst du nicht zur rechten Zeit zurück, so tafeln wir ohne dich. Gewartet wird auf keinen Fall."

Der junge Mann nickte den beiden freundlich zu und schritt dann langsam über den Fahrweg hin zur Gartentür, die beiden anderen aber stiegen wieder zum Flußrand zurück, wo sie, durch die Levée gedeckt, vom Land aus nicht gesehen werden konnten. Hier stand ein kleines Dickicht von Pecan- und Stechpalmbäumen, in deren Schatten sie sich behaglich lagerten und das weitere geduldig abzuwarten schienen. Das Boot lag dicht unter ihnen, von dem abschüssigen, aber jetzt nicht hohen Uferrand vollkommen gedeckt.

Der junge Mann hatte indes die Gartentür erreicht, die er jedoch von innen verriegelt fand, um Unberufene daraus fernzuhalten, und er mußte in den schmalen Weg hinein, der am Garten hin dem hinter dem Haus liegenden Negerdorf zuführte. Alles war hier wie ausgestorben; selbst die Alten und Kinder schienen sich vor den brennenden Sonnenstrahlen in den Schatten der Gebäude zurückgezogen zu haben. Nur ein paar Hunde und Schweine trieben sich dort faul und schläfrig herum. Der Fremde blieb stehen und schien sich nach jemandem umzuschauen, von dem er irgendeine Auskunft erhalten könne, als er einen Reiter den in die Felder führenden Weg herabsprengen sah. Es dauerte auch gar nicht lange, bis dieser, ein langer, hagerer Mann, mit einem zwar finstern, aber sonst eben nicht bösartigen Gesicht, herankam und ihn artig fragte, ob er irgend jemanden suche.

„Allerdings", sagte der Fremde, „ich wünsche mit Mr. Beauchamps zu sprechen, wenn er gegenwärtig gerade auf der Plantage ist. Es betrifft eine Geschäftssache."

„Dann werde ich Sie bitten müssen, ein wenig zu warten", erwiderte der Reiter. „Mr. Beauchamps hält jetzt gerade seine Siesta und läßt sich unter keiner Bedingung in derselben stören."

„Und wann wäre die beste Zeit, ihn zu sprechen?"

„Am besten etwa in anderthalb Stunden, bei oder nach dem Kaffee. Wenn Sie sich indessen in meiner kleinen Wohnung aufhalten wollen, steht Ihnen dieselbe mit Vergnügen zu Diensten."

„Ich danke Ihnen für Ihr freundliches Anerbieten", sagte der Fremde, „aber ich habe mir schon lange gewünscht, einmal einen Alligator zu schießen und könnte die Zwischenzeit indessen wohl dazu benutzen. Sie haben doch deren hier in der Nähe?"

„Du guter Gott", lachte der Reiter, „die könnten wir Ihnen beim Schock ablassen, und ich wollte nur, daß wir so viele Ballen Baumwolle jährlich zögen, wie Alligatoren hier auf unserem Grund und Boden innerhalb des Waldstreifens liegen, den Sie dort drüben sehen."

„Sie sind der Aufseher der Pflanzung?"

„Zu dienen."

„Und kann ich die Erlaubnis bekommen, dort hinzugehen?"

„Deren bedürfen Sie gar nicht", sagte der Aufseher, „unsere Alligatoren stehen Ihnen mit Vergnügen zu Diensten. Wenn Sie übrigens einen Augenblick hier warten, oder nur langsam jenen Weg, den ich eben gekommen, vorangehen wollen, so werde ich Sie selber begleiten. Ich habe nur einige Aufträge zu besorgen und werde Sie bald wieder einholen. Ich muß doch dorthin zurück, und wenn Sie einen oder ein paar Alligatoren schießen, ist es mir sogar recht, denn wir können das Fett derselben jetzt vortrefflich zum Einölen unserer Baumwoll-Reinigungsmaschinen gebrauchen."

Der Fremde war gern damit einverstanden und schritt

langsam den bezeichneten Weg entlang. Rechts und links davon arbeiteten die Neger, und vor ihm dehnte sich der weite, wassergefüllte Sumpf aus, von einem Zypressen- und Sumpfeichenwald begrenzt. Ehe er übrigens das Ende der Felder erreichte, hörte er schon wieder die Hufschläge eines galoppierenden Pferds hinter sich und sah den Aufseher herankommen, der einen kleinen Negerjungen hinter sich auf dem Pferd hatte und eine lange, dreizinkige Harpune in der Hand trug.

„So“, rief er lachend, als er den Fremden überholte, während der kleine Bursche wie eine Schlange vom Pferd heruntergl itt und hinter ihnen dreinlief, „nun können wir unsere Jagd beginnen. Hier ist eine Harpune, um damit, was etwa geschossen wird, aus dem Wasser zu holen, und der kleine Bursche da soll uns die Gesellschaft herbeilokken, daß sie ordentlich zum Schuß kommt.“

„Kann er bellen?“ fragte der Fremde.

„Ah! Sie sind auch nicht zum erstenmal dabei“, meinte der Aufseher, „das merk ich wohl. Nein, bellen kann er nicht, aber täuschend wie ein Ferkel quietschen, und Sie sollen einmal sehen, wie toll die Bestien darauf sind. Aber was wollten Sie mit dem Alligator anfangen? Ihn essen?“

„Nein, das nicht, obgleich mir gesagt wurde, daß die Schwänze derselben leidlich schmecken. Ich wünschte nur Haut genug für ein paar Satteldecken zu bekommen.“

„Ja, dazu sind sie vortrefflich und sehen allerliebst aus. Waren Sie schon früher in dieser Gegend?“

„Ich? Nein – ich bin zum erstenmal in Louisiana“, sagte der Fremde, während er sich abwandte, um nach einem über ihnen hinstreichenden blauen Falken zu sehen: „Nur oben am Red River habe ich einmal einen Alligator geschossen.“

„Dort gibt es Massen“, bestätigte der Aufseher, „ich war selber vier Jahre im ‚roten Land‘ Overseer auf einer Plantage, und wir konnten uns dort vor ihnen manchmal kaum retten. Hier gibt es aber ebenso viele, wenn nicht noch mehr!"

„Sind Sie schon lange auf dieser Plantage?"

„Beinahe drei Jahre – seit der letzte Aufseher von einem Negerdieb erschossen wurde."

„Ah, ich habe von der Geschichte gehört", sagte der Fremde gleichgültig, „wurde nicht eine Frau damals geraubt?"

„Eine Frau nicht, ein junges Quadroonmädchen, die mordsmäßig hübsch gewesen sein soll. Ich bin übrigens aus der Geschichte selber nicht so recht klug geworden, denn die Neger mochte ich nicht fragen, und die Herrschaft mag nicht gern an die Geschichte erinnert werden. So viel nur hab ich gehört, daß sie das Mädchen über jenen Damm, der da vor uns liegt, nach einer Lichtung geschickt hatten, die dort ein Amerikaner angelegt. Den jungen Damen war ein kleiner Hund verlorengegangen, der sich dorthin verlaufen, und das Mädchen sollte ihn abholen. Ob sie ihn nun boshafterweise einem Alligator vorgeworfen oder ob sie Unglück damit hatte, kurz, die kleine Kröte wurde unterwegs gefressen, und das Mädchen bekam eine tüchtige Portion Schläge dafür. Dieselbe Nacht lief sie davon, wie es hieß, auf Veranlassung eines Flatbootmanns, die sich fortwährend hier an den Ufern herumtreiben, und als Mr. Hoof, der frühere Aufseher, ihnen mit einigen Leuten nachsetzte, wurde er dabei von dem Negerdieb erschossen."

„Und haben sie das Mädchen wiederbekommen?" fragte der Fremde.

„Oh, Gott bewahre", brummte der Aufseher, „ja den Teufel auch, der Mississippi ist breit und der Wald dicht, und so schwer es einem Schwarzen allein werden sollte, hier herauszukommen, so läßt sich die Sache machen, wenn ein Weißer dabei ist, der als der Herr desselben gelten kann. Neger werden hier deshalb auch fortwährend gestohlen, und nur dadurch, daß wir eben außerordentlich kurze Umstände mit erwischten Dieben machen, können wir die Burschen ein klein wenig im Zaum halten."

„Aber was tun Sie mit ihnen?" fragte der Fremde. „Soviel ich weiß, steht Zuchthausstrafe darauf."

„Ja", lachte der Aufseher, „wenn wir sie dem Sheriff ausliefern. Gewöhnlich aber machen wir kurzen Prozeß mit ihnen und hängen sie an den nächsten Baum. In den letzten Jahren sind drei so abgefertigt worden. Aber hier ist der Platz", unterbrach er sich rasch, „da sehen Sie – dort geht der Damm hinüber, und hier in dem Wasser schwimmen wenigstens ein paar Tonnen Alligatorfett umher. Jetzt machen Sie sich fertig, und Ned, der Junge, mag ein paar für uns zu Gaste laden."

Ned, ein kleiner, außerordentlich schmutziger Negerjunge, schien aber keine besondere Lust zu haben, der Aufforderung Folge zu leisten. Er sah sich mit den großen, stieren Augen rings um und blickte ängstlich nach dem Wasser hinüber.

„Aha!" lachte der Aufseher. „Er hat sein neuliches Abenteuer noch nicht vergessen. Vor ein paar Tagen ging der Dummkopf hier allein auf den Damm, setzte sich in der Mitte hin, fing an zu quietschen und wäre beinahe von einem großen Alligator von dem Damm heruntergeholt worden. Seit der Zeit mag er nichts mehr davon wissen. Na komm, mein Bursche – häng erst mein Pferd dort drüben an und dann klettere auf die kleine Eiche dort hinauf. Da geschieht dir nichts und du kannst locken nach Herzenslust."

Der Junge gehorchte rasch dem Befehl, und der Fremde stand indes wie träumend an dem schmalen, langen Damm. Alte Zeiten und Szenen zogen im Geist vor seiner inneren Seele vorüber, und er hörte nicht einmal, wie der kleine Bursche jetzt auf das täuschendste das Quietschen eines kleinen Ferkels aus den Ästen des niedern Baumes heraus nachahmte.

„Da kommen sie schon", flüsterte der Aufseher da

plötzlich, den Arm des neben ihm stehenden Fremden ergreifend.

„Wer?" rief dieser, erschreckt emporfahrend.

„Wer? Nun, ein halbes Dutzend bärenmäßig großer Alligatoren", lachte der Aufseher. „Sehen Sie nicht die dunklen Flecke, die wie Stücke schwarzgebrannten Holzes auf dem Wasser schwimmen? Das sind sie."

„Ach ja - wahrhaftig", sagte der Fremde, rasch gesammelt und die Büchse schußfertig aufnehmend, „und tüchtige Kerle dazu."

„Schießen Sie - da vorn ist schon einer auf kaum zehn Schritte."

„Halt, noch nicht. Wir wollen erst warten, bis er sich ein wenig dreht; die Kugel könnte sonst abprallen."

„Jetzt - jetzt ist die Zeit."

Die Büchse hob sich, und wie der scharfe Strahl dem Rohr entzischte, zeigte der Alligator auch schon den aufgedrehten weißen Bauch. Der Aufseher stand indessen mit der gehobenen Harpune wurffertig am äußersten Rand des Damms, und wie der lange Bursche mit dem Schwanz im Todeskampf das Wasser peitschend näher zum Land kam, warf er ihm das mit Widerhaken versehene Eisen kräftig in den Wanst. Gleich darauf hatte er auch, von seinem Begleiter dabei unterstützt, die wütend um sich schlagende Bestie herangezogen, und der Fremde trennte ihr hier mit seinem breiten, schweren Messer den Kopf vom Rumpf.

Die übrigen waren indessen, durch den Schuß erschreckt, ein Stück zurückgeschwommen. Sobald aber der Negerbursche sein Locken wieder begann und der Fremde seine Büchse kaum geladen hatte, kehrten sie auch wieder um und kamen gierig näher.

Als sich auch der zweite nach dem Schuß überschlug, rief der Aufseher erstaunt aus:

„Sie schießen wie der helle Teufel, und ich glaube treffen auch, wohin Sie sehen. Wäre mir nicht lieb, wenn Sie einmal auf mich zielen sollten."

„Würde auch wohl schwerlich vorkommen", lachte der Fremde, „auf einen Alligator schießt sich's überhaupt besser wie auf einen Menschen."

„Haben Sie's schon einmal versucht?"

„Wüßte nicht wo", sagte der Fremde. „Im Krieg bin ich noch nicht gewesen, und bei uns im Norden gibt es keine Menschenjagden."

„Sie leben im Norden?" rief der Aufseher rasch und erstaunt. Der elegante, leichte Sommeranzug des Fremden wie der Panamahut, hatten ihn glauben machen, daß er es mit irgendeinem Pflanzer zu tun hätte und war vielleicht auch Ursache seiner außerordentlichen Gefälligkeit gewesen. Als er hörte, daß der Fremde aber im Norden daheim sei, fiel ihm auf einmal ein, wie es nötig wäre, daß er nach seinen Leuten sähe. Er versprach übrigens, augenblicklich einen der darin geschickten jungen Burschen herüberzuschicken, die Alligatoren abzustreifen – das konnte er keinem Weißen überlassen – wie zugleich das Fett für sich herauszunehmen.

„Wenn Sie jetzt langsam dem Haus zugehen", sagte er dabei, „denk ich, daß Sie den Herrn wohl munter treffen. Da, Ned, nimm die Harpune und geh nach Hause. Auf Wiedersehen", nickte er noch grüßend dem Fremden zu, und in den Sattel springend, trabte er rasch zu seinen im Feld arbeitenden Negern zurück.

Der Fremde blieb noch lange auf der Stelle, und unter der kleinen Gruppe von Bäumen hingeworfen, überschaute er sinnend und ganz in seine Gedanken versunken den Platz. Aber die Gedanken konnten keine trüben sein, denn oft lächelte er still und leise vor sich hin, und als die Sonne endlich tiefer und tiefer sank und ihn zum Aufbruch mahnte, schritt er mit fröhlichen, leichten Schritten den schmalen Weg entlang, der Pflanzung wieder zu.

Ohne sich weiter bei einem der Neger zu erkundigen, klopfte er auch bald darauf an dem Hauptgebäude an und fragte, als ihm ein junges Mulattenmädchen die Tür öffnete, nach Master Beauchamps.

„Massa ist oben", sagte das Mädchen, „will's ihm gleich sagen, daß ihn Gentleman zu sprechen wünscht."

„Gut, Kind", nickte ihr der Fremde zu, „sag ihm nur, ich hätte eine Geschäftssache mit ihm abzumachen und würde seine Zeit keine Viertelstunde in Anspruch nehmen."

Das Mädchen sprang die Treppe hinauf, und der junge Mann lehnte indessen seine Büchse in die Ecke und schritt langsam in dem mit Blumen fast gefüllten Vorsaal auf und ab. Lange brauchte er hier aber nicht zu warten, denn kaum fünf Minuten später kam das Mädchen zurück und bat ihn, ihr zu folgen. Massa sei munter und habe ihr aufgetragen, ihn hinaufzuführen.

Jack folgte ihr die breite, gebohnerte Treppe hinauf durch ein paar luftige Zimmer in das freundliche kleine Gemach, in dem die noch hin und her schwingende Hängematte verriet, daß der Herr der Wohnung sie erst vor wenigen Minuten verlassen. Mr. Beauchamps lag jetzt in einem der bequemen chinesischen Rohrstühle lang und behaglich ausgestreckt und erhob sich bei dem eintretenden Besuch nur weit genug aus seiner Stellung, dem Gast einen ähnlichen Sitz sich gegenüber anzuweisen.

„Bitte, Sir, dort stehen Zigarren", war sein erstes Wort, „bedienen Sie sich selbst - Sie haben das Feuer dicht daneben."

Jack grüßte ihn, nahm eine Regalia aus der offenen Kiste, entzündete sie und ließ sich dann ohne weiteres in dem ihm durch die Handbewegung angebotenen Sitz nieder.

„Sie wünschten mich zu sprechen?"

„Ja, mein Herr."

„Mit wem habe ich das Vergnügen?"

„Henry Dodge, aus dem Staat Kentucky", sagte der junge Mann ohne Zögern.

„Und mit was kann ich Ihnen dienen?“

„Ich komme nur im Auftrag eines Freundes“, sagte der Fremde, „der da hörte, daß ich nach dem Süden ging. Sie erlauben, daß ich ohne weiteres zur Sache komme?“

„Ich bitte darum“, erwiderte der Pflanzer, durch die Frage etwas erstaunt.

„Desto besser; das wird das Ganze außerordentlich erleichtern. Nicht wahr, Sie hatten früher eine Sklavin namens Sally, die Ihnen, glaub ich, davongelaufen ist, oder gestohlen wurde – ich weiß es nicht ganz genau.“

„Allerdings“, rief der Pflanzer, sich überrascht und erwartungsvoll in seinem Stuhl emporrichtend. „Wissen Sie etwas von ihr?“

„Allerdings“, sagte der Fremde ruhig, „ich bin ihretwegen hier gelandet.“

„Und Sie haben sie in Kentucky erwischt?“ rief der Pflanzer rasch und freudig aus, indem er die Lehnen seines Stuhls fester packte.

„Leider nicht“, erwiderte, ohne eine Miene zu verziehen und mit Achselzucken der Fremde. „Sie lebt in Kanada.“

„Teufel!“ rief der Pflanzer, mit dem Fuß aufstampfend. „Ist es nicht eine Schmach und Schande für uns, daß wir Kanada den Briten noch an unserer Grenze lassen? Daß wir dulden, wie sie, unseren Gesetzen zum Trotz, den flüchtigen Sklaven schützen und uns gewissermaßen in die Zähne lachen? Aber das muß anders werden – Kanada muß unser sein, und wenn wir nur wollten, was könnten denn die Engländer machen?“

„Es ist allerdings fatal“, sagte der Fremde, „aber für den Augenblick läßt sich doch nichts dagegen tun. Wir in Kentucky sind dabei noch viel schlimmer dran als Sie hier unten. Was war das Mädchen etwa wert?“

„Sie wäre mir nicht unter achthundert Dollar feil gewesen“, sagte Mr. Beauchamps finster, „und ich bin fest überzeugt, ich hätte auf dem New-Orleans-Markt tausend für sie bekommen."

„Hm, dafür kauft man bei uns zwei solche Mädchen", meinte der Fremde, „ihre Preise müssen hier enorm hinaufgetrieben sein."

„Gar nicht", rief der Pflanzer, „das Mädchen war fast weiß, was ihr auch jedenfalls die Flucht erleichtert hat, und New Orleans ist dafür ein vortrefflicher Markt. Sie wissen, es ist das eigentlich mehr Liebhaberei, gehört aber in manchen Gegenden mit zum guten Ton, Quadroon-Mädchen zur Aufwartung zu haben."

„Und würden Sie jetzt noch das Mädchen verkaufen wollen?" sagte der Fremde, indem er sein rechtes Bein über das linke schlug und die Zigarrenasche der Tür zu schnellte.

„Verkaufen?" fragte der Pflanzer erstaunt. „Wer soll mir eine weggelaufene Sklavin abkaufen?"

„In den meisten Fällen allerdings ein schlechtes Geschäft", lachte der Fremde, „und doch bin ich mit dem Auftrag hier, Ihnen ein Gebot darauf zu machen."

„Sie haben sie in Kentucky eingefangen und wollen jetzt einen billigen Kauf machen?" sagte der Pflanzer rasch und mißtrauisch.

„Lieber Herr", erwiderte kaltblütig der Fremde, „wenn das der Fall wäre und ich wollte Sie gewissermaßen um einen Teil des Wertes betrügen, so können Sie sich wohl etwa denken, daß ich mir auch den anderen sichern würde. Ich brauchte das Mädchen dann nur einfach nach Tennessee, Carolina oder Alabama zu schicken und könnte sie dort zu vollem Wert verkaufen. Nein, sie ist wirklich in Sicherheit und brauchte sich verwünscht wenig mehr um Kaufbriefe zu kümmern, wenn ihr Mann nicht vernünftigerweise Gewissensbisse spürte."

„Ihr Mann? Ist sie verheiratet?"

„Allerdings, und noch dazu mit einem wohlhabenden weißen Farmer. Diesen lernte ich zufällig auf einer kürzlich beendeten Reise durch Kanada kennen, wo er kaum erfuhr, daß ich in einem Sklavenstaat wohne, als er mich in dieser Sache um meine Meinung fragte. Er behauptete, sich nicht wohlzufühlen, solange er nicht des Mädchens Kaufbrief erlangt habe, und da ich ihm darin natürlich nur beipflichtete und er hörte, daß ich in Kürze eine Reise nach New Orleans mache, bewog ich ihn, mir das Geschäft zu überlassen und seine Frau für ihn zu kaufen."

„Und wieviel hat er Ihnen aufgetragen, dafür zu zahlen?"

„Ei, nun, ich taxierte sie flüchtig", sagte der Fremde, „und hielt sie, nach unseren Preisen, etwa sechshundert Dollar wert - die Liebhaberei dabei noch eingerechnet. Ich selber würde höchstens fünf für ein so schwaches Ding zahlen. Wären Sie gesonnen, das dafür zu nehmen?"

„In welcher Gegend von Kanada lebt sie?"

„In Quebec - wenigstens in der Nähe von Quebec - nein, es ist nichts bei der Sache zu tun, sie wiederzubekommen", sagte lächelnd der Fremde, den Grund der Frage vermutend, „und meiner Meinung nach machen Sie, unter den bestehenden Verhältnissen, immer noch ein brillantes Geschäft."

Der Pflanzer war aufgestanden und ging mit auf den Rücken gelegten Händen und raschen Schritten im Zimmer auf und ab. Plötzlich blieb er vor dem Fremden stehen und sagte, ihn scharf ansehend:

„Wissen Sie, Mr..."

„...Dodge", ergänzte Jack vollkommen ruhig, wieder die Asche abwerfend.

„Mr. Dodge - wissen Sie, daß mir die Sache ganz bedenklich vorkommt?"

„Das ist dasselbe mit mir gewesen", lachte der Fremde, „und wenn ich auch gerade nichts gesagt habe, hab ich mir doch gedacht, daß jener Farmer einfach verrückt sein müsse, das Geld von Kanada aus noch zu zahlen."

„Und wenn ich Ihnen den Kaufbrief nun nicht ausstellen will?"

„Nicht ausstellen?“ sagte Jack. „Das ist allerdings Ihre Sache. Wenn Sie jemanden wissen, der Ihnen mehr für das Mädchen oder die jetzige Frau gibt, tun Sie allerdings recht.“

Der Pflanzer biß sich auf die Lippen und schwieg – endlich fragte er:

„Haben Sie das Geld bei sich?“

„Ich bin beauftragt“, lautete die Antwort, „Ihnen sechshundert Dollar für den Kaufbrief zu zahlen, mit einer Provision von hundert Dollar für meine Mühe und für Zeitverlust, die ich bei Einsendung des Kaufbriefs von dem Farmer selbst bekomme.“

„Und wie heißt jener – Farmer?“

„Ich habe mein Ehrenwort geben müssen, seinen Namen nicht zu nennen. – Sie mögen denselben im Kaufkontrakt offenlassen. Nach allem, was ich davon gehört, ist der Mann wohl ein wenig bei der Sache kompromittiert...“

„Mein Aufseher wurde dabei erschossen“, sagte der Pflanzer.

„Sie meinen, daß vielleicht der Täter...?“ erwiderte Jack. „Hm, das wäre am Ende nicht unmöglich, aber ich muß Sie bitten, sich rasch zu entschließen. Ich erwarte das nächste stromabgehende Dampfboot und habe schon den ganzen Nachmittag versäumt, um Sie nicht in Ihrer Siesta zu stören.“

„Der Kaufbrief muß aber vom Richter unterzeichnet werden.“

„Natürlich – wohnt er weit von hier?“

„Allerdings nicht – auf der nächsten Plantage.“

„Sehr schön, dann können Sie die Sache rasch in Ordnung bringen. Wenn ich nicht irre, kommt ihr Aufseher da eben zum Haus geritten – ah, und dort ist auch der Bursche, der meine Alligatorhaut trägt. Ich bin so frei gewesen, Ihnen einige Burschen totzuschießen.“

Der Pflanzer schien noch immer unschlüssig. Er trat

ans Fenster und sah hinaus. Endlich sagte er:

„Ich will selber zum Richter hinüberreiten."

„Sehr schön - ich werde indessen unten am Strom eine Promenade machen."

„Und möchten Sie nicht vielleicht selber mitkommen? Es würde das die Sache bedeutend vereinfachen."

„Ich danke Ihnen", sagte Jack, „ich habe Mühe und Aufenthalt genug damit gehabt und möchte mich nicht gern weiter bemühen, als unumgänglich nötig ist. Wenn es Ihnen recht ist und Sie überhaupt Lust haben, den Kauf abzuschließen, so seien Sie so gut und bringen Sie die Papiere dazu in Ordnung. Ich biete Ihnen sechshundert Dollar für das Mädchen und halte mein Gebot bis heut abend acht Uhr. Von da an betrachte ich mich an nichts mehr gebunden."

Der Pflanzer schien über die so kurz angebundene Rede etwas erstaunt. Jack hatte aber, mehr nach einer Art Instinkt als Überlegung, den rechten Ton getroffen, mit dem er dem Mann gegenüber auftreten mußte. Er mußte ihm imponieren, oder er setzte sich der Gefahr aus, den schon erweckten Verdacht noch weiter zu festigen. Ohne weiteres stand er jetzt auch auf, nahm seinen vorher abgelegten Hut und wollte sich kurz empfehlen. In diesem Augenblick öffnete sich die Tür, und eine junge Dame steckte den Kopf herein.

„Oh, Papa - entschuldige", sagte sie mit einer flüchtigen Verbeugung gegen den Fremden, „ich glaubte, du wärest allein."

„Bitte, komm herein", rief Mr. Beauchamps, „Mr. Dodge von Kentucky - meine älteste Tochter Louise - wo ist Eugenie, mein Herz?"

„Draußen auf der Veranda, Papa, wir wollten dich eben zu unserem gewöhnlichen Spaziergang abholen."

„Dann werde ich Mr. Dodge ersuchen, heute meine Stelle zu übernehmen. Ich habe ein kleines Geschäft mit dem Richter, das mich auf etwa eine halbe Stunde entfernt halten wird."

Jack verbeugte sich, und Miß Louise rief:

„Oh, das ist prächtig! Von Kentucky müssen Sie uns viel erzählen. Dort haben sie noch solch erschreckliche Wälder, wie mir gesagt wurde, voll Bären und Panther. Nicht wahr, Kentucky liegt hoch oben im Norden, in Schnee und Eis?"

„Doch nicht so ganz weit im Norden, mein Fräulein", lächelte Jack, „aber wenn Sie mir erlauben, begleite ich Sie, damit wir Ihr Fräulein Schwester nicht so lange warten lassen."

Mit kurzer Verbeugung verabschiedete er sich von dem Pflanzer, der einen der kleinen zur Aufwartung bestimmten Neger nach seinem Pferd schickte, und ersuchte die junge Dame, ihn einen Augenblick zu entschuldigen, bis er seine heutige Jagdbeute, die Alligatorhaut, dem unten seiner harrenden Negerknaben abgenommen habe. Sie möge ihn im Garten unten erwarten.

Das war übrigens bald geschehen. Während Mr. Beauchamps auf dem rasch herbeigebrachten Pony an der Levée hinaufsprengte, nahm er dem Jungen die Alligatorhaut ab und trug sie selber über die Levée hinüber zu der kleinen Baumgruppe, wo seine beiden Freunde noch immer lagerten. Mit diesen wechselte er ein paar flüchtige Worte, ließ ihnen seine Büchse und ging dann in den Garten zurück, wo ihn die beiden jungen Damen schon erwarteten.

Jack war übrigens ganz der Mann, sie zu unterhalten, denn von Jugend auf an ein tätiges, abenteuerliches Leben gewöhnt, hatte er die nördlichen Staaten schon nach allen Richtungen hin durchzogen und wußte vortrefflich davon zu erzählen. Er sprach nicht allein gut, sondern verstand auch die Sitten und Gebräuche des Nordens mit solch lebendigen Farben zu schildern, daß er seine beiden Begleiterinnen vollkommen fesselte und eine Stunde ihnen in wirklich kaum geahnter Schnelle verstrich.

Unbemerkt fast wußte er ihren Spaziergang dabei aus dem Garten auf die Levée oder wenigstens die daran hinführende Straße zu lenken.

Von dem noch dort liegenden Boot, das sie überdies von der Straße aus gar nicht sehen konnten, nahm er jedoch nicht die mindeste Notiz und hielt sich nur immer in der Nähe der kleinen Baumgruppe, die er über den Damm hin erkennen konnte und an der er seine Freunde wußte.

Die Sonne sank dabei immer tiefer, die Luft hatte sich schon abgekühlt, und leichter Nebel fing an, sich auf der Oberfläche des Mississippi zu sammeln. Hier und da deckte er denselben erst wie ein weißes Gespinst, durch das man noch deutlich die darunter hinkochende Flut erkennen konnte. An anderen Stellen aber begann er schon, sich in kleinen milchigen Wolken zu sammeln, die sich dann später zu starken Schwaden verdichten und gar nicht selten zu zwanzig, dreißig Fuß Höhe in fester Nebelmasse den Strom bedecken.

Da sprengten Reiter, von einem Neger gefolgt, den Weg herab, der an der Levée niederlief, und da sie ihnen entgegengingen, dauerte es nicht lange, daß die Spaziergänger mit ihnen zusammentrafen.

„Ah, da kommt Papa!“ rief da Miß Eugenie freudig aus. „Und wer ist der Herr, der bei ihm ist?“

„Der Richter“, erwiderte Miß Louise. „Monsieur Lacoste, ein Hausfreund von uns.“

Jack lächelte leise vor sich hin und begrüßte die beiden heransprengenden Männer, die dem ihnen folgenden Neger die Zügel ihrer Pferde zuwarfen.

„Nun, haben Sie den Kaufbrief, Mr. Beauchamps?“ sagte Jack nach kurzer Begrüßung der beiden.

„Allerdings“, erwiderte der Pflanzer, „ich – werde Sie aber vorher noch bitten, mir einige nähere Aufklärungen über das Ganze zu geben.“

„Soweit ich das imstande bin, mit dem größten Vergnügen, darf ich das Papier einmal sehen?"

Der Pflanzer zögerte, nahm es aber doch endlich heraus und übergab es dem jungen Mann zur Ansicht.

„Es ist rechtsgültig ausgestellt", sagte er dabei, „ich – muß Sie aber doch ersuchen, mein Gast zu bleiben, bis Sie mir die Beweise bringen, daß Sally wirklich nicht mehr in der Jurisdiktion der Vereinigten Staaten zu erreichen ist."

„Sally?" rief Miß Louise rasch und erstaunt aus. „Was ist mit der, Vater – weiß der Herr von ihr?"

„Allerdings, mein Fräulein", lächelte der junge Mann, indem er den flüchtig durchgesehenen Kaufbrief ohne weiteres in die eigene Tasche schob, „erlauben Sie mir, daß ich Ihnen hier vor allen Dingen die Kaufsumme einhändige!"

Er überreichte dabei dem Pflanzer ein kleines Paket zusammengewickelter Banknoten, die dieser aber noch nicht ansah, sondern in der Hand behielt und rief:

„Erst bitte ich um Ihre Beweise – unser Handel ist noch nicht gültig, bis Sie mir die gebracht haben."

„Genügen Ihnen zwei Bürgen, die ich Ihnen stellen kann?" fragte Jack.

„Das kommt darauf an, wer sie sind", sagte der Richter. „Ich muß Ihnen aufrichtig gestehen, die ganze Sache kommt mir etwas verdächtig vor, und Sie werden keinesfalls diesen Parish[1] wieder verlassen, bis Sie uns nicht dargetan haben, daß Sie selber mit dem damaligen Raub und besonders dem Mord des Aufsehers in keiner Verbindung standen."

„Ich selber?" lächelte Jack, indem er stehenblieb und den Richter ansah. Sie befanden sich gerade der kleinen Gruppe Bäume gegenüber, unter denen seine beiden Freunde lagerten und deren Wipfel über die hier wohl zehn Fuß hohe Levée herübersahen. „Sie sind unendlich freundlich, mir so etwas zuzutrauen, verehrter Herr;

[1] Gemeinde, Bezirk

meine Bürgen werden Sie aber wohl eines Besseren belehren."

„Und wer sind die?" fragte Mr. Beauchamps.

„Männer", sagte Jack ernst, „die Ihnen augenblicklich hier zu Diensten stehen. Hallo!" rief er dann, sich gegen die Levée wendend. „Seid Ihr da?"

Mr. Beauchamps und der Richter wandten sich rasch und erstaunt dorthin, und die Mädchen stießen einen leisen Schrei aus, als in diesem Augenblick die kräftigen Gestalten der beiden Bootsleute, ihre Büchsen in der Hand, auf der Levée erschienen.

„Alles in Ordnung, Jack?" rief der Alte herunter.

„Alles", sagte Jack, ihm freundlich zunickend, „genügt Ihnen deren Bürgschaft, meine Herren?"

„Halt!" sagte der Richter, während er seinen Hut abnahm und um den Kopf schwenkte. „Das ist eine Drohung den Gesetzen gegenüber, die Sie büßen sollen, Sir. Sie sind mein Gefangener."

Jack lachte laut auf, ein Blick aber, den er die Straße hinaufwarf, belehrte ihn, daß von dort noch einige Reiter kamen.

„Ich bedauere", rief er, „Ihnen die Gefälligkeit versagen zu müssen - Sally kann unmöglich so lange auf mich warten."

„Sally?" rief Miß Louise, die mit wachsendem Erstaunen dem allen zugesehen, während Eugenie scheu vor dem Fremden zurückwich. „Wo ist das Mädchen jetzt, und was ist mit ihr?"

„Sally, mein Fräulein", rief da der junge Mann, „ist seit drei Jahren mein liebes Weib und läßt sich Ihnen allen herzlich empfehlen."

„Maria und Josef!" schrie da die junge Dame auf. „Das ist, beim Himmel, derselbe Mann, der damals verhindern wollte, sie zu peitschen."

„Sie haben ein vortreffliches Gedächtnis, mein Fräulein", lachte Jack, „aber jetzt muß ich wirklich fort..."

„Halt da!“ rief der Richter, indem er ihm den Weg abzuschneiden suchte. „Sie sind der Mörder des Aufsehers.“

„Halt ihn, Salomo!“ schrie auch der Pflanzer, den Schwarzen anrufend, der den Nachmittag am Fluß Holz gefangen und sich jetzt unbemerkt immer näher und näher hier herangezogen hatte. Jack aber war nicht der Mann, sich so leicht fangen zu lassen. Den jetzigen Augenblick hatte er lange vorhergesehen, und den nach ihm ausgestreckten Arm des Richters abwehrend, war er mit zwei flüchtigen Sätzen oben auf der Levée.

„Es tut mir leid“, rief er lachend zurück, in dem er auf die jetzt rasch herbeigaloppierenden Leute deutete, „daß Sie die Herren dort umsonst bemüht haben. Auf Nimmerwiedersehen!“ Und mit diesen Worten war er auch schon hinter der Levée verschwunden.

Die beiden Bootsleute hatten bei dem vermuteten Angriff auf ihren Kameraden fast unwillkürlich und gleichzeitig die Büchse im Anschlag emporgerissen, und der Richter selber wich scheu vor der drohenden Bewegung zurück. Wie sie Jack aber neben sich auf der Levée sahen, verschwanden sie ebenso rasch mit ihm hinter dem hohen Damm. Wohl hörten sie die donnernden Hufschläge auf der harten Straße herankommen, aber mit wenigen Sprüngen waren sie auch im Boot – ein Messerschnitt trennte die Schur, die es am Lande befestigt hielt, und hinaus in den Strom schoß der scharfe Kiel.

In diesem Augenblick erschienen die Verfolger auf der Levée – aber zu spät. Der Bug des trefflich gebauten Boots war dem Strom schon zugekehrt, und pfeilschnell flog es auf seiner Bahn dahin. Einer der letztgekommenen Reiter, der Konstabler, hatte ein doppelläufiges Schrotgewehr mitgebracht und feuerte es hinter dem Boot her. Ehe er aber vom Pferd herunter- und auf die Levée hinaufkommen konnte, schlugen die Schrote schon zu kurz auf dem Wasser ein, und als das niedere Fahrzeug in dem auf dem Strom lagernden Nebel eben verschwand, sahen die

Leute am Ufer noch, wie einer der Bootsleute, der aufrecht in dem kleinen Fahrzeug stand, in spöttischem Hohn den Hut nach ihnen schwenkte. Allerdings sprangen die Weißen augenblicklich nach dem nicht fern von dort an einer kleinen ausgebauten Werft befestigten Boot, die Flüchtlinge jedenfalls zu verfolgen. Die beiden Fremden, die dort so lange am Damm gelagert, hatten ihre Zeit aber trefflich genutzt und das kleine Fahrzeug, für den Augenblick wenigstens, durch eingebohrte Löcher unbrauchbar gemacht. Bis das wieder hergestellt werden konnte, waren die Flüchtigen lange aus jedem Bereich irgendeiner Gefahr, und mit bitteren Flüchen auf den Lippen kehrte der Pflanzer, von seinen Gästen begleitet, in das Haus zurück.

Hinter ihm drein aber, den Damm hinauf, kroch die Gestalt des alten Negers und schaute ihnen, nur den Kopf über die Levée hebend, vorsichtig nach, bis sie im Garten verschwunden waren und die Tür wieder hinter ihnen in das Schloß fiel.

Dann aber glitt der Alte blitzschnell zum Ufer zurück, riß den Hut vom Kopf, und ihn in der Luft herumschwenkend und dabei auf einem Bein tanzend, lachte er mit nichtsdestoweniger vorsichtig gedämpfter Stimme jubelnd vor sich hin:

„Massa Poleridge, Massa Poleridge und Sally junge Farmers Frau – weiße Manns Frau, Buckras Frau im Norden und Madam, oh, Golly – Golly – Golly!“

„Was, zum Teufel, hast du da unten zu tanzen und zu springen, he?“ rief da plötzlich eine rauhe Stimme oben von der Levée den Alten an, und als dieser bestürzt hinaufsah, schaute der Aufseher eben über den Rand des Damms herüber.

„Oh, Golly, Massa“, rief der Schwarze rasch gefaßt, „habe mir eben groß Stück Holz auf den Fuß geworfen, oh, Golly – Golly!“

„Du bist doch immer Master Ungeschickt“, rief der

Weiße, „mach, daß du zum Haus kommst! Was hast du hier überhaupt noch allein herumzukriechen?“

„Gleich, Massa, gleich“, sagte der Alte, hob sich ein neben ihm liegendes schweres Stück Holz keuchend auf die Schulter und hinkte damit, hinter dem Aufseher drein, dem Negerdorf zu.

SCHWARZ UND WEISS

Aus dem Farmerleben Missouris

Weit aus dem fernen Westen, da, wo die eisgekrönten Berge ihre zackigen Kuppen ineinanderdrängen und zwei Meeren, dem Atlantischen wie dem Stillen Ozean, die schäumenden Quellen zusenden; weit von daher, wo er sich seine rauhe Bahn durch die entsetzlichsten Felsmassen bricht, die er entweder mit starkem Arm zerreißt oder sich im tollkühnen Satz hinüberschwingt, um nachher, wie ob des gelungenen Wagstücks, Meilen lang weiter zu tanzen und zu sprudeln, - kommt der gewaltige Missouri herab, der ‚schmutzige Strom', wie ihn der Indianer des Raubes wegen nennt, den er an seinem eigenen Ufer vollführt, oder der ‚brüllende Strom' (roaring river), wie ihn erstaunt der Weiße taufte, als er da zuerst sein Bett erblickte, wo er Fall nach Fall, dem verfolgten Panther gleich, aus den Gebirgsschluchten sprang und erst dort still und geräuschlos seine Bahn vollendete, als er das schützende Dickicht der Niederung erreicht hatte und nun zwischen den riesigen Stämmen des Urwalds hin dem starken Bruder, dem Mississippi, in die Arme glitt.

Dort nun, wo in dem Schatten der Eichen und Hickories der wilde Wein seine mächtigen Ranken von Zweig zu Zweig schlang und in zähen Armen die stattlichen Bäume verband, während mit zwar prunkenderem Äußern, mit bunter schimmernden Blüten und saftigeren Blättern andere Schlingpflanzen ebenfalls hinaufstrebten zu den starken Ästen und sich ihnen liebend anzuschmiegen schienen, indes doch Gift in ihren Adern floß und sie nur Macht zu bekommen suchten, das wackere Holz fest, fest zu umklammern und ihm Licht und Luft zu rauben, daß es endlich in ihrem Griff erstickte, verdorrte, - dort, in dem fast noch unentweihten Heiligtum, stand ein kleines, roh aufgebautes Blockhaus mit breitmächtigem, aus Lehm errichtetem Kamin, die Nordseite dicht an den dunkeln Wald geschmiegt, dessen ungeheure Wipfel hoch über das niedere Dach emporragten, an den drei anderen Seiten aber durch ein wahres Chaos gefällter Bäume, hoch aufgestapelten Busch- oder Oberholzes, abgeschlagener Stämme und knorriger, sich weit umherspreizender Äste im wahren Sinne des Wortes verbarrikadiert.

Der Eigentümer dieses Platzes mußte augenscheinlich erst vor kurzer Zeit hierhergezogen sein und die Urbarmachung des Bodens begonnen haben, was auch noch überdies ein dicht am Hause stehender, mit Leinwand bespannter Wagen bewies, der wohl, nebst einem nicht sehr weit von ihm entfernten Karren, sämtliche Habseligkeiten des Farmers in dessen neue Waldheimat eingeführt hatte.

Die Sonne schimmerte eben noch mit ihrem roten Glutlicht durch die Wipfel der Bäume, als sich ein Reiter auf einem kleinen indianischen Pony, einem schmalen Kuhpfad folgend, dem Platz näherte und endlich gerade da die Lichtung erreichte, wo Stämme und Äste am tollsten umhergestreut lagen. Wenige Sekunden hielt er auch wirklich sein schnaubendes Pferd an und schien, sich in den Steigbügeln hoch emporrichtend, nach irgendeiner Öffnung zu suchen, durch die er in diese Holzmasse eindringen und das Haus erreichen könnte. Der Wunsch mochte aber wohl unerfüllt bleiben, denn, einen leisen Fluch ausstoßend, preßte er seinem Tier den einen bespornten Hacken in die Flanke und setzte über die ersten ihm den Weg versperrenden Klötze hinweg.

Das kleine muntere Pferd sah auch bald, was sein Herr eigentlich beabsichtige, und daran gewöhnt, Hindernisse zu beseitigen, die bei fortwährendem Reiten im Wald fast stündlich vorkommen, wand es sich mit wirklich bewundernswerter Geschicklichkeit immer näher und näher dem Haus zu, hier einen Stamm überspringend, dort vorsichtig durch wild umhergestreute und zersplitterte Äste dahinschreitend, bis es sich plötzlich, nach einem besonders kühnen Satz über oder vielmehr durch den Wipfel einer gefällten Eiche, so von allen Seiten eingezwängt und von wirklich unübersteiglichen Hindernissen umgeben sah, daß es ruhig stehenblieb und in der festen Überzeugung, sein Äußerstes getan zu haben, ganz geduldig erwartete, was jetzt der Reiter beschließen würde, der doch eigentlich bei der Sache interessiert war.

Dieser aber blickte vergebens nach einem Ausweg umher und tat endlich das, was er von allem Anfang an hätte tun sollen: Er rief das Haus an, und zwar mit einem kräftigen, weit hinausschallenden „Hallo!", das augenblicklich im ohrenzerreißenden Chor von zehn bis zwölf Rüden bellend und heulend beantwortet wurde.

Gleich darauf öffnete sich die Brettertür, auf deren Schwelle eine schlanke, schon etwas ältliche Frau erschien, die rings nach dem Rufenden, freilich vergeblich, umherschaute, während jetzt die durch den Anblick der Herrin immer noch mehr gereizten Hunde einen so fürchterlichen Lärm erhoben, daß er für kurze Zeit jeden anderen Laut vollkommen übertäubte.

„Ruhig, Muse, ruhig, nieder mit dir, Match, willst du still sein, Deik; Hunde, ihr bringt einen noch zur Verzweiflung, ruhig da, hört Ihr denn nicht!" rief die Frau, die Meute beschwichtigend, die sich denn auch zufriedengeben wollte, als ein zweites „Hallo the house!" ihren Grimm aufs neue erregte, der jetzt gar keine Grenze mehr zu kennen schien.

Die Geduld der guten Frau mochte nun aber auch wohl ihr Ende erreicht haben, denn einen zum Trinkbecher ausgeschnittenen großen Flaschenkürbis ergreifend, der in dem vollen, auf einem Gesims vor der Tür stehenden Eimer schwamm, goß sie die klare, kalte Flut über die Tobenden aus, die nun heulend und kläffend auseinanderstoben.

Zum dritten Mal rief jetzt, diesen Augenblick der Ruhe benutzend, die Stimme ihr immer ungeduldiger werdendes „Hallo!" herüber, und nun erst wurde die Matrone den Reiter gewahr, dessen Kopf nur wenig über das ihn umgebende Buschwerk hervorragte.

„Mr. Hennigs, sind Sie das?“ rief sie lachend, als sie die Lage des jungen Mannes erriet. „Wie um Christi willen haben Sie sich denn da hineinverloren?“

„Verloren?“ rief dieser in komischer Verzweiflung. „Ich möchte wirklich wissen, wie ich mich hier verlieren sollte; ich sitze so fest wie der Wolf in der Falle. Wo zum Henker ist denn der Eingang zu Ihrem Haus? Ich bin hier zwar auf dem Fußweg, er scheint aber nicht sehr begangen.“

„Sie hätten um die Lichtung herum, durch den Wald reiten müssen“, entgegnete die Frau, „mein Mann hat hier Bäume gefällt.“

„Ja, das läßt sich nicht leugnen“, lachte der Reiter, „die Beweise liegen zur Hand.“

„Bleiben Sie nur da halten, Mr. Hennigs“, rief jetzt eine kichernde Mädchenstimme hinter der alten Dame vor, und dicht neben ihr ließen sich in diesem Augenblick zwei allerliebste Köpfchen sehen, die neugierig die Lage des jungen Mannes erspähen wollten, „bleiben Sie nur da halten; Vater hat gesagt, daß er im Lauf der nächsten Woche das ganze Holz wegräumen will, und dann wird der Fußweg wieder frei.“

„Danke, Sally, danke!“ rief Hennigs lachend. „Die Zeit möchte mir aber doch lang werden, wenn ich Ihre liebe Stimme immer so ganz in der Nähe hören müßte und nicht hinüberkönnte. Nein, mag mein Pony sehen, wie es allein herauskommt, ich will's ihm leichter machen!“ Und damit sprang er vom Pferd, schnallte Sattel und Zaum ab, hing sich beides über die Schulter und kletterte nun, wenn auch nicht ohne bedeutende Anstrengung, dem kaum sechzig Schritt entfernten Haus zu.

Das Pony blieb am Anfang, als es sich so von seinem Herrn verlassen sah, ruhig stehen und spitzte nur sehr bedeutend die kleinen Ohren; als es jedoch fand, wie sich die Sache eigentlich verhielt, und den Trog witterte, an dem es gefüttert zu werden hoffte, warf es den Kopf in die Höhe, wieherte ein paarmal hell auf und flog dann, jetzt durch keine Last mehr zurückgehalten, mit kühnen Sätzen über Stamm und Busch hinweg, bis es schnaubend und mit den Hinterbeinen wild nach den hier auf es einstürmenden Hunden schlagend, vor der Tür der Hütte hielt und dort seinen ebenfalls herankeuchenden Herrn freudig begrüßte. Dieser aber warf Sattel und Zaum nieder, sprang schnell die aus übereinandergelegten Klötzen bestehenden Stufen hinauf ins Haus und rief hier, die Hände der Frauen ergreifend und herzlich schüttelnd:

„Wie geht's, Mrs. Draper, wie geht's, Sally und Lucy, alle wohl? Sehen wenigstens alle kerngesund aus; doch – wo ist der Alte?"

„Vater ist noch draußen im Wald, er sucht die Pferde", entgegnete nach der kurzen Begrüßung Sally, das jüngere der beiden Mädchen, die etwa siebzehn und neunzehn Jahre zählen mochten.

„Haben Sie gar keine Spuren im Wald gesehen?" fragte die Matrone, während sie ihr großes Baumwollspinnrad in die Ecke schob und die Kohlen im Kamin mit dem langen Schürstecken zu neuer Glut aufschüttelte.

„Sie müssen heute morgen aus den Hügeln heruntergekommen sein", meinte Hennigs, „am Bach wenigstens waren die Fährten, und wenn ich nicht irre, so habe ich auch gleich oben über dem Kreuzweg die Schelle gehört."

„Ah, dann findet sie Vater gewiß nicht", rief Sally bedauernd aus, „er wollte am Potters Creek hinauf und von da links in das Tal hinüber suchen."

„Er ist doch wohl schon auf den Spuren", entgegnete der junge Mann, „denn im weichen Quellboden sah ich deutlich die Abdrücke eines Schuhs."

„Vater trägt heute seine Mokassins", sagte Lucy, „das muß jemand anderes gewesen sein."

„Dann allerdings; aber wer will denn die Pferde brauchen? Ist ein Tanz irgendwo? Es scheint Sie ja alle ungemein zu interessieren, ob der Vater die Pferde findet oder nicht!“

„Tanz? Pfui, Mr. Hennigs, ich dächte doch, Sie wüßten, daß wir nicht tanzen“, erwiderte ihm etwas pikiert die Matrone.

„Ach, alle Wetter, ja, ich habe davon gehört, Sie hätten sich der ‚Kirche‘ angeschlossen und wären ‚religiös‘ geworden, Vater auch?“

„Noch nicht“, entgegnete mit einem tief heraufgeholten Seufzer Mrs. Draper, „wir wollen aber morgen früh zum Campmeeting, und davon hoffe ich das Beste: Der liebe Gott wird ihn ja wohl erleuchten, daß er den rechten Weg findet.“

„Das wird er, das wird er, Mrs. Draper, ob aber auf solche Art, bezweifle ich fast; der alte Herr trinkt gern sein Gläschen, und wenn ihm einmal etwas in die Quere kommt, ja nun, dann flucht er auch wohl ein bißchen, und ich glaube kaum, daß er sich das so leicht abgewöhnen wird. Wozu braucht er aber auch wirklich zu einer ‚Kirche‘ zu gehören? Es ist so ein herzensguter alter Mann, wie nur je einer seine Sohlen in den Missouri-Botton drückte, er tut ja keinem Menschen etwas zuleide.“

„Wir sind alle Sünder, Mr. Hennigs“, sagte die alte Dame sehr ernst, „und mein armer Mann besonders, er schwört und flucht, genießt geistige Getränke und hat neulich den reisenden Prediger, der bei uns übernachtete und die Gebete las, einen Hypokriten genannt, ja sogar gelogen, als er während des Gebets aufstand und, Nasenbluten vorschützend, das Haus schnell verließ. Ich habe später das Tuch untersucht, es war nicht ein einziger Blutfleck darin, und der arme Fremde wartete eine volle halbe Stunde mit dem Gebet, ehe er fortfuhr, damit der böse Mensch keinen Vers des heiligen Wortes versäumte.“

Hennigs lachte laut auf. „Der arme Draper, also half ihm seine kleine Notlüge nicht einmal?“

„Kleine Notlüge, Mr. Hennigs?“ sagte die Matrone mit größerer Strenge, als sie es sonst wohl gewohnt war. „Sie reden da recht böse, recht unendlich böse Worte. Abgesehen davon, daß der Augenblick, wo er sich mit seinem Gott beschäftigen sollte, keine Notlüge zuließ, so gibt es gar keine Notlügen. Es darf nichts in der Welt einen frommen Menschen zu einer Lüge bewegen, nicht einmal die Not, denn das Herz, das nicht wahr und treu ist, kann dem Herrn kein wohlgefälliges Opfer bringen.“

„Aber, beste Mrs. Draper“, entgegnete ihr Hennigs, „Sie werden mir doch gewiß zugeben, daß es Fälle im menschlichen Leben gibt, wo eine Notlüge nicht allein keine Sünde, sondern sogar gut und...“

„Nein, das gebe ich Ihnen nicht zu“, unterbrach ihn die Matrone schnell, „das kann ich Ihnen nicht zugeben, und schon ein solcher Gedanke ist unrecht.“

„Wenn aber nun zum Beispiel Ihr Mann oder eins von Ihrern Kindern recht lebensgefährlich krank wäre“, demonstrierte Hennigs, „und wenn Sie nun wüßten, daß jede Aufregung für sie oder ihn die traurigsten, nachteiligsten Folgen haben könnte, würden Sie da nicht, wen nun etwa ein lieber Freund des Kranken eben gestorben wäre und er danach früge, ihm den Todesfall verheimlichen? Würden Sie da nicht lieber zu einer Notlüge Ihre Zuflucht nehmen, ehe Sie das Ihnen teure Leben aufs Spiel setzten?“

„Mr. Hennigs, Sie bauen da eine ganze Menge von Voraussetzungen zusammen, um nur eine Ihren Ansichten günstige Antwort zu hören. Das sind die Fallstricke, die uns der Teufel legt, um uns irrezuführen in dem, was recht und gut ist, und reichen wir ihm dann den kleinen Finger, so hat er bald die ganze Hand und die Seele des ihm Verfallenen. Draper nannte auch den frommen Mann einen Hypokriten.“

„Hm, ja, Mrs. Draper; aber Draper sagte mir, er hätte an dem Gebet volle sieben Viertelstunden gelesen, das ist doch ein bißchen stark."

„Es war sehr erbaulich, und er gedachte aller unserer Sünden, da mußte es schon lange währen", erwiderte die Frau.

„Wollen Sie nicht mit uns zum Campmeeting gehen, Mr. Hennigs?" fragte jetzt Sally den jungen Mann und sah ihn bittend mit ihren großen dunkeln Augen an.

„Gewiß, gewiß!" rief dieser schnell. „In so angenehmer Gesellschaft führ ich selbst mit zum – Campmeeting", verbesserte er noch zur rechten Zeit, da ihm schon ein sehr sündhaftes Wort auf den Lippen schwebte. „Aber wahrhaftig", sagte er, sich jetzt in dem kleinen Raum umschauend, „Draper muß ver... muß ungemein fleißig gewesen sein; er hat sich in den vier Wochen, die er hier ist, schon wirklich ganz behaglich eingerichtet; das Dach kann ja kaum vierzehn Tage liegen."

„Mr. Draper ist auch in der Tat sehr fleißig gewesen", erwiderte die Matrone, „wie lange wird's aber dauern, da packt ihn die leidige Wanderlust wieder an, und Knall und Fall verkauft er für wenige Dollar das, was ihn jahrelange Arbeit gekostet hat, und zieht westlich, immer weiter westlich und immer tiefer in den Wald zwischen wilde Menschen und Tiere hinein."

„Nun, viel weiter westlich kann er jetzt nicht mehr gehen", meinte Sally ganz ernsthaft, indem sie dem Gast einen Stuhl zum Feuer rückte, „Vater hat ja selbst gesagt, er wäre nun nicht mehr weit vom indianischen Gebiet, und in dem dürfen sich keine weißen Leute ansiedeln. Überdies", fuhr sie schelmisch lächelnd fort, „ist ja Mr. Hennigs ebenfalls hier in den Wald gezogen, und da muß die Gegend doch wirklich Vorzüge besitzen, die man ihr auf den ersten Anblick hin gar nicht zutrauen möchte."

Lucy wandte sich ab und setzte ihre Arbeit an dem großen Baumwollspinnrad fort.

„Das Wandern müssen Sie uns schon zugute halten", erwiderte Hennigs, der ebenfalls Sallys Anspielung vermeiden zu wollen schien und jetzt in aller Verlegenheit mit seinem Taschenmesser an dem Stuhl herumschnitt, auf dem er saß. „Dafür sind wir ja eben Pioniere oder Squatter, wie uns der Ostamerikaner nennt. Amerika braucht aber gerade solche Leute, die weder wilde Tiere noch wilde Menschen fürchten, sondern keck hineinziehen mitten in ihren Bereich und der Natur den Boden abtrotzen, der ihnen und ihrem Fleiß nach Aussage aller klugen Leute nun doch einmal gehört."

„Ja, ja, das ist schon alles recht schön und gut", meinte Mrs. Draper, „aber lieber wäre ich denn doch in Illinois geblieben."

„Was, in Illinois? In den ungesunden dürren Steppen? Zwischen Präriehühnern und Präriewölfen und in der Gesellschaft der wirklich weltberühmten Corncrackers!"[1] rief Hennigs erstaunt aus. „Nein, da lobe ich mir das Kraftland unserer Niederung, das ist nicht totzumachen, und wollen wir wirklich Prärien haben, nun, dann finden wir sie westlich von hier schöner und herrlicher, als sie der ganze Osten mit all seinen so hochgepriesenen Vorteilen ausweisen kann."

„Das mag wahr sein", entgegnete ihm Mrs. Draper, „aber Illinois ist doch kein Sklavenstaat, und mag dies Land so schön und gut sein, wie es will, es ist mir fürchterlich, auch nur mit Menschen zusammen leben zu müssen, die ihre Brüder und Schwestern wie das Schlachtvieh verkaufen."

„Ach Gott, ja, Madam, es mag viel Wahres daran sein", meinte Hennigs kopfschüttelnd, „manchmal, wenn ich so recht allein darüber nachdenke, kommt's mir auch fast vor, als ob es nicht ganz recht wäre, daß wir die Neger feilbieten und ebenso für sie, wie für andere Waren, den möglichst höchsten Preis zu erhalten suchen. Für Sünde kann's aber doch auch nicht gelten, denn unsere Väter

[1] Spottname für die Bewohner von Illinois (Anm. d. Autors)

und Großväter haben's getan, das Gesetz hat den Sklavenhandel geheiligt, und die Bibel selbst scheint die Sache als etwas sehr Natürliches zu betrachten; wenigstens habe ich neulich einmal mit dem presbyterianischen Geistlichen, der auch Sklaven hält, darüber gesprochen, und der behauptet, Gott selbst habe das so eingesetzt, daß die heidnischen Völker den Christen dienen müßten. Das klingt auch eigentlich vernünftig genug."

„Ich weiß es, ich weiß es", sagte Mrs. Draper, „sie verteidigen die Sklaverei selbst aus der heiligen Schrift, aber nur Gott kann erkennen, ob sie daran recht tun; ich möchte nicht ein voreiliges Urteil fällen. Wir Frauen fühlen uns aber auch vielleicht viel näher davon berührt als die Männer; mir tut's ja schon in der Seele weh, wenn ich ein junges Huhn geschlachtet habe und nun sehe, wie die alte Henne gluckend den ganzen Raum, den sie sonst zu begehen pflegt, durchläuft und das Verlorene sucht; wie viel mehr muß ich Mitgefühl mit einer Mutter haben, der fremde Menschen das Kind aus den Armen reißen, um es für wenige Dollar zu verkaufen, während sie selbst gern das eigene Herzblut dafür hingäbe und doch zu arm ist, um es zu bezahlen. - Ich wollte, wir wären in einem Freistaat geblieben."

„Nun, hier in Missouri wird die Sklaverei noch nicht so arg getrieben", sagte Hennigs, „im Süden mag's freilich schlimmer sein; hier hören wir auch ganz selten von entflohenen Negern, und das, sollte ich denken, wäre ein ziemlich günstiges Zeichen. Wo ein Freistaat so nahe ist und die Sklaven trotzdem bei ihren Herren bleiben, da kann auch ihr Los noch kein entsetzliches sein."

„Und wie sollten sie denn entfliehen können?" fragte Mrs. Draper. „Muß denn nicht ein Neger, wenn er nur selbst auf eine andere Farm oder Plantage hinübergeht, einen Paß haben, ohne den er von jedem weißen Mann festgenommen werden kann? Und liefert nicht selbst dann, wenn der flüchtige Neger den Freistaat wirklich erreicht hat, dieser, zur Schande der Vereinigten Staaten, den festgenommenen Sklaven an seinen Herrn aus? Wie also soll ein solcher armer Mensch denn entkommen, wenn er niemand weiß, an den er sich wenden kann, wenn er niemand hat, der ihn unterstützt und ihm forthilft, und wer das tut - hat Zuchthausstrafe zu erwarten."

„Das Ausliefern muß aber sein", fiel ihr hier Hennigs in die Rede, „wie könnten denn die Vereinigten Staaten einig nebeneinander bestehen, wenn sie einander ihr Eigentum vorenthalten wollten; das gäbe ja zu endlosen Streitigkeiten Anlaß und müßte nach und nach zu Haß und Zwietracht führen. Nein, es ist allerdings schlimm, daß wir die Sklaverei haben, und ich selbst wollte Gott danken, wenn es ein Mittel gäbe, ihrer los und ledig zu werden. Wenn wir zum Beispiel alle von Negern Abstammende wieder über die See zurück in ihre Heimat senden könnten, wie ja der Anfang dazu auch mit Liberia gemacht ist; da aber die klügsten Leute im Lande sich schon seit langen Jahren vergebens die Köpfe zerbrochen haben, wie dem am besten abzuhelfen wäre, so wird unsereiner doch auch nicht dagegen ankämpfen sollen. Das Bestehende, wie es nun einmal besteht, muß der einzelne ehren."

Lucy hatte indessen aus einer Spalte über dem Kamin ein zusammengefaltetes Zeitungsblatt herausgenommen, schlug es jetzt auseinander und hielt es dem jungen Mann entgegen.

„Sie behaupten, es entflöhen hier in Missouri keine Neger ihren Herren?" fragte sie mit leisem Vorwurf im Ton. „Da, überzeugen Sie sich selbst; hier stehen drei angegeben, und vor jedem ein kleines Bildchen: ein armer Neger mit seinem Päckchen auf dem Rücken. Der eine ist sogar von einem unserer Nachbarn aus dem nächsten County, von Squire Wallis."

„Das spricht für und wider mich", sagte Hennigs, „wider mich wegen des Entlaufens, für mich, weil eben dieser Wallis auch einer von Ihren sogenannten frommen Leuten ist; er hat sogar schon gepredigt, und die Presbyterianer halten ihn für ein besonderes Licht, das dem Staat und ihrer Kirche in diesem Mann aufgegangen sei. Gott bewahre uns vor solcher Beleuchtung!"

„Behandelt Mr. Wallis seine Sklaven wirklich so arg?" fragte die Matrone.

„Davon waren Draper und ich neulich Zeuge", erwiderte ihr Hennigs, „wir ritten gerade vorbei, als er einen seiner jungen Neger an einen Baum gebunden hatte und ruhig daneben seine Pfeife rauchte; dann und wann nur, wie um sich eine kleine Bewegung zu machen, stand er auf und peitschte den Unglücklichen höchst eigenhändig, daß ihm das klare Blut am Rücken herunterlief. Wir fragten ihn, was ihn zu einer so fürchterlichen Strafe veranlaßt habe, er behauptete aber, er tue das aus christlicher Milde; es sei gegen seine Grundsätze, einen seiner Sklaven im Zorn zu strafen, und da kühle er sich in der Zwischenzeit immer erst ein wenig ab, um ruhig zu bleiben und nicht hitzig zu werden."

„Und das nennen Sie ein freies Land?" rief die Matrone entrüstet.

„Und das nennen Sie einen frommen Christen?" warf Hennigs dagegen ein. „Ist Ihnen da nicht Ihr Mann mit all seinen kleinen Fehlern und Eigenheiten, meinetwegen Schwächen, zehntausendmal lieber, selbst wenn er dann und wann das untere Ende des Whiskykrugs höher hebt als das obere und seinem Herzen mit etwas rauh klingenden, aber keineswegs bös gemeinten Worten Luft macht?"

„Aber das viele gotteslästerliche Fluchen könnte er doch lassen", sagte Mrs. Draper, freilich schon um vieles milder gestimmt.

„Ja, und Sie auch, Sir", lachte Sally, „Lucy hat schon oft gesagt, Sie wären ein ganz guter Mensch, wenn Sie nur nicht immer..."

„Sally!“ rief Lucy, „wie kannst du nur...“

Ein plötzliches Anschlagen der Hunde unterbrach hier jede weitere Rede, und gleich darauf trat auch, die Mütze fest in die Stirn gedrückt und die Büchse in der Hand, die er, ohne sich weiter umzusehen, auf die über der Tür eingeschlagenen Pflöcke legte, Draper ein.

„Da bin ich wieder“, sagte er und drehte sich in diesem Augenblick nach den Seinen um, sein Antlitz war aber auffallend bleich, sein ganzes Wesen schien erregt, und er fuhr merklich zusammen, als er einen Fremden an seinem Kamin erblickte, faßte sich jedoch augenblicklich und streckte dem schnell erkannten Freund die Rechte entgegen.

„Und ohne die Pferde?“ fragte Hennigs, der die dargebotene Hand derb schüttelte. „Mit leeren Zügeln? Die Damen hier scheinen deren Ankunft fest erwartet zu haben.“

„Dann müssen die Damen noch etwas Geduld haben“, lächelte der Alte und nahm die Mütze ab, die er oben auf eine Ecke des Kaminsimses legte. Dabei schienen aber seine Gedanken wieder weit hinwegzuschweifen, und er starrte, die Hand noch immer oben an dem Brett, wohl mehrere Minuten lang, wie in tiefes Nachdenken versunken, auf die im Kamin glimmenden Kohlen nieder.

„Mr. Hennigs hat die Fährten im Potters Creek gesehen, Vater“, brach endlich Sally das Schweigen, „sie müssen nach der Niederung hinunter sein, und da, weißt du wohl, wenn sie erst in den Schilfbruch kommen, findest du sie immer nicht gleich wieder. Am Ende versäumen wir morgen den Anfang des Campmeetings.“

„Das wäre freilich entsetzlich“, lächelte der Alte, der jetzt seine volle Ruhe wiedererlangt hatte und sich behaglich auf den für ihn hingeschobenen Stuhl niederließ, „und dann können du und Lucy auch nicht eure neuen Kleider und Bonnets zeigen, und Mutter müßte das schöne Umknüpftuch noch ganze vierzehn Tage länger in der Kiste liegen lassen."

„Aber, Mann!" unterbrach ihn vorwurfsvoll Mrs. Draper. „Willst du denn behaupten, daß wir solcher sündlichen Eitelkeit wegen zu der Versammlung reiten? Habe ich dir dazu schon je Ursache gegeben?"

„Vater ist überhaupt heute so sonderbar!" sagte Sally plötzlich, indem sie auf ihn zuging und ihm scharf ins Auge schaute. „Es fiel mir gleich auf, wie er hereintrat; ich weiß nicht..."

„Aber ich weiß, was Jungfer Naseweis zu tun hat", sagte der Alte und ergriff sie lächelnd beim Kinn, „draußen steht Mr. Hennigs Pony und wiehert nun schon, so lange ich im Hause bin, ganz ungeduldig um den versteckten Mais herum. Geh und gib ihm ein halbes Dutzend Kolben, und dann wollen wir das Pferd aushobbeln[1], es mag sich hier herum sein Futter selbst suchen. Du mußt ihm aber vorher die kleine Hausglocke umschnallen, sie hängt hinten an der Hausecke."

Sally sprang singend hinaus, um den erhaltenen Auftrag zu erfüllen; Draper aber ging zu seiner Frau hin, strich ihr schmeichelnd die nur noch halb schmollend weggedrehte Wange und sagt gutmütig:

„Bist nicht böse, Alte, weißt schon, wie's gemeint ist; ein bißchen eitel seid ihr aber alle, wenn ihr's auch nicht wollt merken lassen, denn in ihrem Alltagskleid ginge keine von euch zum Campmeeting, soviel weiß ich."

„Das würde sich auch nicht schicken, Draper, das würde sich auch nicht schicken; wenn wir zu dem Herrn beten, müssen wir auch zeigen, daß wir etwas darauf halten, mit anständigem Äußern vor ihn zu treten."

„Das wäre dem lieben Gott, so wie ich ihn kenne, sehr gleichgültig", lachte Draper gutmütig, „doch du hast

[1] Aushobbeln nennt der Amerikaner das Zusammenbinden der Vorderbeine des Pferdes, damit sich dieses zwar langsam von der Stelle bewegen kann, um sein Futter zu suchen, aber doch nicht imstande ist, fortzulaufen. (Anm. d. Autors)

recht, du meinst's ehrlich dabei und bist auch sonst brav und wacker; nur das scheinheilige Pack kann ich nicht leiden. – Aber, Hennigs, wo habt Ihr denn die Pferde gesehen?"

„Die Pferde nicht, nur die Spuren", erwiderte dieser, „sie kamen aus den Hügeln herunter und gingen über den Kreuzweg hinüber der Niederung zu. Wenn ich nicht ganz irre, habe ich sogar die Schelle gehört, die der Fuchs um hat."

„Ja, die schallt am weitesten, Es ist wohl möglich; nun, dann finde ich sie heut abend an der Buffalolick, dorthin gehen sie gewöhnlich, wenn sie überhaupt die Richtung einschlagen."

„Ich sah auch dort oben die Spuren eines Mannes", fuhr Hennigs fort, „und glaubte erst, als ich hier hörte, Ihr wäret ausgegangen, um die Pferde zu suchen, es seien die Euren gewesen. Der die hinterließ, trug aber Schuhe; es wird wohl ein Jäger gewesen sein."

„Ja, ja, es wird wohl ein Jäger gewesen sein", sagte der Alte, stand auf und schritt dann ein paarmal in der Stube auf und ab. „Ja", fuhr er dann fort, „ich habe sie auch gesehen, sie gingen nach Süden, den Ansiedlungen zu; wahrscheinlich ein Jäger. Aber was ist das für ein Zeitungsblatt?"

„Dasselbe, das der Sheriff heute morgen hier hereingelegt hat, Vater", erwiderte ihm Lucy, „wir blätterten darin herum."

„Nun, gibt es Neuigkeiten aus St. Louis?" fragte der Alte und fuhr sich mit der linken Hand über die breite, offene Stirn, als ob er alle anderen Gedanken daraus verscheuchen wollte. „Wie steht's mit der Wahl? Was sagt unser Demokrat da? Hat Polk Aussichten?"

„Nun, Missouri läßt ihn sicher nicht im Stich", lachte Hennigs. „Das war's aber nicht, wir haben uns nicht mit Politik beschäftigt, sondern nur über eine Frage debattiert, die das gute Verständnis der südlichen und nördlichen Staaten betraf – über die Sklaverei, und zur Erläuterung derselben lasen wir hier einige Anzeigen von entlaufenen Sklaven."

„Von entlaufenen Sklaven? Wo? Zeigt her!" rief Draper schnell, und zwar mit einem Interesse, das einem genauen Beobachter sicherlich hätte auffallen müssen; Hennigs aber, die Bewegung einzig und allein der Neugierde zuschreibend, hielt ihm ruhig das Blatt hin und sagte:

„Drei Stück – Wallis hat auch wieder einen hineinsetzen lassen."

„Neunzehn Jahre alt", las Draper, „schlank gewachsen, mit freier, hoher Stirn und besonders wolligem Haar; Farbe: Ebenholzschwärze, Größe: fünf Fuß, sieben Zoll – das stimmt alles."

„Was stimmt?" fragte Hennigs.

„Was stimmt? Ah, nun, die... Oh, ich kenne den Burschen wahrscheinlich, der entlaufen ist", erwiderte Draper und wandte sich, wie um besser lesen zu können, mit der Zeitung ab, dem Licht zu.

„Ist es etwa der, den er vor kurzer Zeit so fürchterlich mißhandelte?" fragte Hennigs.

„Derselbe; sein Rücken ist noch jetzt blutig und zerfleischt, die Narben hatten noch keine Zeit, wieder zu heilen, der arme Teufel konnte Tag und Nacht kein Auge schließen vor Schmerz und Qual und mußte dennoch arbeiten. – Donnerwetter, Alte, wo ist denn eigentlich der Whisky?", unterbrach er sich plötzlich und bog sich nieder, um unter den Fuß des Bettes zu sehen, wo die fragliche Steinkruke gewöhnlich ihren Platz hatte. „Ich bin trocken wie eine Ohio-Chaussee, ich staube ordentlich. Glaubt ihr, man soll euch die Pferde suchen und nachher nicht einmal einen Tropfen trinken? Ich verdurste, wenn ich nicht bald etwas bekomme!"

„Vater hat wohl die Pferde gesucht, hat sie aber noch nicht gefunden", sagte Sally und schöpfte dabei, als sie eben in die Tür trat, den Flaschenkürbis voll des klaren

Quellwassers, das in einem Eimer auf dem dort angebrachten Regal stand.

„Ist mein kleiner ‚Kiek in die Welt' auch schon wieder da?" lachte der Alte. „Also, weil ich sie nicht gefunden habe, brauch ich auch nicht trocken im Hals geworden zu sein? Und Wasser soll ich trinken? Wettermädchen, das folgt der Alten aufs Haar! Nein, Kinder, einen Schluck Whisky muß ich vorher aufsetzen, aber laß nur das Wasser hier, Sally, zum Nachtrinken gibt's nichts Besseres auf der ganzen Welt."

„Bester Mann", bat Mrs. Draper, „ist nun das klare, liebe Himmelsgetränk nicht viel besser und zweckmäßiger, um selbst den brennendsten Durst zu löschen?"

„Liebe, beste Frau", entgegnete ihr Draper, während er von der ihm gereichten Kruke den aus dem holzigen inneren Teil eines Maiskolbens bestehenden Stöpsel abzog und dann etwas von dem goldklaren Inhalt in den großen, vor ihm auf dem Tisch stehenden Blechbecher ausgoß, „das Wasser ist eben ein Himmelsgetränk, wie du ganz richtig bemerkst; für uns arme Sterbliche aber müssen wir etwas Feurigeres, Herz und Seele mehr Zusammenhaltendes haben, und da hat denn der liebe Gott den Whisky erschaffen."

„Den hat der Teufel erschaffen!" rief Mrs. Draper lebhafter, als es sonst gewöhnlich ihre Art war. „Das ist des Teufels Erfindung!"

„So? In der Tat? Dann bin ich dem Teufel wirklich mehr verbunden, als ich bis jetzt habe glauben mögen; die Erfindung macht ihm alle Ehre und söhnt mich teilweise wieder mit ihm aus", sagte der unverwüstliche Draper mit größter Ruhe und leerte etwa die Hälfte des Inhalts, wonach er den Rest an Hennigs hinüberschob. Dieser aber zögerte, ihn anzunehmen, und blickte sich halb unschlüssig nach Lucy um.

„Lucy sieht nicht her!" neckte ihn Sally, der des jungen Mannes Verlegenheit keineswegs entgangen war.

„Sie können's riskieren."

„Laßt Euch durch die Frauen nicht irremachen, Hennigs", ermahnte ihn der Alte, „wenn ich denen glauben wollte, dann wäre das gute Getränk hier vor uns ein Haken und meine Kehle ein Arm, die mich zu zweit und mit vereinten Kräften in den Pfuhl der Hölle hineinrissen; so hat's ihnen wenigstens neulich der Presbyterianer erklärt."

„Du bist ein böser Mann, Draper, und drehst einem immer die Worte im Mund herum", sagte die Matrone, reichte aber dem Gatten dabei freundlich die Hand hinüber, „du weißt ja doch recht gut, wie ich's meine, und daß es nur immer deines eigenen Besten wegen ist, wenn ich ein Wort einwerfe über dein..."

„Trinken und Fluchen!" fiel ihr Draper ins Wort. „Ja, ja, ich weiß schon, wovon die Rede ist. Übrigens habe ich heute noch nicht ein einziges Mal geflucht, und was den Trunk betrifft, den ich selten genug zu meiner Erholung tue, so bin ich allerdings davon überzeugt, daß du ihn mir nicht mißgönnst, da ist aber der gottverdammte..."

Sallys kleine Hand lag auf seinen Lippen, und er zog sie gutmütig lächelnd herunter und drückte einen herzlichen Kuß auf den kleinen, gespitzten Rosenmund des lieben Kindes.

„Nun, schon gut, schon gut, Sally", sagte er dann, „bist mein gutes Mädchen. Jetzt seht aber nach euren Kühen – ach, ja so, es ist erst eine da; nun, schad't nichts, besorgt die nur, ehe es dunkel wird, es sollen schon mehrere nachkommen, und nachher zündet auch die Lampe an, oder habt ihr die Lichter schon gegossen?"

„Ja, Vater, die letzten drei Hirsche, die du geschossen hast, hatten gar viel Talg bei sich, und aus den Bienenbäumen, die hier Mr. Hennigs für uns umgehauen, ist auch ein recht schönes Stückchen Wachs gekommen; die Lichter sind fertig."

„Brav, Kinder, dann macht alles bereit, Hennigs und ich

wollen indessen noch einmal nach der Buffalolick hinübergehen und die Pferde holen; vielleicht finden wir auch unterwegs irgendwo ein Volk Truthühner aufgebäumt, ich will auf jeden Fall die Rifle mitnehmen."

Und der alte Mann hob die schwere Büchse von der Wand herunter, hing sich die kaum abgelegte Kugeltasche wieder um, setzte die Mütze auf und wollte eben mit seinem jungen Freund das Haus verlassen, als er plötzlich zurückprallte und erbleichend ausrief: „Tod und Teufel!"

Erschreckt sprangen seine Frau und Töchter hinzu, sie sollten aber über das, was den Vater so überrascht hatte, nicht lange im Zweifel bleiben; ein junger Neger in bloßem Kopf und nur mit einer dünnen Leinwandjacke und ebensolchen Hosen bekleidet, die nackten Füße in groben rindsledernen Schuhen, das schwarze Antlitz eingefallen und verzehrt von Todesfurcht und übermäßiger Anstrengung vielleicht, sprang auf die Schwelle, warf einen scheuen, wilden Blick über die ihn jetzt Umstehenden und brach dann, die Knie des alten Mannes krampfhaft umklammernd, vor diesem halb ohnmächtig zusammen.

„Ben, Ben, um Gottes willen, was soll das heißen?" rief Draper und sah ängstlich nach Hennigs hinüber, der ganz überrascht dastand und gar nicht wußte, wie er diese merkwürdige Szene deuten solle.

„Rettet mich, Herr, rettet mich, wenn Ihr nicht wollt, daß sie mich bei lebendigem Leib verbrennen, wie sie's dem armen Nigger in St. Louis getan haben, rettet mich um des Heilands willen, sie sind dicht hinter mir!"

Er blickte flehend zu ihm empor, und Hennigs konnte zum ersten Mal seine Züge erkennen. Kaum hatte er ihn aber einen Moment scharf ins Auge gefaßt, als er vorsprang, den Knieenden bei der Schulter ergriff und ausrief:

„Alle Wetter, das ist Wallis' entlaufener Neger, halt, Bursche, wo kommst du her und wo willst du hin?"

Der unglückliche Ben warf einen flehenden Blick auf

den alten Mann und sank dann, seine Knie loslassend, ohnmächtig zu Boden.

„Der Bursche hat wahrscheinlich nicht mehr weitergekonnt", sagte Hennigs, als er ihn umwandte und fühlte, wie der arme Teufel regungslos in seinen Armen lag, „nun, ein bißchen kaltes Wasser wird ihn schon wieder zu sich selbst bringen. Sie werden ihn aber hierbehalten müssen, bis wir Wallis davon benachrichtigen können. Der wird nicht wenig froh sein, daß er seinen Neger wieder hat."

„Sie werden ihn doch nicht ausliefern?" rief Lucy entsetzt.

„Nicht ausliefern, Miß Lucy? - Wir sollen doch wohl nicht etwa gar einem Nigger zum Fortlaufen behilflich sein und nachher das Vergnügen im Zuchthaus büßen?"

„Man will ihn lebendig verbrennen!" rief Sally und faltete in Todesangst die kleinen weißen Hände auf der klopfenden Brust.

„Oh, bewahre Gott!" lächelte Hennigs. „Das wäre ja wider des Herrn eigenen Vorteil, einen seiner Sklaven umzubringen; nein, Sally, der kommt mit einer Tracht Schläge davon, und die hat der Schlingel auch eigentlich verdient, warum läuft er fort; er weiß, daß er doch am Ende wieder gefangen wird."

Draper bog sich schweigend zu dem Unglücklichen nieder und wies auf seinen Rücken. Die Dämmerung brach schon stark herein, aber deutlich konnten sie noch erkennen, wie rotes Blut durch die dünne Leinwandjacke gedrungen war und diese in langen teils erhärteten, teils noch frischen Streifen an dem Rücken des Unglücklichen festgeleimt hatte.

Die Frauen stießen einen Schrei der Angst und des Entsetzens aus, und selbst Hennigs wandte sich schaudernd ab.

„Der arme Teufel!" brummte er vor sich hin.

Draper brach endlich das Schweigen und sagte mit

hohler, fast tonloser Stimme, indem er den Neger noch immer mit seinem Arm unterstützte:

„Der Knabe hier rettete mir vor drei Wochen das Leben; ich badete im Strom, und nur seiner Dazwischenkunft verdanke ich es, daß ich das steile, schroffe Ufer, zu dem mich die zu starke Strömung hingerissen hatte, wieder erklimmen konnte. Heute traf ich ihn flüchtig im Wald, und obgleich ich wußte, daß es ein entflohener Sklave sei, ließ ich ihn ungehindert ziehen. – Ich wandte mich ab und wollte nicht sehen, wohin er floh. Jetzt führt, Gott nur weiß welches Schicksal, den Unglückseligen in meine Hütte, und mir bleiben einzig und allein zwei Auswege offen: Entweder ich verrate meinen Lebensretter und überliefere ihn seinen Henkern, oder ich setze mich der Gefahr aus, angeklagt zu werden, einem Neger, einem Sklaven zur Flucht behilflich gewesen zu sein – das Zuchthaus ist dann meine Strafe."

„Hier ist, denk ich, ein Ausweg möglich", sagte Hennigs, „Wallis weiß, daß ihm ein Arbeiter nur dann von Nutzen sein kann, wenn er gesund und kräftig ist; auf Euer Wort gibt er überdies etwas, und wenn Ihr zu ihm hinüberreitet und ihm sagt, daß Ihr ihm seinen Neger gegen das Versprechen wieder verschaffen wollt, daß er den schon so arg Mißhandelten nicht noch mehr züchtige, so glaub ich, wird er ein vernünftiges Wort mit sich reden lassen und kein Unmensch sein. Zum Henker noch einmal, er gehört ja doch auch noch zur Kirche, und da darf er ja schon des Ansehens wegen nicht den Tyrannen spielen."

„Er schlägt die Augen auf", sagte Mrs. Draper, die ihm indessen Stirn und Schläfe mit Essig eingerieben hatte, „er kommt wieder zu sich; großer Gott, wie weh dem armen Menschen ums Herz sein muß! Vater, wenn nun unser Sohn, der sich jetzt in Texas oder Mexiko herumtreibt, so unter fremden Menschen läge, wie wolltest du, daß ihm da geschähe?"

„Ich glaube wirklich nicht, daß ihm viel Gefahr droht, Mrs. Draper", nahm Hennigs noch einmal das Wort, „wenn Sie es wünschen, so will ich selbst mit Draper hinüberreiten, um Wallis zur Milde zu stimmen; aber ausliefern müssen wir ihn, das verlangt nicht allein das Gesetz, sondern auch unsere eigene Sicherheit. Es ist ja denn doch auch nur ein Neger, und ich sehe nicht ein, weshalb sich zwei Weiße seinetwegen in so entsetzliche Unannehmlichkeiten stürzen sollten, wie daraus entstehen könnten."

„Es ist nur ein Neger, Mr. Hennigs", sagte Sally mit bitterem Vorwurf im Ton, „das klingt, aufrichtig gesprochen, recht garstig von Ihnen. Vater war in seinen Augen auch nur ein Weißer, und er hat ihn doch aus dem Wasser gezogen. Das weiß ich, wenn Sie den armen Menschen wieder auslieferten, und ich wäre Lucy, ich spräche in meinem ganzen Leben kein Sterbenswörtchen mehr mit Ihnen."

„Seien Sie barmherzig!" flehte auch Lucy jetzt und sah bittend zu dem jungen Mann auf, der sich, den Hut in der Hand, verlegen hinter den Ohren kratzte.

„Aber, beste Miß Lucy", sagte er endlich, „was hilft es ihm denn, wenn wir unsere eigene Sicherheit auch wirklich nicht einen Pfifferling rechnen wollen; deshalb wäre ihm doch nicht mehr geholfen. Entfliehen kann er nicht; wie käme ein Nigger von hier bis zu der kanadischen Grenze ohne Paß? Liefern wir ihn also nicht aus, wobei wir uns zugleich für ihn verwenden können, so fängt ihn jemand anderes, und dann geht's ihm erst recht schlimm."

Der Neger hatte seine großen, lebhaften Augen geöffnet und zu dem Sprechenden mit einem unbeschreiblichen Ausdruck von Seelenschmerz in den dunkeln Zügen aufgeblickt. Jetzt teilten sich seine Lippen und er flüsterte, aber mit kaum noch hörbarer Stimme:

„Ich bin verloren, die Verfolger sind mir auf den Fersen; ich traf einen der nach mir ausgesandten Männer zufällig im Wald, und nur die Verzweiflung gab mir Kraft genug, ihm in dem dichten Unterholz zu entgehen, das ihm nicht erlaubte, mit dem Pferd so schnell hindurchzubrechen. Unfern von hier wußte ich ihn von meinen Fährten abzubringen und floh nun, als letztem Rettungsweg, Ihrem Haus zu. Ich kann nicht weiter, mein Rücken ist zerfleischt, meine Kräfte sind erschöpft, die Wunden brennen wie Feuer, und die Glieder versagen mir den Dienst. Liefern Sie mich aus, dann ist's vorbei, und ich habe dieses elende Leben überstanden."

„Es ist nicht so schlimm, Ben", sagte Hennigs gutmütig, „wir wollen selbst zu deinem Herrn hinüberreiten und ihn um Schonung für dich bitten; er soll dich nicht weiter mißhandeln."

„Umsonst, umsonst!" stöhnte der Unglückliche und sah starr vor sich nieder. „Das wäre vergebens; letzten Freitag warf er mich zu Boden und trat mich mit Füßen; die harten Steine rissen die noch nicht geheilten Wunden der Peitschenhiebe wieder auf, wahnsinniger Schmerz durchzuckte mich, und in aller Verzweiflung nicht mehr wissend, was ich beging, ergriff ich einen gerade dort liegenden Axtstiel und – schlug meinen Master zu Boden."

„Unglückseliger!" sagte Hennigs mitleidig. „Dann bist du allerdings verloren."

„Nein, nein!" rief Draper. „Ich will verdammt sein, wenn ich ihn ausliefere. Ich weiß, was ich riskiere, ich weiß, was mich bedroht, wenn ich entdeckt werde, doch gleichviel; im schlimmsten Fall lasse ich die hier getane Arbeit im Stich und ziehe nach Iowa hinein; aber ich will nicht haben, daß mich das Bild dieses Unglücklichen mein ganzes Leben lang Tag und Nacht hindurch mahnen und martern soll, und ich mir ewig sagen muß: Der hatte dir nur das Leben gerettet, damit du ihn nachher gebunden seinem Henker überliefern konntest. Sei guten Muts, Ben, es soll dir nichts geschehen, ich will doch einmal sehen, ob der alte Draper so auf den Kopf gefallen ist, daß er nicht ein Mittel findet, um dir fortzuhelfen."

„Aber, Draper, Draper, denkt an Euer Weib und Eure Kinder", sagte warnend der junge Mann.

„Oh, reden Sie dem Vater nicht ab", bat ihn flehend Lucy, „lassen Sie ihn das gute Werk vollbringen, und – wenn Sie sich uns allen als ein recht lieber Freund erweisen wollen, so helfen Sie nur diesmal, um den armen Jungen von so fürchterlicher Strafe zu erretten."

„Liebe Miß Lucy", erwiderte Hennigs noch immer unschlüssig, „ich will ja gewiß alles von Herzen gern tun, was Ihnen nur die mindeste Freude gewähren kann, ich sehe aber wahrhaftig nicht ein, wie dem armen Teufel geholfen werden soll. Sind ihm die Verfolger so dicht auf den Fährten, wie er sagt, dann können wir sie auch jeden Augenblick hier erwarten, und in dem Zustand, in dem er sich jetzt befindet, wäre es für ihn unmöglich, zu entfliehen. Hier im Haus sind wir ebensowenig imstande, ihn lange zu verbergen, selbst wenn wir wollten, denn das eine offene Gemach, das Sie haben, bietet nirgends auch nur den geringsten sicheren Schlupfwinkel."

„Wir müssen ihm einen Paß schreiben!" rief Mr. Draper schnell. „Das wird ihm durchhelfen; einen mit dem Paß versehenen Neger hält niemand an."

„Aber womit?" fragte Lucy ängstlich. „Wir haben weder Schreibzeug noch Papier, selbst das Stückchen Bleistift, das in dem alten Haus über dem Kamin steckte, muß verlorengegangen sein, ich konnte es wenigstens nirgends finden."

Der Neger hatte indessen mit ängstlichen Blicken von einem der Sprechenden zum anderen gestarrt, und seine Augen leuchteten, als er den Paß erwähnen hörte; jetzt, da ihm diese letzte Hoffnung abgeschnitten schien, barg er zitternd das Antlitz in den Händen, und wenn auch kein Laut, kein Schluchzen die Stille unterbrach, so kündete doch das konvulsivische Zucken seiner ganzen Gestalt den ungeheuren Schmerz an, der ihn durchbebte.

„Hier muß Rat geschafft werden!" rief der alte Draper jetzt und ging mit schnellen Schritten im Zimmer auf und ab. „Ben muß fort, und ein Paß, das seh ich ein, ist dazu unumgänglich nötig. So mag er denn hier im Haus verborgen bleiben, bis ich ihm den herbeischaffen kann; ich will noch heute zum Squire Mabel reiten und Tinte und Papier holen."

„Aber das ganze County ist schon in Aufregung", flehte in Todesangst Ben, „der, der mich heute verfolgte, wußte ebenfalls von dem einem weißen Mann gegebenen Schlag; zweimal hätte er mich niederschießen können, aber er schrie fluchend, er wolle mich lebendig haben, um mich schmoren zu sehen; sie sind zum Fürchterlichsten entschlossen."

„Hallo! Da drüben!" schallte plötzlich eine Stimme von der anderen Seite der niedergehauenen Bäume herüber, und gleich darauf übertäubte, wie bei Hennigs' Ankunft, das Heulen der Meute jeden weiteren Anruf.

„Das ist mein Verfolger!" stöhnte Ben und sank, die Hände gefaltet, in Verzweiflung auf einen Stuhl nieder, an dessen Lehne mehrere Tropfen klaren Blutes, die durch die dünne Jacke gequollen waren, hängenblieben.

Der alte Mann trat indessen in die Tür, beschwichtigte mit einem Wort die Hunde, die, der Stimme des Herrn gehorsam, nur leise knurrend den fremden Tönen lauschten, und rief jetzt die Gegenfrage an den späten Gast hinüber:

„Wer ist da und was wollt Ihr?"

„Wer da ist? Zum Henker, Pitt ist da, oder ist eigentlich noch nicht da, denn er steckt hier in einem undurchdringlichen Gewirr von allem möglichen und weiß nicht, wie er herauskommen soll. Wo in aller Welt ist nur der Fahr- oder Reitweg, Draper? Auf dem, wo ich hergekommen bin, liegen wenigstens zwanzig Klafter Holz!"

„Seid Ihr allein?" fragte Draper zurück.

„Ja, allerdings, es werden aber gleich noch eine ganze

Menge kommen, ich traf sie nicht weit von hier, und sie redeten davon, bei Euch zu übernachten."

„Ich komme gleich, Pitt", rief Draper ihm zu, „bleibt nur einen Augenblick da halten, Euer Pferd möchte sonst in den vielen Splittern Schaden nehmen." Und damit warf er die Tür wieder in die Klinke und trat in das Innere seiner Hütte zurück.

„Es ist zu spät!" sagte er eintönig, als er mit starren Blick auf den unglücklichen Knaben niedersah. „Sie werden hier sein, ehe wir imstande sind, auch nur einen vernünftigen Rettungsplan zu ersinnen, viel weniger auszuführen."

„Wenn er sich nun draußen im Wald versteckte?" fragte schüchtern Sally. „Ich will ihm ja gern Speise und Trank bringen; morgen früh gelingt es dann vielleicht, dem Armen zu helfen."

„Nein, das ist unmöglich, die Hunde würden ihn dort nicht unbeachtet lassen; überdies bringen die Fremden, wenn es seine Verfolger wirklich sind, auch auf jeden Fall ihre Rüden mit, und dann wäre seine Entdeckung unvermeidlich. Ich begreife ohnehin nicht, wie ihn meine eigenen Bärenfänger so unbelästigt hereingelassen haben."

„So verbirg ihn dort, zwischen unseren Betten!" sagte Sally plötzlich. „Dort mag er liegen, bis sich irgendein Ausweg für ihn gefunden hat, und wenn es bis morgen früh wäre."

„Das ist das einzige; Höll' und Teufel, Pitt wird ungeduldig da drüben, ich muß ihn holen; so versteckt ihn denn schnell, und möge Gott geben, daß er dort unentdeckt bleibt, sonst ist mein guter Name für Missouri dahin, und ich muß der Rache seiner Bürger entfliehen."

Tief aufseufzend verließ er die Hütte, seinen heute so unwillkommenen Gast hereinzuholen, während die Frauen indessen ein ziemlich weiches Lager für den armen Mißhandelten bereiteten und es zwischen den Betten und durch einen mit Kleidern überhangenen Stuhl so verdeckten, daß, wenn nicht eine wirkliche und hier keineswegs zu befürchtende Haussuchung stattfand, sein Lager von den in der Hütte befindlichen Personen sicherlich nicht gesehen werden konnte, da sich auch schon ohnedies keiner der Amerikaner neugierig einer Stelle zugedrängt hätte, die ‚der Damen Schlafplatz' war.

Bald darauf erreichte der späte Besuch den kleinen vor dem Haus befindlichen offenen Platz, sprach dort einige Worte, seines Pferdes wegen, mit Draper und betrat dann, schon von draußen den Frauen einen guten und freundlichen Abend hereinrufend, das Innere des jetzt durch ein selbstgegossenes Licht erhellten Raums.

Mr. Pitt war ein kleines wohlbeleibtes Männchen mit so blonden Haaren, daß er sie oft selbst im Scherz ‚isabellfarben' nannte, dazu mit großen blaugrauen Augen, und gewöhnlich in einen pfeffer- und salzfarbenen Oberrock eingeknöpft. So gemütlich er aber auch sonst in manchen Sachen sein mochte, so viel er selbst auf sein Vieh, auf seine Pferde und Rinder hielt, die er sich nie überarbeiten ließ, so sehr haßte er die Neger und behandelte seine eigenen Sklaven, wenn er sie auch gut ‚fütterte', wie er es nannte, mit der größten Verachtung. Die Sklaven der ganzen Nachbarschaft fürchteten ihn auch ungemein, haßten ihn aber wohl noch mehr und nannten ihn überall nur den ‚Niggerfresser'. Und doch war dieser Mann ein ganz guter Bürger, ehrlich und rechtschaffen in all seinem Tun und Handeln, und hatte sich, einzig und allein durch eigenen Fleiß, ein gar nicht unbedeutendes Vermögen erworben. Seinem Ehrgeiz war übrigens dadurch Genüge geschehen, daß ihn sein ‚Township' zum Friedensrichter, und zwar damals noch, ernannt hatte, als die Aufregung für General Harrison selbst bis in den fernen Westen drang; er rühmte sich auch seines eifrigen Whigtums und schwärmte natürlich für Henry Clay und besonders für Frelinghuysen, der seiner Aussage nach der frömmste Mann der Welt sei und eher verdiente, Präsident als nur Vizepräsident zu werden.[1]

Seiner Religion nach war er Presbyterianer und hing dabei so eifrig an der Kirche, daß er schon einmal, als er sich bei einer großen Betversammlung befand, wo der andächtig harrenden Gemeinde gemeldet wurde, der plötzlich krank gewordene Prediger könne nicht kommen, selbst, unvorbereitet, den Rednerstuhl bestieg und mit Kraftworten und noch nie dagewesenen Gestikulationen den Leuten erzählte, wie's ihm eigentlich ums Herz sei. Man wollte ihn später allerdings dazu bewegen, der geistlichen Beredsamkeit sein Leben ausschließlich zu weihen, Mr. Pitt zog es aber vor, Friedensrichter zu bleiben, und behauptete, freilich nicht ganz ohne Grund, ‚als Laie die Eingeborenen viel mehr in Erstaunen setzen zu können, als wenn er aus der heiligen Sache eine wirkliche Profession mache'. Dabei war er höchst ritterlich und gefällig gegen Damen, obgleich er als alter Junggeselle von diesen auch manches Scherz- und Stichelwort ertragen mußte; ja, er hatte sogar selbst vor noch nicht so langer Zeit bei einer Entführung in St. Louis tätigen Anteil genommen. Wenn er aber auch gern von dieser Sache sprach, so verfehlte er doch nie dabei die Bemerkung zu machen, daß das vor der Zeit gewesen sei, so er als Friedensrichter in Tätigkeit getreten, und er jetzt, gerade im Gegenteil, eine solche ungesetzliche Handlung mit jeder ihm zu Gebote stehenden Macht verhindern würde.

Mr. Pitt trat also in die Tür der Hütte und reichte, sich nicht mit dem allgemeinen „Guten Abend, Ladies!" begnügend, noch jeder der Damen insbesondere die Hand, führte dabei auch so total allein das Wort und erkundigte sich so angelegentlich nach dem Befinden und Wohlergehen seiner ‚neuen Nachbarn' (sein Haus lag elf englische Meilen entfernt), daß er die Verlegenheit und Aufregung, in der sich diese befanden, gar nicht bemerkte, sondern

[1] Whigs: US-amerikanische Partei in der ersten Hälfte des 19. Jahrhunderts; Clay und Frelinghuysen: Politiker, Angehörige der Whigs

geschäftig einen der Stühle zum Kamin schob (und zwar mit dem Rücken gegen die Tür, also den Betten mehr zugewandt), von dem aus er an Draper und Hennigs indessen tausend verschiedene Fragen zu gleicher Zeit richtete.

Draper war übrigens selbst zu aufgeregt, um sich in eine Beantwortung derselben einzulassen, und fragte nur seinerseits, wobei er freilich einen Augenblick benutzen mußte, in dem der würdige Mann gerade Atem schöpfte, wen er noch an Fremden im Wald getroffen habe, was diese getrieben und wann sie hier eintreffen würden.

„Stop, Sir - stop!“ schrie der Kleine und drehte sich in komischer Verzweiflung nach ihm herum. „Das sind eine Menge verschiedener Artikel, die erst geordnet und dann einzeln vorgenommen werden müssen. Vor allen Dingen, Ladies, fürchte ich, daß Ihr Raum heute ein wenig beschränkt werden wird, denn acht Mann kann ich sicher anmelden, die noch vor Ablauf einer Stunde hier eintreffen werden. Das heißt eigentlich nur sieben, da einer von ihnen hier schon ganz behaglich und warm am Feuer sitzt und sich ungemein freut, daß er aus den bösen Dornen und Ranken da draußen heraus ist. Dieser eine, meine teuren Ladies, den ich Ihnen die Ehre habe in meiner unbedeutenden Person vorzustellen, wird nun auch wohl morgen noch hoffentlich das Vergnügen genießen, in Ihrer Gesellschaft zu bleiben, denn ich zweifle keinen Augenblick, daß Sie ebenfalls beabsichtigen, der Betversammlung beizuwohnen. Die dort aufgehäuften Kleider sind wahrscheinlich schon dazu bestimmt, Ihren holden Gestalten einen womöglich noch höheren Reiz zu verleihen.“

„Wer waren aber die anderen?“ unterbrach ihn ungeduldig der Alte.

„Wer die anderen waren?“ wiederholte lächelnd der kleine Friedensrichter. „Die Blüte des Staates, der Stolz und Schmuck unseres und des benachbarten County, lauter wackere Farmer, wie berittene Nimrode, mit ihren Büchsen und Hunden. Apropos, Draper, habt Ihr den Wolfshund noch, den Ihr von Hilbert damals kauftet? Das war ein famoses Poppy[1], muß einmal ein prächtiger Hund werden!“

„Waren die Männer auf der Jagd?“ mischte sich Hennigs jetzt in das Gespräch.

„Jagd? Ja“, sagte der Kleine, „aber ganz besondere Jagd – Hochwild – Menschenfleisch!“

„Menschenfleisch!“ riefen die Frauen entsetzt.

„Erschrecken Sie nicht, meine Damen, es war weiter nichts als ein weggelaufener Nigger“, lächelte der gemütliche Friedensrichter, „vielleicht haben sie ihn jetzt schon und bringen ihn dann gleich mit her.“

Keiner im Haus antwortete ihm auch nur eine Silbe darauf, und der Geschwätzige fuhr plaudernd fort: „Wallis hat, wie Sie vielleicht wissen, neulich einmal einen seiner Neger exemplarisch abstrafen müssen, der Strick war am lieben Sonntag mit seinen ganz neu gekauften Sachen, wie er selber sagte, in den Fluß gefallen...“

„Großer, allmächtiger Gott! Deshalb hat er ihn gezüchtigt? Das ist die Ursache gewesen?“ schrie Draper entsetzt.

Pitt sah ihn erstaunt an. „Nun“, sagte er, „das wäre allerdings eine Ursache gewesen, ihn zu strafen, und er hat auch wohl seine Tracht Schläge deshalb bekommen. Von der Strafe aber, von der ich spreche, war es nur ein entfernterer Grund, denn die Kanaille hatte sich auch noch dabei erkältet und konnte nun ihre Arbeit nicht ordentlich verrichten. Wallis ist ein wenig hitzig, und ich weiß nicht recht, wie alles später gekommen ist; soviel aber ist gewiß, Ben, der Junge, hatte eine trotzige Antwort gegeben und mußte dafür, wie sich das auch von selbst versteht, büßen. Da, denken sie sich nur, überfällt er neulich

[1] Amerik. Slang, eigentl.: ‚puppy‘ = Welpe, junger Hund

seinen eigenen Herrn, schlägt ihn mit einem Axtstiel, an dem glücklicherweise die Axt fehlte, zu Boden und – entflieht. Aber weit wird er nicht kommen, Hilbert ist ihm heute nachmittag hier ganz in der Nähe begegnet, hatte aber unglücklicherweise seine Hunde nicht bei sich und verlor, nicht weit von dem Hurricane[1], seine Fährte. Gleich darauf traf er übrigens die zur Verfolgung des Niggers ausgezogenen Männer, und nun wollen sie, da sie noch mehr Hunde mitbrachten, den Hurricane ordentlich abtreiben und nachher hierherkommen und hier übernachten. Sie blieben vielleicht im Wald, es sieht aber heut abend wie Regen aus, und da ist's doch besser, sie suchen Dach und Fach. – Aber, Ladies, Sie lassen mich die Unterhaltung ganz allein führen, es spricht ja keine von Ihnen auch nur ein Wort."

„Wir müssen ans Abendessen denken, Sir", sagte die Matrone, „wenn wir so viele Gäste bekommen, so werden sie für die anderen Unbequemlichkeiten, denen sie ausgesetzt sind, doch wenigstens etwas Warmes zu essen haben wollen; bis wann können sie wohl hier sein?"

„Wird nicht mehr so lange dauern, gar nicht mehr so lange dauern", sagte der Kleine und zog die Augenbrauen bedeutsam in die Höhe, „in höchstens drei Viertelstunden können sie alles abgesucht haben; der Hurricane ist nicht so übermäßig groß und die Hunde, die sie mit sich führen, sind vortrefflich. Die Mutter von Eurem Wolfshund ist auch dabei, Draper. Übrigens kann es auch sein, sie finden den Burschen gleich, und dann halten sie sich weiter gar nicht auf."

Draper und Hennigs hatten leise einige Worte gewechselt, und der letztere nahm jetzt seinen Stuhl auf und trug ihn an die entgegengesetzte Seite des Kamins, während er

[1] Hurricane werden in den westlichen Wäldern auch die durch einen Hurrikan oder Orkan niedergeworfenen Waldstrecken genannt, die oft, besonders wenn sie erst einige Jahre gelegen haben, wirklich undurchdringliche Dickichte bilden. (Anm. d. Autors)

zugleich Mr. Pitt bat, ihm dahin zu folgen, damit die Damen nicht so viel in dem Ab- und Anrücken ihrer Kochgerätschaften gehindert würden.

Mr. Pitt folgte sehr eilfertig dem ausgesprochenen Wunsch, ergriff seinen Stuhl an der Lehne und trug ihn weiter herum, faßte sich aber plötzlich erschreckt an die Tasche seines Rocks, fühlte dort etwas und besah dann am hellen Kaminfeuer die gegen dieses ausgestreckte linke Hand.

„Blut!“ rief er überrascht und schaute sich nach dem Stuhl um, auf dem er eben gesessen, Mrs. Draper aber sprang schnell hinzu, wischte mit einem alten Tuch die Lehne ab, und sagte mit vor Angst und Bestürzung halberstickter Stimme:

„Ach, seien Sie nicht böse, Mr. Pitt. Lucy - bekam heute so plötzliches Nasenbluten; wir haben die Flecken gar nicht gesehen.“

Hennigs bog sich leise zu Sally hinüber und flüsterte lächelnd:

„Erinnern Sie doch Mutter einmal wieder an das Kapitel von der Notlüge!“

„Oh, bitte sehr, bitte sehr!“ rief der artige Friedensrichter. „Hat gar nichts zu sagen, so süßes Blut kann mir nur angenehm sein; bitte, genieren Sie sich nicht. Ich habe selbst ein Taschentuch - es ist ja bloß ein unbedeutender kleiner Flecken. Ich erschrak nur so am Anfang, als ich das Nasse an der Hand fühlte, weil ich glaubte, ich hätte heute beim Reiten eine kleine Tintenflasche zerdrückt, die ich in der Rocktasche trage. Das wäre mir allerdings fatal gewesen, denn für meine hellen Bein... meine hellen Kleider würde eine solche Anfeuchtung von bösen Folgen gewesen sein.“

„Sie haben Tinte bei sich?“ rief Hennigs schnell und sprang in der Erregung des Augenblicks von seinem Stuhl, auf den er sich eben wieder niedergelassen, empor.

„Ich? Allerdings; befremdet Sie das? Ja, hier im Wald ist

Tinte allerdings ein seltener Gegenstand, ich bin deshalb auch genötigt, sie überall mitzuführen, denn komm ich einmal in ein Haus und muß etwas schreiben, so kann ich mich fest darauf verlassen, daß erstens keine Tinte in fünf Meilen im Umkreis zu bekommen und das einzige Papier der Schmutztitel irgendeines verräucherten Buches ist, der zuerst herausgenommen werden muß. Im allergünstigsten Fall steckt dann noch über dem Kamin ein alter, halbverbrauchter Truthahnflügel, dem eine hineingedorrte Feder durch Gemeinkraft sämtlicher Familienmitglieder entzogen und mit dem Jagdmesser des Mannes oder gar der Schere der Frau notdürftig geschnitten wird, und dann ist das Schreibzeug fertig. Nein, darauf kann ich mich nicht einlassen, ich muß mein ‚Handwerkszeug' besser in Ordnung haben, und da trag ich denn immer eine kleine steinerne Kruke mit Tinte sowie etwas Papier und einige Federn bei mir."

Hennigs war indessen einige Mal schnell im Zimmer auf- und abgegangen und blieb plötzlich neben dem Stuhl des Redseligen, der in allem Eifer das Fläschchen hervorgeholt hatte, stehen.

„Mein bester Herr", sagte er, freundlich dabei die Hand auf dessen Schulter legend, „da könnten Sie der Mrs. Draper einen recht großen und vielleicht einen doppelten Gefallen tun!"

„Wer? Ich?" rief Mr. Pitt, sich schnell nach der erwähnten Dame umdrehend. „Mit dem größten Vergnügen. Was ist es? Was steht zu Diensten?"

„Die Damen wünschten gern eine Abschrift des kleinen, von Ihnen gedichteten geistlichen Liedes zu besitzen, das Sie neulich bei Mapels vortrugen, und sie haben mich schon heute nachmittag darum ersucht, weil ich ihnen vor einiger Zeit einen Vers desselben aus dem Kopf zitierte. Da wir uns aber hier in derselben Lage befinden wie die übrigen Ansiedlungen, nämlich ohne jegliches Schreibmaterial, so möchte ich Sie jetzt im Namen der Damen nicht allein um etwas Papier und Tinte bitten, sondern auch noch den Wunsch daranknüpfen, mir die Verse langsam vorzusagen, daß ich sie gleich auf der Stelle nachschreiben könnte."

„Meine Damen, Sie beschämen mich wirklich durch die freundliche Nachsicht, mit der sie meine armseligen poetischen Versuche beehrt haben!" schmunzelte der kleine Mann, während er in größter Geschäftigkeit seine Taschen auskramte und in wenigen Sekunden eine große Brieftafel, ein kleines Pennal[1] und die eben wieder zurückgeschobene Tintenflasche zum Vorschein brachte, was er alles auf den Tisch stellte und dann seinen Stuhl neben denselben rückte, das Licht mit den Fingern putzte, seine Brille abwischte und jede Vorbereitung traf, um das gewünschte Gedicht augenblicklich selbst niederzuschreiben. Daran hinderte ihn aber Hennigs, indem er wie scherzend das Pennal an sich nahm und dem Richter versicherte, er würde unter keiner Bedingung zugeben, daß er selbst seine überdies schon so schwachen Augen bei dem düsteren Schein des flackernden Talglichts anstrenge. „Nein", fuhr er in seinen Einwendungen fort, „lassen sie mich einmal meine, wenn auch von der Führung der Axt etwas steifen, Finger mit der Feder versuchen, es wird schon gehen, und sie setzen sich mir gegenüber an den Tisch, dann haben die Damen auch noch den Genuß des Vortrags und brauchen nicht müßig zuzusehen."

Mrs. Draper war hinter den Friedensrichter getreten und hielt die zusammengefalteten Hände fest, fest auf das Herz gepreßt, als ob sie die Angst, die ihr die Brust zu zersprengen drohte, da bannen und zurückdrängen wollte. Lucy hielt seine Stuhllehne gefaßt und blickte starr und mit halbgeöffneten Lippen, aber leichenbleichen Wangen und glanzlosen Augen nach dem Geliebten hinüber, und

[1] Federkästchen

nur Sally, das sonst so muntere, leichtsinnige Mädchen, hatte die fürchterliche Entscheidung des Augenblicks nicht ertragen können und war hinaus vor die Tür gegangen, wo sie den Kopf in der Schürze barg und sich dort recht nach Herzenslust ausweinte.

Hennigs dagegen schien ganz ruhig und unbefangen, plauderte mit dem Friedensrichter – während dieser ein reines Blatt Papier vorsuchte und aus dem Pennal eine geschnittene Feder nahm – lauter tolles Zeug, erzählte ihm, wie sie in Louisiana immer auf Magnolienblätter geschrieben und in Tennessee Tinte aus Pulver und Indigo gemacht hätten, legte dann, als er auch die letzten Bedenklichkeiten des so geschmeichelten Dichters überwunden hatte, der nur immer noch selber zu schreiben wünschte, das weiße Blatt vor sich hin, sah nach dem Spalt der Feder, feuchtete diese einmal im Mund an und sagte, sich behaglich auf den Stuhl zurechtrückend:

„So, jetzt bin ich fertig; nun schießen Sie los!"

Draper lehnte am Kamin, und der starke Mann zitterte vor innerer Aufregung so gewaltig, daß die lockeren Dielen unter ihm erbebten; nur Hennigs blieb ruhig und gleichmütig und lächelte sogar still und heimlich vor sich nieder, als der Friedensrichter, wohlbehaglich im Stuhl zurückgelehnt, die Hände vor sich auf dem Tisch gefaltet, die Brille in die Höhe auf die Stirn geschoben und die kleinen runden Augen andächtig der Decke und einer Anzahl dort aufgehängter geräucherter Hirschkeulen zugekehrt, mit monotoner, singender Stimme begann:

„Oh süßer Herr Jesus, oh, komm doch zu mir,
Verzeih mir, oh Herr, meine Sünden!"

„Halt! Nur nicht so schnell", bat Hennigs, „ich komme ja sonst nicht mit. – Verzeih mir..."

„...oh Herr, meine Sünden!"

Draper trat hinter Hennigs Stuhl und las, was dieser schrieb. Auf dem Papier stand:

„Der Träger dieses, Scipio..."

„Also weiter - ich hab es."

„Und laß mich, Lamm Gottes, beim Vater und Dir
Erbarmen und Sühnigung finden."

Hennigs schrieb weiter: *„...geht mit meinem Wissen und Willen zu seinen Eltern..."*

„Haben Sie: Sühnigung finden?" fragte der Friedensrichter, schob sich die Brille herunter und blickte nach dem jungen Mann hinüber.

„Gleich, gleich - Sühnigung finden - so, nur weiter."

„Ich bin zwar, oh Heiland, ich muß es gestehn,
Dein schlechtester, niedrigster Knecht...",
deklamierte Mr. Pitt, warf einen freundlichen Blick nach der über ihn hingebeugten Mrs. Draper hinauf, seufzte einmal tief auf und wiederholte:

„Dein schlechtester, niedrigster Knecht..."

„...nach Illinois und hat von mir dazu vier Wochen Erlaubnis...", schrieb Hennigs.

„Haben Sie das?" fragte wieder der Richter.

„Ja - Erlaubnis..."

„Wie?" sagte Mr. Pitt und blickte zu ihm auf.

„Oh, nichts", erwiderte schnell gefaßt der junge Mann, „es hatte sich ein Haar in die Feder geklemmt; also - Knecht!"

„Ja - warten Sie einmal, nun bin ich herausgekommen, - schlechtester, sündigster Knecht", murmelte er vor sich hin, „ach ja, jetzt hab ich's:
Doch hast Du ja auch meine Reue gesehn,
So weise mich, Herr, denn zurecht!"

„...weise mich, Herr, denn zurecht!" wiederholte Hennigs und beendete indessen den Paß Benjamins mit dem Wort *„erhalten"*, setzte den fingierten Namen Peter Rollins mit dem gestrigen Datum darunter und faltete das Papier zusammen.

„Halt, ich bin noch nicht fertig!" rief der würdige Friedensrichter aus, dem diese Bewegung nicht entgangen war, „das sind nur die zwei ersten Strophen; nun kommen fünf in einem andern Rhythmus und dann wieder drei Schlußverse. Schreiben Sie also weiter:

Ich will Dir, Du treuer Hirte
Ein getreues Schaf auch sein,
Führe denn mich, heil'ger Vater,
In den ew'gen Schafstall ein.
Und wenn mir...
Aber Sie schreiben ja gar nicht?"

„Nur die beiden ersten Verse fehlten Ihnen, nicht wahr, Mrs. Draper?" sagte Hennigs und stand von seinem Stuhl auf.

„Ja, Sir, es waren nur die beiden", stammelte die Matrone, und sie wußte jetzt, daß Hennigs' Auge fest auf ihr haftete; das Blut strömte ihr quellend in Stirn und Schläfe, und der Atem verging ihr fast vor Angst um den Unglücklichen, vor Scham über die ausgesprochene Lüge.

„Also die anderen Verse haben Sie? Nun warten Sie, ich sage sie Ihnen noch einmal vor, dann können Sie, wenn etwas daran nicht richtig sein sollte, es ändern. Zeigen Sie mir nur erst einmal, was sie geschrieben haben", und er streckte seinen Arm nach dem Papier aus, das Hennigs mit auf den Tisch gestützter Hand locker zwischen den Fingern hielt.

Dieser aber schien es gar nicht zu bemerken; mit vorgebeugtem Körper, starr und regungslos, stand er da, die linke Hand lauschend hinter das Ohr gehalten. Er horchte einem entfernten Geräusch und hatte für den Augenblick seine ganze Umgebung vergessen.

Mr. Pitt nahm indessen das Papier herüber, öffnete es, schob sich die Brille wieder nieder und schien dann erst das sonderbare Benehmen des jungen Mannes zu bemerken.

Die Bewohner der Hütte standen entsetzt; warf der Friedensrichter nur einen Blick in die Zeilen, die er geöffnet in der Hand hielt, so waren sie entdeckt.

"Hennigs!" rief der alte Mann und faßte seinen Arm.

„Mr. Hennigs!“ sagte Pitt und hielt das Innere der Linken gegen das Licht, um, von diesem nicht geblendet, ihn besser betrachten zu können. Das rief den Träumenden aber mit Gedankenschnelle in seine Umgebung zurück; er blickte den Fremden an, sah den Paß in dessen Hand und riß ihn mit keckem Griff aus seinen Fingern.

„Mr. Hennigs!“ rief überrascht der Richter.

„Ich muß tausendmal um Verzeihung bitten, Sir“, entschuldigte sich jener, verlegen lächelnd, „doch das, was ich hier geschrieben habe, dürfen Sie wahrhaftig nicht lesen, es ist zu schlecht. Sie haben zu schnell gesprochen, und ich mußte mich beeilen; warten Sie noch wenige Minuten, und ich will es ins Reine schreiben, nachher mögen Sie sich überzeugen, daß auch ein Backwoodsman manchmal keine so üble Feder führt und den Schulmeister nicht braucht, wenn er jemandem einen Brief schikken will.“

„Was hatten Sie denn aber eben? Sie starrten ja vor sich nieder, als ob sie einen Geist sähen“, fragte dadurch beruhigt Mr. Pitt.

„Oh, nichts, wenigstens nichts von Bedeutung“, erwiderte jener, „mir war es nur, als ob ich irgendein fremdartiges Geräusch vernahm, und ich konnte nicht recht herausbekommen, was es war. Halt - da wieder; hören Sie nichts?“

Draper sprang an die Tür und riß sie auf, und deutlich drang jetzt der Ruf von fernen Stimmen an ihr Ohr, als ob Leute über einen Fluß hinüber die Fähre anriefen:

„Das sind sie“, sagte der Kleine, sprang auf und griff nach dem an der Wand hängenden Blechrohr, das in fast allen amerikanischen Blockhütten dazu benutzt wird, die Arbeiter zum Essen aus dem vielleicht weit entfernten Feld zu rufen. Die Töne dieses langen, geraden Horns schallen ungemein weit, und man kann sie mit günstigen Wind, und besonders über das Wasser hin, oft meilenweit hören.

Mr. Pitt schloß nun auch ganz richtig, daß die Jäger, von der Dunkelheit überrascht, die einzeln und mitten im Wald liegende Hütte nicht hatten finden können und nun durch ihr Rufen die Aufmerksamkeit der Bewohner zu erwecken gedachten, damit diese durch irgendein Zeichen, durch einen abgefeuerten Schuß oder den Ton eben eines solchen Horns ihren Aufenthalt verrieten. Er nahm denn auch ohne weitere Umstände das Instrument vom Nagel, trat in die Tür und ließ nun nach jener Richtung hin so durchdringende, klagende Laute ertönen, daß die Hunde mit kurzem Gebell zuerst eine Art Protest gegen solche Musik einzulegen schienen, dann aber, vielleicht durch das Weiche der Melodie gerührt, ein so fürchterliches wehmütiges, markzerschneidendes Geheul ausstießen, daß Mr. Pitt erschreckt mitten in seinem Blasen einhielt, den Bestien einen Augenblick zuhörte und dann kopfschüttelnd sagte:

„Ist nun einem lebendigen Christenmenschen schon so etwas in seinem ganzen Leben vorgekommen?" Nichtsdestoweniger setzte er seine musikalischen Übungen fort, und Hunde und Friedensrichter vereinigten sich jetzt zu einem so ohrenzerreißenden Konzert, daß der Wald ordentlich lebendig zu werden schien und von dem sämtlichen zahmen Hausvieh - als da waren: drei Ferkel und etwa ein halbes Dutzend Hühner - die ersteren ihr Lager mieden und grunzend, die Seiten aneinandergedrückt, herbeiliefen, und die anderen mit den Flügeln schlugen und nicht übel Lust zu haben schienen, eine so unruhige Nachbarschaft zu verlassen.

„Hier ist der Paß", rief Hennigs jetzt schnell und drückte das Papier dem alten Draper in die Hand.

„Der Träger dieses Scipio, geht mit meinem Wissen und Willen zu seinen Eltern nach Illinois, und hat von mir dazu vier Woche Erlaubnis erhalten.

Peter Rollins."

„Wer ihn anhält und nicht persönlich kennt, wird ihm kein Hindernis weiter in den Weg legen; doch muß er noch in dieser Nacht fort."

„Aber wie? Der Richter steht in der Tür, und in wenigen Minuten haben wir das Haus so voll Menschen, daß ein Entrinnen für ihn zur Unmöglichkeit wird."

„Auch dazu wird Rat werden; geben sie ihm nur einen alten Rock und eine Mütze - schnell! - Der Richter hat aufgehört zu blasen, ich will ihn zu mir hinausrufen. Wenn ich den Eulenruf nachahme, muß Ben rasch hinausgleiten; er soll dann zu mir hinter das Haus kommen; ruhig jetzt, er dreht sich wieder um."

Mr. Pitt hatte allerdings seine Lungen pausieren lassen und die Bearbeitung des Instruments eingestellt, keineswegs waren aber die Hunde gesonnen, sich so schnell und plötzlich über das Gehörte zufriedenzugeben. Ein junges Tier, und zwar eben der schon früher erwähnte junge Wolfshund, heulte Sopran und schien den Ton anzugeben, denn nach jedesmaliger kurzer Pause fiel er stets zuerst wieder ein, und ihm folgte augenblicklich ein alter blinder Schweißhund in E-Moll, wonach dann die übrige Schar, als ob sie nur auf das Angeben der Tonart gewartet hätte, im wilden, disharmonischen Chor einfiel und nicht eher aufhörte, als bis auch der letzte Vorrat von Luft aus Lunge und Kehle erschöpft war.

Mr. Pitt versuchte nun zwar sein Bestes, um sie zur Ruhe zu bringen, schimpfte, drohte und warf sogar einzelne Späne und Holzstücke, die vor der offenen Tür lagen; das hatte aber weiter nichts zur Folge, als daß sie jetzt sämtlich gegen ihn Front machten, und zwar die Köpfe seitwärts zugedreht, um jedem etwa nach ihnen geschleuderten Wurfgeschoß schnell genug ausweichen zu können, sonst aber fuhren sie in ihren entsetzlichen Akkorden ruhig fort.

„Laßt's gut sein, Sir", tröstete ihn jetzt Hennigs, als der kleine Friedensrichter halb lachend, halb ärgerlich wieder in der Tür erschien, „ich will sie schon zum Schweigen bringen."

„Ruhig, ihr Bestien!" schrie er dann mit Donnerstimme, als er eben vor das Haus getreten war. „Ruhig, oder ich drehe euch die Hälse um!" Und eine dort lehnende Stange ergreifend, fuhr er mit so gutgemeinten und links und rechts ausgeteilten Schlägen zwischen sie hinein, daß sie nach allen Seiten auseinanderstoben und sich winselnd teils in den Wipfeln der umhergestreuten Bäume, teils unter dem Haus verkrochen. Hennigs aber blieb jetzt einen Augenblick auf die Stange gestützt und wie in tiefen Gedanken stehen; da schreckten ihn der näher und näher kommende Lärm der Jäger, das entfernte Bellen von Hunden aus seinem Sinnen empor. Er warf den Blick schnell umher, ergriff den noch neben dem Haus liegenden Sattel und Zaum, trug beides hinter dasselbe und rief nun mit leisem Pfiff sein gehorsames Pony herbei.

„Nun, Madam, werden Sie gleich Einquartierung bekommen", sagte der Friedensrichter, während er sich schmunzelnd die Hände rieb und zum Feuer trat, an dem Lucy und Sally jetzt eifrig beschäftigt waren, die verschiedenen, schnell hinzugerückten Lebensmittel zu verteilen. „Es wird freilich knapp hergehen hier in dem engen Zimmerchen, man kann sich das aber alles einteilen. Lieber Gott, in Arkansas lagen wir einmal zu siebzehnt in einem Raum, der, wenn nicht noch kleiner, auf jeden Fall keinen Zollbreit größer war als dieser hier. Draper macht wohl schon sein Lager da zwischen den Betten zurecht? Ja, ja, werden jedes Eckchen und Winkelchen benutzen müssen, die Burschen sind wie das wilde Heer. Ob sie nur den Neger haben? Hoffentlich doch. Hol der Henker eine solche schwarze Bestie – schlägt ihren eigenen Herrn! Wenn da nicht einmal ein Exempel statuiert wird, dann wäre man ja seines Lebens selbst nicht mehr sicher und müßte sich wahrhaftig fürchten, die eigenen Dienstboten zu züchtigen. Wie ich gehört habe, wollen sie zusammenlegen und den Eigentümer wenigstens in etwas schadlos halten."

Mr. Pitt hatte sich jetzt wieder halb dem Feuer und halb Mrs. Draper zugekehrt, und diese hielt ihre Augen auch fest auf die seinigen gerichtet; aber kein Wort vernahm sie von alldem, was er ihr mit so bedeutender Zungengeläufigkeit erzählte, ihr Ohr lauschte dem Rauschen der Kleidungsstücke, dem unterdrückten Flüstern ihres Mannes, und sie sah jetzt plötzlich, wie sich die Gestalt des jungen Sklaven leise und vorsichtig emporhob.

„Weiß nur der liebe Gott, wo die Männer so lange bleiben!" unterbrach sich jetzt selbst der kleine Mann, indem er einen Schritt vom Kamin zurücktrat und nach der Tür sah. „Mr. Hennigs kommt auch nicht wieder, der ist ihnen wahrscheinlich entgegen; wo ist denn Mr. Draper?"

„Hier, Sir", antwortete dieser und trat einen Schritt vor. Dicht hinter ihm stand der Neger, und die geringste Bewegung hätte ihn dem Friedensrichter verraten; die nächste Minute mußte überhaupt das Schicksal des Verfolgten entscheiden.

Da schlugen wiederum die Hunde an; es waren die Jäger, die ebenfalls, wie vor ihnen Hennigs und Pitt, durch den ziemlich begangenen Pfad herbeigelockt, an der Grenze der niedergeworfenen Bäume hielten und das Haus anriefen. – Mr. Pitt wollte in die Tür treten; geschah das, so wurde es zu einer Unmöglichkeit, den Neger hinauszulassen, und er war dann rettungslos verloren.

Draußen ließ sich der klagende Ruf einer Eule hören.

„Bester Mr. Pitt", rief da Lucy plötzlich, „dürft ich Sie wohl einmal bitten, mir den schweren eisernen Topf hier auf die Kohlen zu heben. Ich kann ihn wahrlich nicht regieren, und unsere Gäste kommen schon."

„Oh, mit dem größten Vergnügen, mein Fräulein!" rief der bereitwillige Friedensrichter und sprang schnell hinzu, lehnte sich mit dem linken Arm gegen den über den Kamin hinlaufenden Querbalken und griff mit der

Rechten in die von Lucy schnell in den Henkeln des Gefäßes befestigten Topfhaken.

„Sehen sie, mein Fräulein, das ist gar nicht so schwer, allerdings etwas zu massiv für eine Dame, aber... Doch, wo wollen Sie ihn denn hinhaben? Auf die brennenden Scheite? Die müßten wohl erst ein wenig zusammengeschoben werden."

„Ach, bitte, bester Mr. Pitt, halten sie ihn nur zwei Sekunden, die Klötze haben sich verschoben, warten Sie, ich richte sie gleich zurecht."

Lucy rückte mit dem Schüreisen die im Kamin liegenden Brände, und Friedensrichter Pitt hielt indessen, dicht über die Glut gebeugt, den schweren Topf, daß sich ihm das Antlitz immer röter färbte und der Schweiß in großen Tropfen auf seine Stirn trat.

Hinter seinem Rücken glitt eine in einen braunen Überrock gehüllte Gestalt, den schwarzen Filz tief in die Augen gedrückt, zur Tür hinaus, strich um die nächste, der, wo sich die Hunde befanden, entgegengesetzte Ecke und verschwand in der Finsternis hinter dem Gebäude. Draper folgte ihr hinaus vor die Tür.

„So, Sir, jetzt nur dahin; ah, das ist recht, es ist Ihnen wohl sehr sauer geworden?" sagte mit mitleidigem Ton das schöne Mädchen, und es war ihr in diesem Augenblick, als ob sich eine Zentnerlast von ihrer Brust wälze.

„O bewahre, bewahre", erwiderte der galante Richter und benutzte augenblicklich die nun freigewordenen Hände, um sein Taschentuch hervorzuholen und sich die tropfende Stirn damit abzutrocknen, „nicht mehr als gern geschehen, das Feuer meint's übrigens gut – blitzmäßig heiß. – Wo bleiben denn aber nur die Jäger? - Aha, können auch nicht durch die Baumwildnis vor dem Haus, das geschieht ihnen recht, warum reiten sie nicht herum, bis sie einen Eingang finden; habe mir auch meinen Weg suchen müssen."

Draper stand indessen vor der Tür seiner Wohnung

und starrte in die dunkle Nacht hinein; von drüben her schallten die Stimmen seiner Nachbarn, die fluchend und lachend herüberschrien, daß er ihnen den geheimen Pfad zum warmen Herd zeigen möchte, und hinter dem Haus raschelte es in den Zweigen, und er vernahm leises Flüstern. Schnell schritt er diesem zu. Hennigs stand vor dem Neger, der seine Hand erfaßt hatte und sie trotz dem Sträuben des jungen Mannes inbrünstig an die Lippen drückte. Der arme Knabe konnte vor Schluchzen kaum reden und wollte sich immer wieder zu Füßen seines Retters niederwerfen.

„Unsinn", sagte dieser und schob ihn von sich, „mach jetzt schnell, daß du fortkommst, sonst wird's zu spät; meine Adresse hast du, das Pferd schickst du mir nach St. Louis zurück."

„Euer Pferd?" fragte Draper schnell.

„Er kann nicht anders fort", flüsterte jener. „Doch nun schnell, sonst wird's beim ewigen Gott zu spät! Kannst du reiten?"

„Den wildesten Hengst, der je einen Reiter abwarf", lautete die Antwort.

„Desto besser, du hast's vielleicht nötig, aber - schone mir das kleine Tier, wenn's irgend geht. Es ist ein so gutes Pony wie nur eins in den Staaten und - mein einziges. Aber, alle Teufel, da kommen die Reiter herum. Pest und Gift, wir haben so lange gezögert, bis sie uns auf dem Kragen sitzen! Was nun tun? Willst du jetzt fort, so müssen sie dir begegnen; der einzige Ausweg hier ist kaum dreißig Schritt breit."

Der Neger stand wenige Sekunden lauschend still, doch das immer näher kommende Galoppieren der Hufe ließ keinen Zweifel mehr übrig; was geschehen sollte, mußte schnell geschehen, und mit kühnem Sprung schwang sich der Sohn Afrikas in den Sattel, winkte noch einmal mit der Hand und preßte die Flanken des kleinen, ungeduldig stampfenden Ponys. Im nächsten Augenblick überflog es einen vor ihm liegenden umgestürzten Futtertrog und wollte eben in den schmalen Pfad einlenken, der von hier aus allein durch das Gewirr von Ästen und Zweigen führte, als von dorther ein lauter Jubelruf drang und gleich darauf ein in ein helles Jagdhemd gekleideter Reiter erschien.

„Hurra! Hier ist der Weg!" schrie dieser. „Kommt an, Hilbert, im Haus ist Licht, und da vorn seh ich auch Gestalten, auf jeden Fall finden wir eine trockene Stube und ein loderndes Feuer. Wer zuerst am Kamin ist, bekommt den besten Platz."

Benjamin erkannte mit Entsetzen die Stimme seines Herrn, das Blut erstarrte ihm in den Adern, doch hier galt es Entschlossenheit, das Leben stand auf dem Spiel. Mit Blitzesschnelle glitt er aus dem Sattel, warf sich den Zaum über den Arm und schritt zurück, dem Haus wieder zu.

„Halt da!" schrie der voransprengende Wallis. „Hier, Bursche, hörst du nicht? Nimm mein Pferd auch mit, reib es tüchtig ab und gib ihm genug Mais, die Tiere sind alle todmüde; leg aber auch die Sättel ins Haus!"

Und er schwang sich vom Rücken seines schnaubenden, schäumenden Rappen, überließ den Zügel dem Schwarzen, ohne diesen weiter eines Blicks zu würdigen, und eilte dann mit flüchtigen Sätzen der Tür zu, denn der bis jetzt drohend bedeckte Himmel fing an, in großen Tropfen die Boten eines nahenden Unwetters niederzusenden.

„Gerade zu rechter Zeit, wie abgemessen!" rief er, als er das schützende Dach über sich sah. „Guten Abend, Ladies und Gentlemen, müssen tausendmal um Entschuldigung bitten, es kommt aber eine ganze Jagdgesellschaft, und die Not zwingt uns, Ihre Gastfreundschaft in Anspruch zu nehmen."

Draußen sprengten die Reiter vor das Haus und hingen die Zäume ihrer Tiere an einzelne Äste und schwankende Zweige der umhergestreuten Bäume, während sie vergebens nach dem Neger schrien, um die Pferde zu versorgen und zu füttern.

„Gentlemen", sagte Draper, der in diesem Augenblick in die Tür trat und seine Gäste bewillkommte, „Sie rufen nach einem Neger, ich muß aber sehr bedauern, daß ich keinen habe, deshalb soll jedoch Ihren Pferden nichts abgehen, ich werde sie selbst versorgen."

„Ich habe doch mein Tier eben einem Neger übergeben!" rief Wallis.

„Das war ich!" lachte Hennigs, der jetzt ebenfalls ins Trockene trat. „Ich merkte wohl, daß Ihr mich für einen Nigger hieltet."

„Oh, bitte tausendmal um Vergebung, Sir", sagte der Farmer und trat, ihm die Hand entgegenstreckend, auf ihn zu, „es fing gerade an zu regnen, und ich sah gar nicht ordentlich zu, dachte wahrhaftig, es wäre so ein schwarzer Halunke gewesen. Seid übrigens froh, Draper, daß Ihr keinen habt, nichts als Sorge und Not mit den Bestien. Ah, guten Abend, Richter, wie geht's? Wohin? Zur Betversammlung? Das ist recht; es ist ein Glück für das Land, wenn die, die mit der Polizei desselben beauftragt sind, auch ihren Gott darüber nicht vergessen. Ein frommer Richter ist stets ein gerechter Richter. Ich würde auch mitgehen, aber leider hält mich diesmal die Verfolgung eines nichtsnutzen Buben ab, den ich erst seiner gerechten Strafe übergeben muß."

Der Eintritt der übrigen unterbrach hier den Redner, und es war für den Augenblick ein allgemeines Begrüßen, Entschuldigen, Einanderausweichen und Stühlerücken, bis endlich, nach mancher Platzveränderung lebendiger wie lebloser Gegenstände, eine Anzahl von Personen in dem engen Raum nicht allein untergebracht, sondern auch verhältnismäßig bequem plaziert war, von der sich nur der einen richtigen Begriff machen kann, der einmal selbst in einem solchen Haus gelebt hat und Zeuge gewesen ist, wie in einem Raum von ‚zwanzig bei zwanzig' –

das heißt: zwanzig Fuß lang und zwanzig breit - zwei bis drei Familien mit einer unbestimmten Anzahl von Kindern imstande sind, zu wohnen, zu kochen und zu schlafen.

Hennigs und Draper hingen sich nun, als sie das Innere des Hauses ein wenig geordnet hatten, ihre alten wollenen Jagddecken über und eilten schnell hinaus, um die Pferde der Jäger zuerst in einem gemeinsamen Trog zu füttern und sie dann, da von einem Stall oder Schuppen auch keine Spur in der Nähe war, für die Nacht ihrem Schicksal zu überlassen.

Der Sturm zog indes herauf und rauschte und tobte in den alten, weitgespreizten Wipfeln der mächtigen Bäume; von Süd und Westen kam er zusammen und schleuderte seine gewitterschwangeren Hilfstruppen, die flüchtigen dunklen Wolkenmassen, mit starken Fäusten gegeneinander, daß sie sich, grollend und tobend, mit den zuckenden Glutlanzen die weiten, giftgeschwollenen Bäuche durchstießen und nun in tollen Schauern ihre Ströme auf die Erde hinabfluteten. Die Tiere des Waldes suchten ihre versteckten Lager, die Eule selbst barg sich in der sicheren Höhlung und verschob den Raub auf eine günstigere Zeit. Nur der Wolf, der immer gefräßige, zog mit seiner wilden Schar lauernd und geräuschlos unter den niederkrachenden Ästen hin, schnuppernd dabei die Nase erhoben, um den Schlupfwinkel irgendeines scheuen Wildes zu erspähen. Dann und wann aber, wenn ein lauterer Schlag als gewöhnlich den Wald durchdröhnte und das Echo aus den fernen Bergen klagend und grollend antwortete, dann stellte sich wohl der Führer des Rudels, hob den langen, spitzen Kopf zu den jagenden, über ihn dahinstiebenden Wolken empor und heulte seine klagende Weise hinein in den Aufruhr der Elemente, daß sich der unter das sichere Farmhaus gedrückte Hund unruhig hob, knurrend einen Augenblick den bekannten gehaßten Tönen lauschte und sich dann mit halbunterdrücktem Bellen wieder fester und wärmer zusammenrundete als vorher.

Die Männer im Innern der Hütte ließen aber den Sturm Sturm sein; das war ein alter Bekannter von ihnen, und das Niederrasseln einzelner Äste, ja oft ganzer Stämme, das Heulen wilder Bestien und das Rasen der Windsbraut, sie hatten es schon zu oft gehört. Ein loderndes Feuer, ein warmes Abendessen und gute Gesellschaft ließ sie bald alles vergessen, was um und über ihnen vorging.

Hennigs war besonders ausgelassen lustig, und wenn auch Wallis und Pitt am Anfang nicht so recht mit einstimmen wollten in seine Fröhlichkeit, so riß sie der unverwüstliche Humor des jungen Mannes doch zuletzt ebenfalls mit fort. Massen von alten Jagdgeschichten und Anekdoten wurden erzählt, Szenen aus dem Revolutionskrieg wieder aufgefrischt, da Pitt behauptete, die Schlacht von New Orleans mitgemacht und hinter den Baumwollballen damals mit vorgeschossen zu haben; und es mochte zehn Uhr sein - eine für den Backwoodsman ungemein späte Stunde - als die Männer erst das Lager suchten, um sich für die Strapazen des morgigen Tages zu stärken und zu kräftigen.

Die Nacht ging es mit dem Lagerraum allerdings eng genug her, doch wußten die Jäger bald Rat; seine wollene Decke hatte ein jeder mit. Einige derselben wurden deshalb vor dem Feuer hingelegt, auf denen dann sämtliche Gäste in langer Reihe Platz nahmen, und über diese wieder breitete nun ihr Wirt alles, was er nur an breitbaren Gegenständen irgend vorrätig fand. Ein gutes Feuer wurde dabei ebenfalls die Nacht über im Kamin unterhalten, und die Männer lagen - wie es sich nur ein Jäger wünschen kann - warm und trocken.

Der nächste Morgen fand übrigens die letztgekommenen am frühesten zum Aufbruch fertig; Wallis war schon draußen gewesen, um nach den Pferden zu sehen, als der anbrechende Tag kaum seine ersten bleichen Strahlen von Osten heraufsandte, und die übrigen fachten indessen das fast niedergebrannte Feuer wieder an, füllten den großen blechernen Kaffeetopf mit Wasser und bereiteten alles zu einem äußerst frühen Aufbruch vor.

Nur Hennigs, sonst immer der erste, zögerte an diesem Morgen; an den Kaminsims gelehnt, stand er und starrte gedankenlos nach Mr. Pitt hinüber, der, noch der einzige Schlafende, in einer Ecke sein besonderes, mit einem Unterbett versehenes Lager gefunden hatte. Hilbert und Wallis, deren Tiere indessen schon wieder gesattelt vor der Tür standen, kamen jetzt herein, um das von der Frauen schnell bereitete Frühstück einzunehmen.

„Nun, Hennigs“, sagte der erste, als er seine am Feuer aufgehängten Leggins[1] anzog und mit dem einen hart gewordenen eben wieder zur Tür zurückschritt, um ihn auszureiben, „Ihr seit ja heute morgen verdammt bequem; Euer armes Pony steht da draußen, kaut an den Ästen herum und scheint unmenschlichen Hunger zu haben.“

„Mein Pony?“, sagte Hennigs halb verwundert, halb ungläubig und hob den Blick zu ihm auf.

„Nun ja, das dort drüben gehört doch Euch, wie? So eine kleine rauhaarige Bestie gibt's ja weiter gar nicht am ganzen Missouri!“

Hennigs war mit einem Satz neben ihm und blickte hinaus; wer aber beschriebe seine freudige Überraschung, als er dort, mitten zwischen Drapers Pferden, die durch das Unwetter heimgetrieben waren, sein eigenes liebes kleines Pony erkannte, an das er den ganzen Morgen mit einem recht wehmütigen Gefühl gedacht und jetzt schon viele, viele Meilen von da entfernt, todmüde durch den anstrengenden Ritt eines Verzweifelten, vermutet hatte. War denn Benjamin zu Fuß fort? So töricht konnte er doch nicht gewesen sein.

„Wie ist denn Pitt eigentlich hierhergekommen?“ fragte Hilbert in diesem Augenblick und überzählte leise

[1] lederne, gamaschenartige Überzieher der Jäger (Anm. d. Autors)

murmelnd die Pferde, die fast sämtlich in verschiedenen Gruppen vor dem Haus standen.

„Auf seinem Fuchs", sagte Hennigs schnell und blickte forschend nach dem eben genannten Tier umher.

„Auf dem Goldfuchs?"

„Ja, aber ich sehe ihn nicht."

„Der ist auch nicht hier", meinte Hilbert, „am Haus wenigstens nicht, denn ich bin seit länger als einer Stunde auf und fast die ganze Zeit draußen gewesen."

Mrs. Draper rief in diesem Augenblick zum Frühstück, und Mr. Pitt rutschte schnell unter den ihn bis jetzt noch immer verhüllenden Pferdedecken hervor, zog seinen Rock an und trat hinaus vor die Tür, um dort in einem großen blechernen Waschbecken Gesicht und Hände zu baden. Die Jäger aber ließen sich indessen nicht besonders nötigen, sie langten wacker zu, beendeten schnell ihr Mahl und griffen dann ohne weiteres Zögern nach ihren Büchsen, um die gestern aufgegebene Hetze - eine nun allerdings hoffnungslose Arbeit - wieder zu beginnen. Beim Essen schon hatten sie den Plan verabredet, wie sie jetzt am besten des flüchtigen Negers habhaft würden, der ihnen, wie sie äußerten, nach solch furchtbarem Wetter und in dem Zustand, in welchem er sich befand, gar nicht mehr entgehen konnte. Wie Draper jetzt vernahm, so waren auch schon am Missouri selbst alle Farmer, die Boote im Fluß hatten, von der Flucht des Sklaven in Kenntnis gesetzt und bereit, ihn aufzufangen. Ihre Absicht, was mit dem Unglücklichen geschehen solle, wenn sie ihn ergriffen, äußerten sie ebenfalls unverhohlen: Er hatte sich an einem Weißen vergriffen, und der Tod war dafür sein Los. Der Friedensrichter stimmte ihnen auch darin vollkommen bei und versprach sogar, den nötigen Bericht darüber an den Gouverneur des Staates zu machen, um von dort her wenigstens einen Teil des Schadens für den Eigentümer vergütet zu bekommen. Fünf Minuten später waren die Männer beritten, riefen noch

Dank- und Abschiedswort von den Pferden herunter ihren freundlichen Wirten zu und sprengten dann, Wallis und Hilbert ausgenommen, in zwei Abteilungen rechts und links ab, dem Missouri zu. Die beiden Letztgenannten aber bildeten mit den besten Hunden der Gesellschaft das Zentrum dieser Kette, die also langsam und vorsichtig noch einmal den ganzen Wald durchsuchte, wo sie den Flüchtling vermuten mußten und auf diese Art hofften, ihn entweder aus seinem Lager auf- oder doch den am Fluß hin postierten Helfern in die Hände zu treiben.

Draper sah ihnen lächelnd nach und murmelte, als sie hinter den Büschen der Niederung verschwanden, leise vor sich hin:

„Geht nur, geht, ihr wackeren Männer, hetzt eure Hunde und Pferde ab, um einen Menschen zu jagen; den aber, den ihr sucht, bringt ihr mir nicht mehr zurück. Hat er Glück, so kann er jetzt schon bald in Illinois sein. Und Mr. Peter Rollins mag ihm dort durchhelfen."

Zu seinem keineswegs freudigen Erstaunen entdeckte übrigens Mr. Pitt nach eingenommenem Frühstück die Abwesenheit seines Pferdes, die er sich gar nicht erklären konnte, da das Tier sonst noch nie in der Nacht den Trog verlassen hatte, an dem es gefüttert worden, und das Fortlaufen eines Pferdes in solchem Wetter doppelt unwahrscheinlich wurde, wo im Gegenteil alles zahme Vieh gern die Nähe menschlicher Wohnungen aufsucht. Hier half aber weiter kein Besinnen, und er mußte, wollte er die Betversammlung heute nicht versäumen, Mr. Drapers Vorschlag annehmen, der ihm eins seiner Pferde zum Gebrauch überließ und den Goldfuchs zu suchen versprach, sobald er selbst zurückkehren würde. Die beiden Männer ritten auch zusammen voraus, und nur Hennigs blieb bei den Damen zurück, um diese, die erst noch manches zu ordnen wünschten, später zu begleiten.

Kaum schlossen sich nun die Büsche hinter dem Friedensrichter und seinem Gefährten, als sich der junge Farmer, der ihr Fortreiten durch eine Spalte der Hütte beobachtete, mit triumphierendem Blick gegen die Matrone wandte. Die arme Frau hatte aber nur mit fürchterlichster Kraftanstrengung bis dahin, und so lange die Fremden zugegen gewesen, ihre äußere Unbefangenheit und Ruhe behaupten können, jetzt, da der Zwang aufhörte, ließen auch ihre Kräfte nach, und das Antlitz in den Händen bergend sank sie zitternd auf einen Stuhl nieder und schluchzte laut.

„Mutter!" riefen die beiden Mädchen und sprangen an ihre Seite. „Liebste, beste Mutter!"

„Mrs. Draper", bat Hennigs, „beruhigen Sie sich doch; schmerzt es Sie denn, daß Sie ein Menschenleben gerettet haben?"

Die Matrone bedurfte einiger Zeit, ehe sie sich wieder sammeln konnte; endlich blickt sie mit den tränenden Augen zu dem jungen Mann auf und sagte leise:

„Sie haben mich hart gestraft, Hennigs, ich werde gewiß in recht, recht langer Zeit nicht den gestrigen Abend vergessen; habe ich aber gefehlt, so mag mir Gott die Sünde vergeben, ich konnte nicht anders. Ach, unser Herz ist ja so schwach und weiß wohl oft selbst nicht, wo es irrt und wo es recht handelt. – Wie ist der arme Junge entkommen, und ist er überhaupt gerettet?"

„Er hat Pitts Pferd mitgenommen", lachte Hennigs, „dem ‚Niggerfresser' kann das übrigens nichts schaden. Ben muß gestern abend doch natürlich alles mit angehört haben, was er über ihn und seine Rasse sagte, und da verdenk ich's ihm gar nicht, daß er sich ein bißchen an ihm gerächt hat."

„Oh, das tut mir sehr leid, das tut mir sehr leid!" seufzte die Matrone. „Hätten sie das nur verhindern können; ich würde ihm ja so gern eins unserer besten Pferde überlassen haben."

Hennigs schwieg und sah vor sich nieder, jetzt nahm aber Lucy das Wort und rief:

„Er hat's verhindern wollen, Mutter, er hatte ihm schon sein eigenes, einziges Pony gegeben, ich weiß es, aber die Ankunft der Fremden trieb den Flüchtling wieder zurück. Erst später, als alle hier im Haus waren, muß der Negerknabe zurückgekommen sein, um noch einmal mit Lebensgefahr das Pferd seines Retters gegen das seines Feindes umzutauschen."

Hennigs reichte ihr die Hand hinüber und flüsterte: „Ich danke Ihnen für das freundliche Wort, Lucy; jener Neger scheint aber in der Tat Rücksicht auf mein Eigentum genommen zu haben; er ließ sogar meinen Sattel zurück, den er durch darüber hingelegte Bretter vor dem nächtlichen Regen schützte, während er sich selbst mit der schlechtesten alten Satteldecke begnügte, die er in der Geschwindigkeit finden konnte."

„Wird er aber entkommen?" fragte Sally ängstlich.

„Den sehen wir nicht wieder", lachte der junge Farmer, „seine Verfolger glauben ihn nördlich, weil er auch zu Fuß und ohne Paß gar nicht anders hätte fliehen können, er ist aber jetzt in anderer als der in der Zeitung beschriebenen Kleidung, beritten und mit einem guten Paß, östlich, gerade dem Mississippi zu geflohen. In St. Louis wird er sich übersetzen lassen, und einmal in Illinois, droht ihm, unter diesen Verhältnissen, keine Gefahr weiter. Der Goldfuchs ist ohnehin ein Prachtpferd und muß ihn bald seinem Ziel entgegentragen."

„Und Kanada liefert ihn nicht wieder aus?"

„Nein, wahrlich nicht; einmal dort, bringt ihn ganz Amerika nicht wieder in Banden. Aber wollen wir nicht aufbrechen?""

“Ach Mr. Hennigs, werde ich dem Prediger frei ins Auge sehen können?" sagte Mrs. Draper seufzend.

„Frei und klar!" rief der junge Mann. „Wie Sie Ihr Auge zu dem heute eben so rein auf uns niederlächelnden Himmel heben können. Wir haben zwar alle gegen die Gesetze des Staates, aber, wie ich fest überzeugt bin, nicht gegen die Gesetze Gottes gehandelt, und die einzige Bedenklichkeit, die ich jetzt bei der ganzen Geschichte habe, ist die, daß wir nicht entdeckt werden. Doch auch das hat keine Gefahr, und so wollen wir uns die schöne Zeit nicht selbst mit unnützer Sorge und Not verderben. – Ist denn Lucy jetzt mit mir zufrieden?" flüsterte er dann und bog sich leise zu dem schönen Mädchen nieder.

„Sie sind ein guter Mensch!" sagte die Jungfrau und reichte ihm errötend die kleine Rechte.

Acht Wochen mochten nach den oben beschriebenen Vorfällen entschwunden sein, der junge Hennigs hatte um Drapers ältestes Töchterlein angehalten und dieses auch, da in dem schönen Land der Freiheit die Herzen, die sich lieben, nicht erst eine hohe Polizei zu fragen brauchen, ob sie auch einander angehören dürfen, als sein braves Weib in die selbstgegründete Heimat geführt. Um aber nicht so weit entfernt von den Schwiegereltern zu wohnen, waren die beiden Männer übereingekommen, das einmal von Draper durch seine erste Niederlassung in Beschlag genommene Land gemeinschaftlich anzubauen, und die schweren Äxte der wackeren Hinterwäldler hatten sich denn auch schon recht tief und erfolgreich in den stillen Frieden des Waldes hineingearbeitet. Mit Hilfe des Feuers, das die niedergeworfenen Riesenstämme verzehren mußte, dehnte sich ein recht stattliches Feld zwischen den beiden einander gegenüberstehenden Blockhütten aus, und von den Nachbarn angekauftes Vieh teilte der kleinen Farm jene eigentümliche, gemütliche Lebendigkeit mit, ohne die selbst die bedeutendste Niederlassung doch nur eine Einöde sein würde. Da hielt eines Sonntagmorgens, gerade als sich die kleine Familie um den reinlich gedeckten Tisch gesetzt hatte, auf dem saftiges Hirschfleisch, braungebackenes Maisbrot und die dampfende Kaffeekanne zum leckeren Mahl einluden, ein Reiter vor der Tür der Hütte – und beide Männer sprangen gleich schnell und erstaunt von ihren Sitzen auf, denn kein anderer war es, als Squire Pitt auf - seinem Goldfuchs.

Er wurde augenblicklich hereingenötigt und sollte nun schnell erzählen, wo er das Pferd wiederbekommen habe, das seit jenem stürmischen Abend nirgends wieder gesehen worden war. Pitt aber, der schon mehrere Stunden geritten war und nicht unbedeutenden Hunger verspüren mochte, wollte sich auf keine Erläuterungen einlassen, ehe nicht das Tischtuch abgeräumt war; ein Stuhl wurde ihm also rasch herbeigerückt, und unser Friedensrichter ließ denn auch der Kochkunst der jungen Frau alle nur mögliche Gerechtigkeit widerfahren. Dann erst, als das Geschirr beseitigt und der Tisch zurückgeschoben worden, löste sich seine Zunge, und halb in Entrüstung über die Frechheit des Erlebten, halb aber auch froh darüber, sein vortreffliches Pferd, und noch dazu in so gutem Zustand, wiedererhalten zu haben, teilte er jetzt den ihm aufmerksam Zuhörenden mit, auf welch wunderliche Art er wieder zu seinem Eigentum gekommen sei.

„Denken Sie nur, Ladies“, erzählte er, „gestern abend sitze ich ruhig in meinem Zimmer und bin entsetzlich müde, denn ich hatte mich den ganzen Tag im Sattel herumgetrieben, da knurrt auf einmal mein kleiner Feist, der bei mir im Haus schläft, und ehe ich nur aufstehen kann, tritt auch schon, wer anders als der Postmeister vom nächsten Städtchen drüben, zu mir herein. Erst glaubte ich, er käme aus der westlichen Ansiedlung und wollte nach Hause reiten. Aber Gott bewahre - er sagt, er bringe mir etwas, faßt mich beim Arm, führt mich vor die Tür und zeigt mir - meinen eigenen Fuchs, der leibhaftig vor mir steht und mich anwiehert. Ladies, es ist zwar nur ein Vieh, aber ich fiel ihm vor lauter Freude um den Hals und wollte eben anfangen, zu fragen, wem in aller Welt ich das Wiedererlangen meines Eigentums verdanke, als er mir einen Brief übergab und mir sagte, ein Mulatte hätte das

Pferd da nach St. Louis gebracht, dort sich nach unserem Postoffice erkundigt und dann einen Boten gemietet, der beides – Pferd und Brief – in unsere Ansiedlung brachte. Das war nun schon an und für sich merkwürdig, das Merkwürdigste aber ist der Brief."

„Von wem?" riefen alle zugleich.

„Ja, das raten Sie einmal!" sagte der Kleine, indem er beide Arme vor sich auf die Stuhllehne stemmte und ein verzweifelt geheimnisvolles Gesicht machte. „Aber geben Sie sich nur keine Mühe, sie raten es im Leben nicht; denke sie nur, von Ben, dem von Wallis entflohenen Nigger!"

„Konnte denn der schreiben?" fragte Draper ungläubig.

„Nein, das konnte er allerdings nicht", sagte der Friedensrichter, „er hat auch nur sein Zeichen, eine Art Kreuz, daruntergemacht, das ist aber einerlei, ein anderer Nigger hat's für ihn von Kanada aus geschrieben."

„Von Kanada aus?"

„Ja, von Kanada; die Bestie ist glücklich, Gott nur weiß freilich, auf welche Art, nach Kanada entkommen; das ist aber ein neuer Beweis, wie wir den Engländern sobald als möglich ein Land abnehmen müssen, das uns erstlich nach der ganzen Natur der Sache angehört und durch das die Bürger der Vereinigten Staaten schon so unendlichen Schaden erlitten haben."

„Aber was steht in dem Brief?" fragte Sally neugierig.

„Der ist ‚kurz und süß', wie die Yankees sagen", brummte der Friedensrichter, „noch dazu von einem verwünschten Nigger selbst geschrieben, der sich einen ‚freien kanadischen Bürger' nennt und mich – Wenn ich die Kanaille nur hier hätte! – herzlich grüßen läßt."

„Nun, das ist doch freundschaftlich", lachte Hennigs.

„Freundschaftlich? Der schwarze Lump nennt mich sogar sein ‚liebstes, bestes Pittchen' und bittet mich, ich möchte ihn, wenn ich einmal nach Toronto käme, doch auf jeden Fall besuchen."

„Aber Ben? Was schreibt Ihnen denn Ben, bester Mr. Pitt!" bat Sally.

„Ei nun, daß er an dem Abend meinem Pferd im Wald begegnet und überzeugt gewesen sei, ich würde mir ein Vergnügen daraus machen, es im auf wenige Wochen zu überlassen - der Schuft! - Er kenne mein gutes Herz, sagt er, und wünsche mir nur die Verwirklichung des Segens, den die Neger meiner Nachbarschaft schon seit Jahren auf mich herabgefleht hätten; als ob ich nicht wüßte, daß mich die schwarzen Halunken alle wie die Pest hassen."

„Und das Pferd?"

„Hat er, Gott weiß, durch welche Gelegenheit, nach St. Louis gesandt; es wundert mich übrigens doch, daß ein Nigger ein gestohlenes Pferd zurückschickt."

„Und sollte es unter den Negern nicht auch brave, ehrliche Leute geben?" fragte Mrs. Draper vorwurfsvoll.

„Hm, ja, Madam mögen da nicht ganz unrecht haben", sagte der kleine Friedensrichter und machte sich fertig, nach Hause zurückzukehren, „das eine Beispiel spricht wenigstens dafür; doch, ich weiß nicht, es ärgert mich auch wieder, daß uns der schwarze Schuft so zum Narren gehalten hat. Nun, ich will jetzt einmal zu Wallis hinüber und den von der glücklichen Flucht seines Sklaven in Kenntnis setzen. Wird sich auch unmenschlich darüber freuen, ist ein reiner Verlust für ihn von achthundert Dollar."

Der kleine Friedensrichter bestieg seinen schönen Goldfuchs, den er von diesem Augenblick an Ben nannte, und ritt zum ‚Squire Wallis' ins nächste County. - Den aber sollte er nicht mehr unter den Lebenden antreffen. Ein von ihm mißhandelter Mulatte hatte in Rache und Wut eine Spitzhacke ergriffen und diese seinem Master in die Schulter gehauen; eine Stunde später war er tot. Der Mulatte floh nun zwar nach der Tat dem Missouri zu und wollte diesen durchschwimmen, konnte aber der reißenden Strömung desselben nicht widerstehen und sank in demselben Augenblick unter, als seine Verfolger das Ufer erreicht hatten und eben noch sahen, wie sich die Flut über ihm schloß.

Das alles schien übrigens einen höchst wohltätigen Einfluß auf den Richter Pitt ausgeübt zu haben, er behandelte von da an seine Neger viel besser und freundlicher, und diese nannten ihn nicht einmal mehr den ‚Negerfresser'.

DIE WOLFSGLOCKE

In den Washita-Bergen Nordamerikas liegt der Schauplatz, auf den ich den Leser führen will. Dort in den wilden Tälern jener reizenden Hügelketten existiert noch der richtige Backwoodsman; schlicht und ehrlich, rauh und derb, aufopfernd in seiner Freundschaft, aber gefährlich in seinem Haß, und sein Leben großenteils von der Jagd, etwas vom Ackerbau und meist von der Viehzucht abhängig machend.

Die letztere wird ihm besonders durch das milde Klima jener Gegend, durch die grasreichen Hügel, durch die noch hier und da mit dichten Schilfbrüchen gefüllten Täler erleichtert, und wenig Mühe ist es, die ihn die Zucht einer oft nicht unbeträchtlichen Herde kostet. Dann und wann eine Handvoll Salz nahe bei seiner Hütte hingeworfen, eine häufige und regelmäßige Wanderung von einem der kleinen zerstreuten Trupps zum anderen, daß sie den Anblick des Menschen gewohnt blieben und nicht wild wurden - und der Sorgfalt, die er möglicherweise darauf verwenden konnte, war vollkommen Genüge geleistet.

Einen Feind aber hatte er, den er, so oft er ihm auch nachstellte und ihn mit Büchse und Falle unermüdlich verfolgte und zu vernichten strebte, doch nicht bewältigen konnte, einen Feind, der nachts in heulenden Scharen die ängstlich blökende Herde umschlich und manch kräftiges Kalb, ja sogar manch einzeln abschweifende Kuh - und wieviel Ferkel und junge Schweine! - überfiel, erwürgte und verzehrte - dieser listige, blutgierige und erbarmungslose Feind war der W o l f.

Durfte man es dem Backwoodsman verargen, wenn er seine ganze List und Jagdkenntnis anwandte, um solch schlauem und gefräßigem Dieb beizukommen? Aber so eifrig er auch auf der Lauer lag, so manche Nacht er, Moskitos und Holzböcken zum Trotz, in den Ästen irgendeiner knorrigen Eiche eingeklemmt hing und beim matten Mondlicht den scheuen Räuber durch angeschlepptes Aas herbeizulocken und zu belauern gedachte, so selten war er imstande, der höchst umsichtigen Bestie die tödliche Kugel in den Pelz zu schicken. Die Zahl der Raubtiere mehrte sich, trotz der unermüdlichen Nachstellungen, von Jahr zu Jahr, und im Verhältnis dazu wurden die Herden gelichtet, so daß wirklich etwas Ernstes geschehen mußte, wenn sich die Viehzüchter nicht genötigt sehen sollten, ihre Weidegründe, nur allein dieser Plage wegen, aufzugeben. - Und ein Hinterwäldler einem Wolf das Feld räumen? - Ei, Klapperschlangen und Poppkorn! Das wäre ja wahrhaftig eine Schmach und Schande für sein ganzes Leben gewesen.

Daß unter solchen Umständen derjenige, der die meiste Geschicklichkeit auf der Jagd bewies, auch der geachtetste der Jäger war, versteht sich wohl von selbst, und so geschah es auch, daß sich Benjamin Holik, der erst seit kurzer Zeit aus Missouri heruntergekommen war, in kaum einem halben Jahr, wo er allein mit seiner Büchse siebzehn der Bestien erlegt hatte, den Ehrennamen ‚Wolfs-Ben' verdient hatte und bald für den besten Wolfsjäger im ganzen Revier galt.

Wolfs-Ben war auch noch außerdem ein gar stattlicher und wackerer Bursche. Gut seine sechs Fuß hoch, mit wahrhaft riesigen Schultern und Armen und einer Kraft, der es keiner der doch sonst gewiß nicht schüchternen Hinterwäldler gewagt hätte, im Einzelkampf zu begegnen, zeigte er sich sonst in seinem ganzen Wesen als der gutmütigste, verträglichste und gefälligste Freund. - Mit einem guten Wort ließ sich von ihm alles erlangen, die vorletzte Ladung Pulver gab er her und den letzten Bissen, den er in seine Decke gewickelt bei sich trug; dabei war er der trefflichste Gesellschafter, wußte Unmassen der abenteuerlichsten Geschichten zu erzählen, half, wo er einmal irgendwo übernachtet, mit unermüdlichem Fleiß Feuerholz schlagen und zum Haus schaffen, den Mais in der Stahlmühle mahlen, die Tiere versorgen usw., und hatte sich dadurch, sowohl wie durch sein männlich schönes

Äußeres, die Herzen sämtlicher Frauen der Ansiedlung dermaßen gewonnen, daß er die übrigen jungen Burschen wahrhaftig zur Verzweiflung brachte und schon anfing, trotzdem daß er noch keinem auch nur eines Strohhalms Hindernis in den Weg gelegt, recht tüchtige Feinde unter ihnen zu zählen.

So still und ruhig aber Ben dabei seinen Weg ging und anscheinend harmlos in den Tag hineinlebte, so hatte er doch auch die Augen weit genug offen und wußte selber am besten, unter welchem Dach er am liebsten schlief, in welche Augen er am unermüdlichsten schauen konnte, und wo ihn - nicht das freundlichste Gesicht, denn die Mädchengesichter bewillkommten ihn alle freundlich - wohl aber das süßeste Erröten begrüßte, daß ihm bis jetzt noch stets das Blut in rasender Schnelle durch die Adern gejagt.

Doch ich will dem Leser keine langen Rätsel aufgeben, die er jedenfalls schon eine Weile vorher erraten hätte. Benjamin Holik liebte - wie nur seine treue, einfache Seele lieben konnte - so recht aus Herzensgrunde Robert Suttons liebliches und einziges Töchterlein, und die einzige und alleinige Sorge, die ihn dabei quälte, war, daß Sutton, der die größte Farm und Baumwollplantage unten am Washita und Red River besaß und im Sommer hier nur eigentlich seiner Herden und seiner Gesundheit wegen in die Berge zog, für einen sehr reichen und - was noch schlimmer war - geizigen Mann galt, und er - armer Teufel! - weiter nichts auf der weiten Welt besaß als seine Büchse, sein Messer und seinen Körper. Sein braves, ehrliches und treues Herz schlug er dabei gar nicht an, und doch war das die kostbarste Perle, die in ihrer Umhüllung nur wie in einer weit minder wertvollen Schale saß.

Ben hatte aber schon oft und lange und nicht selten mit recht trüben Sinnen darüber nachgedacht, wie er es eigentlich anfangen sollte, um etwas Geld zu verdienen und einen kleinen ‚Start' wenigstens zu haben, mit dem er beginnen könne - denn sich um Arbeit auszudingen und langsam und mühsam Dollar nach Dollar in schwerer Tages- und Monatsarbeit zu verdienen, das schien ihm ein viel zu langer und weitläufiger Weg und hätte ihn seinem Ziel auch wohl nun und nimmermehr entgegengeführt. Und doch war es nötig, denn er wäre nicht der erste Freier gewesen, dem der alte Sutton, seiner ärmlichen Verhältnisse wegen, einen Stuhl vor die Tür gesetzt. Und wo zeigte sich ihm in dem einfachen, ruhig dahinfließenden Waldleben eine Gelegenheit, so einmal mit raschem Schlag das Glück beim Schopf zu erfassen - und zu halten?

Er wurde immer nachdenklicher und schwermütiger, mied die geselligen Wohnungen der Ansiedlung, trieb sich Tag und Nacht draußen im Wald herum und hatte als einzigen Gewinn die Skalpe der erbeuteten Wölfe, die ihm der Staat allerdings mit drei Dollar Prämie per Stück vergütete, die aber immer noch zu keiner Summe anwachsen wollten, um auch nur einigermaßen seine Ansprüche auf der holden Betsy Hand zu begründen.

In dieser Zeit etwa war es, daß der alte Sutton einmal einen kleinen Abstecher nach Texas gemacht und dort von ebenso abgeschieden wohnenden Viehzüchtern ein Mittel gehört hatte, um die Wölfe aus einer Gegend, in die sie sich gezogen und wo sie überhandgenommen hätten, vollkommen zu vertreiben.

Dies bestand einfach darin, daß sie vorher einen Wolf lebendig fingen, ihm dann eine Glocke wie einem Pferd um den Hals schnallten und ihn - ruhig wieder laufenließen. Der Wolf kehrte hiernach natürlich, so rasch er konnte, zu seinem Rudel zurück; dort aber hörten sie kaum die fremdartige Schelle, als sie auch scheu vor dem früheren Kameraden die Flucht ergriffen und in wilder Eile einem so unheimlichen Gegenstand zu entkommen suchten. In jedes Versteck, das sie annehmen, folgt ihnen nun der beglockte Wolf, dem es mit dem unbequemen Riemen um den Hals und dem ewigen Gebimmel unter seiner Kehle selber unheimlich wird, wenn er sich allein sieht. Er glaubt Schutz unter den Brüdern zu finden, schüttelt sich, wälzt sich, springt, schwimmt, kurz, tut alles Mögliche, um seine Qual loszuwerden, und ist besonders darüber aufs äußerste empört, daß er nicht mehr wie früher so leise und geräuschlos seine Beute beschleichen kann, sondern sich jedesmal selbst gleich durch lauten Glockenklang verraten muß, und flieht nun, hat er das eine Rudel förmlich verjagt, zu einem anderen, treibt auch dieses aus den Bergen, die er sich selber bis dahin zum Wohnort gewählt, und sieht sich endlich - was er aber auch nur im äußersten Fall und erst dann tut, wenn er wirklich ganz allein zurückgeblieben ist - genötigt, selbst einen anderen Jagdgrund zu suchen, da auch die Herden sich bald den Ton der Glocke merken und nicht selten in fest geschlossener Phalanx den nächsten Ansiedlungen zustürmen, sobald sie den klingenden Feind nur nahen hören.

Der Versuch mußte auch am Washita gemacht werden; Sutton kehrte rasch dorthin zurück, beriet sich mit sämtlichen benachbarten Farmern und kam mit ihnen dahin überein, daß sie eine Prämie von zwanzig Dollar darauf setzen wollten, einen Wolf lebendig überliefert zu bekommen, so daß sie ihm selber die Glocke umschnallen und ihn dann wieder ins Freie hinauslassen konnten.

Der Preis ließ sich aber gut setzen! Die Wölfe waren schlauer als die Jäger, und wenn besonders Ben auch manchen Skalp einbrachte, so schien es doch selbst ihm unmöglich zu sein, einen der schlauen Schurken wirklich unbeschädigt und lebendig zu erhaschen, denn die Fallen, die er stellte, blieben leer, und in den Fallgruben, die er auswarf, fingen sich nur der Nachbarn Rinder und Schweine.

Da es ihm nicht gelang, waren die übrigen Jäger noch weit weniger dazu imstande, und der auf einen lebendig eingebrachten Wolf gesetzte Preis stieg endlich, da die

Farmer jetzt auch hitzig wurden und den Versuch unter jeder Bedingung, und zwar sobald als möglich, zu machen wünschten, bis zu der für den Wald ungemein hohen Summe von zweihundert Dollar empor.

Das war ein Sporn für unseren Benjamin. Zweihundert Dollar, alle Wetter, damit konnte er sich eine vollkommen eingerichtete kleine Farm mit einem mäßigen Rinder- und Schweineanfang kaufen – und Betsy – ei, wer weiß, ob sich der Alte nicht dann doch noch überreden ließ, wenn er nur erst einmal den schwarzen Burschen einbringen und überliefern konnte! Zeit durfte er übrigens dabei auch nicht im geringsten verlieren, denn der Preis hatte natürlich alle Jäger der ganzen Umgegend auf die Füße gebracht, und überall im Wald hallten die Axtschläge der Männer wider, die sich kleine Baumstämme fällten, um damit die einzig mögliche Art von Fallen zu errichten, die man dort kannte, um eine solch wilde Bestie wirklich unbeschädigt zu fangen. Stahlfallen durften nämlich nicht angewandt werden, da diese jedenfalls den erfaßten Lauf verwundet, vielleicht gar zerschmettert hätten und die Prämie nur ausdrücklich für ganz gesunde Wölfe garantiert wurde.

In dieser Zeit etwa war ein Besuch in die Hügel gekommen, der unseren armen Benjamin Holik bald auf das Bösartigste beunruhigen – ja, was noch schlimmer war – ihm wirklich gefährlich werden sollte. Es war dies niemand anderes als ein sogenannter ‚Vetter' von Sutton, ein ‚Städter' mit blauem Tuchfrack, blanken Knöpfen und ‚Strippen' an den Hosen. Jesus, wie die Kinder lachten, wenn er irgendwo in ein Haus kam und sich niedersetzte; wie sie sich dann mit den schmutzigen Gesichtern zusammendrückten, miteinander flüsterten, dann einen scheuen Seitenblick nach den ‚Strippen' warfen, plötzlich in ein lautes, mit aller Mühe nicht zu unterdrükkendes Gelächter ausbrachen und wild und toll aus dem Haus stürmten! Das blieb sich aber gleich, die Kinder waren dumme Bälger, die noch nichts von der Welt verstanden und am wenigsten beurteilen konnten, ob an einem Mann wirklich etwas sei oder nicht; – und an diesem war jedenfalls etwas, denn sein Onkel galt für einen der reichsten Pflanzer in Alabama und hatte nur den einzigen Erben. Ist es da ein Wunder, daß ihn der alte Sutton freundlich aufnahm, wie den eigenen Sohn behandelte und sich und sein ganzes Haus (die Hand der Tochter damit eingerechnet) zu seiner Disposition stellte?

Mr. Metcamp schien denn auch recht gut einzusehen, welch ein Schatz ihm hier geboten wurde, und wenn ihn auch die junge Dame selber scheu und in der Tat absichtlich vermied und ihm auf jede nur mögliche Art zu verstehen gab, es sei ihr an seinen Artigkeiten nicht das mindeste gelegen, so war er – in New Orleans selber auferzogen – keineswegs der Mann, der sich durch solch ‚ländliche Sprödigkeit' hätte so rasch und und leicht abschrecken lassen. Er wußte sich vor allen Dingen klugerweise bei dem Vater in festeste Gunst zu setzen, lauerte dem alten Mann bald seine Schwachheiten ab und machte ihn in kürzester Zeit glauben, er sei der beste Jäger, der unerschrockenste Reiter und überhaupt das mutigste Herz, das nur je unter einem ledernen Jagdhemd geschlagen, also unter seinem blauen Tuchfrack doppelten Wert haben mußte, und wußte dabei den schlichten Hinterwäldler durch seine Gelehrsamkeit und sein tiefes Wissen – lauter solche Sachen, von denen dieser bis jetzt noch nicht einmal eine Idee gehabt – so zu verblüffen, daß Sutton endlich schwor, Mr. Metcamp sei der ‚smartest' und beste Mann in der ‚range', und wenn seine Tochter ihm nicht ihre Hand geben wolle, so bekäme sie es mit ihm selber, ihrem Vater, zu tun.

Betsy machte bei einer – der ersten – heimlichen Zusammenkunft mit dem Geliebten diesen mit allem bekannt, was ihr das Herz abzudrücken drohte, erklärte ihm, nicht ohne ihn leben zu können und behauptete, das unglücklichste Wesen zu sein, das die Erde trüge. Benjamin war vollkommen damit einverstanden, hielt der Geliebten Hand fest in der seinen, schaute ihr mit recht wehmutsvollen Blicken in die treuen Augen und sagte endlich mit leiser, zum Trost bestimmter - aber ach! - des Trostes selber sehr bedürftiger Stimme:

„Liebe Betsy, verzage nicht - es wird schon noch alles gutgehen. - Sieh, ich habe die ganze Nacht gearbeitet und viele neue Fallen aufgestellt und auch in alle schon treffliche Lockspeise gelegt; fang ich selber den Wolf, dann hab ich ein kleines Kapital und kann nachher sagen: ‚Nachbar Sutton, ich möchte Eure Tochter zum Weib und bin imstande, ihr gleich ein freundliches Dach zu bieten, so daß ich Eurer Hilfe dabei gar nicht weiter bedarf!' - Und wenn er dann hört, daß du, Betsy, mir wieder so recht von Herzen gut bist..."

„Ach, du wirst gar nicht den ersten Wolf fangen können!" sagte Betsy unter Tränen. „Der häßliche Fremde hat dem Vater den ganzen Abend von weiter nichts als den neuerfundenen Fallen erzählt, die er hier anwenden will - der kennt gewiß lauter neue Schliche und Pfiffe, wie sie in den Städten ausgedacht werden, und wird dir auch da am Ende störend in den Weg treten."

„Laß nur sein, mein Herz!" beruhigte sie, jetzt aber wirklich in stolzem Selbstgefühl lächelnd, der Jägersmann. „Darum sorge dich nicht - wo's in den Wald schlägt und mit wilden Bestien zusammenhängt, da laß sie in den Städten getrost sinnen und grübeln: In der Ausführung sollen sie's uns hier schon nicht zuvortun, oder - es ist unsere eigene Schuld und wir haben's nicht besser verdient. Da du mir jedoch sagst, mein Kind, daß er auch von der Jagd etwas zu verstehen vorgibt, so kommt er mir da auf einen Boden, wo ich ihm meinen Mann stehe, und siehst du, jetzt - ich weiß selber nicht, wie das so eigentlich gekommen ist - hab ich auf einmal weit mehr Mut und Selbstvertrauen als vorher. Bleib du mir nur hold, du gutes Kind! Zwingen kann dich der Vater zur Heirat doch nicht, und wenn er erst findet, daß ich dich nur zu meinem lieben Weib haben will, weil ich einmal nicht ohne dich leben kann und keineswegs seines Geldes und Gutes wegen, ei, so wird er auch einsehen, daß ihm ein solcher Schwiegersohn mehr Ehre bringt als der geschniegelte Städter, und vielleicht bekomme ich dann noch ein recht herzliches ‚Ja' von ihm."

Es lag so eine freudige, vertrauensvolle Zuversicht in den Worten, daß sie selbst der mutlosesten Jungfrau neue Hoffnung gab. Durch das Gerücht von des Fremden Kenntnis im Fallenstellen war aber auch Benjamin aufgereizt worden, seine Anstrengungen zu verdoppeln, daß er nicht etwa durch Lässigkeit sein ganzes Glück versäume. Einen fast fröhlichen Abschied nahm er von dem schwermütigen Mädchen, küßte ihm die tränenden Augenlider, schulterte seine Büchse und wanderte frisch und getrost in den dunklen Wald hinein.

Die Fallen, die Ben Holik für Wölfe stellte, befanden sich alle ziemlich in der Nähe der Ansiedlungen, da die wilden Bestien die bewohnten Plätze, wohin sich das Vieh abends zurückzog und wo auch die säugenden Sauen ihre Betten hatten, am liebsten aufsuchten. Eine besonders, auf die er seine meiste Hoffnung setzte, da sie nicht weit von einem Wechselpfad der Wölfe zwischen zwei Hügelrücken lag, war mit außerordentlicher Sorgfalt hergerichtet und so gestellt, daß sie von den Wölfen gesehen werden mußte. Ebenso steckte die treffliche Lockspeise, die ganze Keule eines erst gefallenen Pferdes, daran, und d e n Vorteil hatte sie noch außerdem vor den übrigen, daß er nicht jedesmal, wenn er nachsehen wollte, ob sich etwas gefangen habe, dicht hinzugehen brauchte, wo er gezwungen gewesen wäre, Spuren zurückzulassen, sondern von einem nicht fernen, ziemlich steilen Hügelrücken aus, der dort in eine starre Felsspitze vorragte, mit seinen Adleraugen den ganzen Platz recht gut übersehen konnte. Ließ sich dann auch nicht gleich bestimmen, ob sich etwas gefangen hätte, so ließ sich doch recht gut erkennen, ob die Falle noch aufgestellt oder niedergeschlagen wäre.

In der Nacht mochte er freilich den Ort nicht stören, deshalb ging er jetzt geradenwegs zu seinem Lagerplatz, den er sich, bis er sein Ziel erreicht, in den Bergen aufgeschlagen, entzündete dort sein Feuer wieder, verzehrte sein einfaches Abendbrot, rollte sich in seine Decke und war bald sanft und süß, jeder weiteren Anstrengung für diese Nacht entsagend, eingeschlafen.

Am Morgen bedurfte er des Hahnenschreis nicht, um munter zu werden. Sowie der ‚Whip-poor-will' seine ersten klagenden Laute wieder hören ließ, sprang er auf, kochte seinen Kaffee, den jeder Jäger gebrannt und gemahlen in einem Leinwand- oder Ledersäckchen bei sich führt, und erwartete nun ungeduldig den ersten matten Dämmerschein, der sich im Osten zeigen würde. - Endlich, endlich kam das diesmal so heißersehnte Licht, mit dem sich der Wolf jedesmal wieder in seine bestimmten und gewöhnlich unzugänglichen Schlupfwinkel zurückzieht. Und vorsichtig, dürre Äste und brechendes Holz meidend, damit das Geräusch nicht etwa noch in der Nähe weilende Bestien aufscheuche, kroch er in der Tat mehr als er ging dem Felsen zu, der ihm zur hohen Warte diente.

Jetzt hatte er ihn erreicht - jetzt konnte er den flachen, eben von grauem Licht kalt durchgossenen Fleck überschauen - beim Himmel, der ungewisse Schein mußte ihn täuschen - er vermochte das aufgestellte Dach der Falle nicht mehr zu erkennen. - War sie - war sie niedergeschlagen?

Das Herz schlug ihm in fieberhafter Ungeduld, und gewaltsam fast bezwang er sich, um den heller heraufbrechenden Morgen abzuwarten, ehe er seine Fährte dem

Talgrund einpresste.

Aber lange hielt er es so nicht aus; weder Ruh' noch Rast ließ ihm die Ungeduld, und je mehr er jetzt den Blick anspannte, um die Gegenstände unter sich zu erkennen, desto deutlicher wurde ihm die Tatsache und der Zweifel endlich zur Gewißheit. Die Falle war wirklich zugeschlagen, und es mußte also ein Wolf in ihr stecken, denn die Kühe, die manchmal sehr zum Ärger des Jägers und ihrem eigenen Schrecken die Stützen umstoßen, kamen gar nicht in dies felsige, grasleere Tal hinunter.

„Betsy!" Das war der einzige Laut, den er, sich selbst vielleicht unbewußt, ausstieß, als er mit flüchtigen Füßen den Talgrund hinab- und der Stelle zuflog, wo im Schatten dichter Sassafras- und Spicebüsche, gar schlau in einen wilden Haufen des dort von dem manchmal reißend geschwollenen Bergstrom hingeschwemmten Holzes hineingestellt und von dem klar vorbeisprudelnden Wasser bespült, die Falle stand.

„Hurrah!" Er konnte sich nicht helfen, er mußte seinem Jubel wenigstens in einem recht herzlichen, recht aus tiefster, innerster Seele kommenden Aufschrei Luft machen. Und er hatte auch wahrlich Ursache, darüber zu jauchzen, denn in der Falle saß, scheu und verschämt, als ob er sich genierte, bei dem heller und heller heraufdämmernden Tageslicht hier noch ertappt zu sein, ein prachtvoller, rabenschwarzer männlicher Wolf, und die Augen funkelten dunkelglühend zwischen den wohl eine Handbreit auseinander liegenden Stämmen nach dem grimmigsten Feind durch, dem er in diesem Teil des Waldes hätte in die Hand fallen können – dem jungen Jägersmann entgegen.

„Siehst du, Bestie", sagte aber der, „so habe ich dir endlich das Handwerk gelegt, du alter grauer Sünder – wirst die anderen wohl gestern von der gefundenen und so vortrefflich geglaubten Beute weggebissen haben und sitzt jetzt in der beneidenswertesten Lage von der Welt hinter

Glas und Rahmen. Nun warte nur, dir ist noch weit besserer Spaß aufbewahrt. Ans Leben geht es dir allerdings nicht gleich, wenn du aber nur erst einmal mit der Glocke um den Hals spazierenläufst, wirst du schon finden, was es heißt, in Ben Holiks Hände geraten zu sein."

Der Wolf fletschte, als er sich nach der Falle hinunterbog, ingrimmig die Zähne gegen ihn, behauptete aber seinen Platz und schien, wie ein ärgerlicher Hund, nur einen Angriff zu erwarten, um gleich zufahren zu können. Ben dachte aber gar nicht daran, ihn weiter zu reizen, sah nur noch einmal lächelnd nach ihm zurück und rief:

„Bin dir nicht böse, alter Bursche; bist zwar ein gar unwirsch aussehender Brautwerber, sollst mir aber doch zur Braut verhelfen, und da müssen wir schon gute Freunde mitsammen bleiben."

Und einen fröhlichen Gruß dem Gefangenen hinüberwinkend, warf er seine Büchse über die Schulter und sprang in flüchtigen Sätzen den ziemlich steilen Abhang der Schlucht hinauf, um die Ansiedlung auf dem geradesten Weg und so rasch als möglich zu erreichen, damit er von dort aus gleich Hilfe herbeiholen könne, um dem wilden Burschen das Halsband mit der Glocke umzulegen und ihn dann wieder - hei, wie er springen würde! - frank und frei laufenzulassen.

So hatten die Männer der Ansiedlung (die sie, um ihr doch eine Art Stadtnamen zu geben, ‚Woodville' getauft, obgleich sie nur aus drei Häusern und zwei Ställen bestand) den jungen Jägersmann noch nie gesehen. Jubelnd und jauchzend kam er in Suttons Haus gesprungen, umarmte in Ermangelung der Tochter den alten Sutton selber und schwatzte eine solche Menge tolles Zeug von Wölfen, Skalpen, Farmen, Glocken, Stricken und Holzhaufen, daß eine Art Gerücht, Wolfs-Ben sei wahnsinnig geworden, schon wirklich anfing, Glauben zu gewinnen.

Nach und nach klärte sich aber die Sache auf, und der alte Sutton erfuhr kaum, um was es sich handle, als er auch selber mit fast ebensolchem Eifer darauf einging und jetzt nur bedauerte, daß Metcamp den Augenblick nicht gegenwärtig wäre, da er ebenfalls die Nacht im Wald gewesen sei, um sein Glück zu versuchen.

„Hallo, jetzt bekommen wir am Ende gar zwei!" lachte der Alte endlich, während er seine Büchse vom Nagel nahm und die Kugeltasche umhing. „Metcamp hatte verdammt gute Aussichten und scheint seiner Sache ziemlich gewiß zu sein. Nun, das schadete nichts; dann teilt ihr die Prämie, und zwei Wölfe wären am Ende immer noch sicherer als einer. Ist Eurer denn ein Wolf?"

„Ei, und solch ein derber Bursche, wie nur je einer ein Kalb zerrissen hat!"

„Vortrefflich, vortrefflich! Nun so kommt, Benjamin, und du, Scip, kommst gleich mit den anderen beiden nach. Wo ist's denn? An der Froschquelle, sagtet Ihr?"

„An den Wassern der Froschquelle, etwa sechshundert Schritt von dem scheidenden Bergrücken und gerade da gegenüber, wo des ‚Teufels Kanzel' über den Bach hängt."

„Nun, da könnt Ihr ja gar nicht fehlen – also die Stricke und den Sack – habt Ihr das Halsband, Ben?"

Der junge Mann bejahte es, klingelte mit der kleinen Glocke und schien selber die Zeit nicht erwarten zu können, wo sie wieder aufbrechen würden, um seine Siegestrophäe in Empfang zu nehmen.

Mit raschen Schritten wanderten die beiden Männer den schmalen Pfad entlang, der von der Ansiedlung aus in den Wald lief, verließen diesen aber bald darauf wieder, um eine nähere Richtung einzuschlagen, und benutzten einen von den Hügeln hin auszweigenden Abhang, der in leiser Niederdachung den Wassern der Froschquelle zuführte.

„Aber Ben, Ihr habt ihn doch auch sicher?" fragte da Sutton, ganz plötzlich stehenbleibend, und sah den jungen Jägersmann mißtrauisch dabei von der Seite an. „Ihr wart mir heute morgen so – so kreuzfidel – es ist zwar noch etwas früh – ich hoffe doch nicht, daß Ihr mich etwa zum Narren haltet?"

Ben Holik lachte, als ob er im Leben nicht wieder zu sich selber kommen wollte, und schüttelte das Halsband, das er in den Hand trug, dermaßen, daß der Ton hell und klingend durch den Wald tönte.

„Hahahaha – das ist kostbar! Nein, Sutton – das ist wirklich kostbar! Jetzt – jetzt fällt Euch auf einmal ein, – hahaha – daß ich Euch könnte – hahaha – angeführt haben!"

„Mr. Holik...!"

„Nein, lassen Sie's gut sein, Sir", sagte der Jäger, plötzlich seine Fröhlichkeit zügelnd, da er sah, wie ernst der alte Mann die Sache zu nehmen schien. „Sie dürfen aber wahrlich nicht bös darüber sein, wenn ich vielleicht ein bißchen zu munter bin – es freut einen doch am Ende, so einen verwünschten Kälberdieb, der so oft und schlau jeder Versuchung widerstanden hat, zuletzt doch noch überlistet zu haben. Wir müssen übrigens gleich an Ort und Stelle sein; da drüben seh ich schon die Kiefern der Teufelskanzel über das andere Schwarzholz hervorragen, und gleich dort unten, wo der Hickory über die enge Schlucht gestürzt ist, liegt das Triftholz, wo meine Falle steht. Die Neger werden den Platz doch finden?"

„Scipio kennt jeden Fußbreit Boden hier", sagte Sutton. „Also hier unten steckt die Bestie; nun warte, mein Schatz, du sollst deinen Kameraden so lange Musik vormachen, bis ihnen vor lauter Bimmeln die Ohren klingen. Hört Ben, dies ist ein nichtsnutziger Weg hier, wir sind auch wohl gerade auf den steilsten Fleck gekommen – nun Ben? – Wollen wir noch ein bißchen? – Was habt Ihr denn zu gucken?"

Der junge Mann war auf einen umgefallenen Baumstamm getreten, hatte mit der Linken den niederhängenden Ast einer jungen Buche gefaßt und schaute mit starrem, unverwandtem Blick die Schlucht hinab in die

Tiefe - erwiderte aber kein Wort.

„Nun, Ben? - Was gibt's? - Ihr wißt wohl selber nicht mehr recht, wo Ihr daheim seid?" rief der Farmer und sah ungeduldig nach ihm zurück. „Wir sind wohl in der falschen Schlucht?"

Ben Holik erwiderte keine Silbe; nur bleichen Angesichts und keines Wortes mächtig, deutete er nach einem wirren Haufen wild übereinandergestürzter dürrer Äste und Stämme, zwischen dem das scharfe Auge des alten Mannes gar bald das rauhe viereckige und massive Gestell einer zugeschlagenen Wolfsfalle, wie sie in den Wäldern eben üblich ist, erkannte.

„Meiner Seel', an den falschen Kasten geraten", brummte der Greis, nachdem er sich durch einen zweiten Blick überzeugt hatte, daß die Falle leer sei, „na, das fehlte auch noch, jetzt können wir die steile Partie wieder hinaufmachen."

Er wandte sich, um den Berg wieder emporzuklimmen, hier aber fiel ihm das verstörte, wilde Aussehen des eben noch so fröhlichen Jägers auf, und als er schon den Mund öffnete, um ihn zu fragen, was ihm fehle, hörte er die halblaut und heftig ausgestoßenen Worte desselben:

„Sie ist leer!"

„Da unten in d e r hat der Wolf gesessen?" fragte der alte Farmer rasch und erschreckt.

„Dort unten", lautete die monotone Antwort des aus seinen Himmeln erbarmungslos Niedergeschmetterten.

„Na, das ist eine schöne Geschichte", murmelte Sutton, klomm, so rasch dies eben gehen wollte, und sicherlich viel rascher, als er am Anfang beabsichtigt, den steilen Hang hinunter und stand gleich darauf vor der allerdings leeren, aber heruntergeschlagenen Falle.

Das Fleisch im Inneren war augenscheinlich nicht berührt, eine Art Wolfsgeruch glaubte er aber selber zu wittern, und bei genauerer Untersuchung entdeckte er an dem einen rauhen Balken sogar einzelne weiße Bauchhaare, die kaum von einem anderen Tier als einem Wolf herrühren konnten. Wo aber war dieser hin verschwunden? Denn daß er sich sollte unter der schweren Klappe vorgearbeitet haben - Sutton stemmte seine Schultern darunter und suchte sie emporzuheben, er war kaum imstande - schien rein unmöglich.

Während er noch so beschäftigt war, stieg Benjamin Holik langsam und schweigend zu ihm nieder, stellte seine Büchse an den nächsten Baum, legte Halsband und Glocke daneben und trat dann dicht zur Falle heran, die er, ohne sie jedoch zu berühren, auf das aufmerksamste und genaueste betrachtete.

„Und Ihr habt heute morgen wirklich einen Wolf darin gefangen gehabt?“ fragte Sutton nach längerer Pause, während er trotz des Beweises der gefundenen Haare ungläubig dabei mit dem Kopf schüttelte.

„Ich gebe Euch mein Ehrenwort“, sagte Ben tonlos, „ein starker männlicher Wolf steckte in der Falle, als ich vor kaum einer Stunde diesen Platz verließ. Drei Wölfe hätten aber nicht Kraft genug gehabt, diese Balken emporzuheben und darunter vorzuschlüpfen, und wenn ihnen das wirklich gelungen wäre, so müßte wenigstens die Hälfte ihres ganzen Pelzes an der rauhen Rinde dieser Stämme hängengeblieben sein.“

„Das dachte ich eben auch“, sagte Sutton, „und Ihr wißt gewiß, daß es auch wirklich ein Wolf...“

„Nun, zum Henker!“ rief der Jäger, dem der Ingrimm über die getäuschte Erwartung auch endlich durch das sonst überhaupt nichts weniger als geduldige Hirn zu blitzen begann. „Ich werde doch einen Wolf von einem Stück verendeten Pferdes unterscheiden können? Aber da - seht hier - und - und überzeugt Euch selber.“

Noch während er sprach, sprang er plötzlich auf die Falle zu, warf mit einem Ruck seiner gewaltigen Kraft die Klappe zurück, als ob's ein loses Brett gewesen wäre, und schwang sich mit einem Satz über die niedere Wand ins Innere.

„Da!“ rief er, während er vor sich auf den feuchten Boden niederzeigte. „Da und da – und da sind die Spuren der Bestie, wenn Ihr denn meinen Worten nicht mehr glauben wollt; hier ist die Stelle, wo sie die Fänge in die Lockspeise einschlug, als die Klappe wahrscheinlich zufiel. Wollt Ihr mehr Beweise, daß ich Euch nur eine Tatsache verkündet und nicht etwa eine – Lüge in den Bart geworfen habe? Pest und Gift! Das hat mir einer der schleichenden Halunken, die mich in der Ansiedlung immer nur so scheu von der Seite anblinzeln, wenn ich einmal hinaufkomme, zum Possen getan. Herausgelassen, mutwillig herausgelassen ist das Raubtier, und weiß es Gott, dem, der seine Hand in so schändlicher Art an Ben Holiks Eigentum gelegt hat, wäre besser, er hätte den Washita in seinem Leben nicht gesehen, als daß er mir, hab ich ihn erst aufgespürt, wieder vor die Augen käme!“

„Hm, das ist eine wunderliche Geschichte!“ brummte der Alte. „Wer zum Henker soll sich die Mühe geben, Euch die Wölfe aus der Falle zu lassen? Und müßte er nicht die ganze Nacht gerade hinter Euch hergekrochen sein, um den einzigen Zeitpunkt, wo er es unentdeckt tun konnte, so genau abzupassen?“

Ben erwiderte nichts, sondern stieg aus der Falle und suchte auf dem Holz nach irgendeinem Zeichen, das ihn vielleicht hätte auf die richtige Spur bringen können. Das trockene Holz bot seinem Auge aber nichts, von dem geleitet es hätte weiter forschen können – nur die Spuren von Haaren entdeckte er bald, auch die Fährten des Raubtieres, wo es vom letzten Stamm hinab auf die weiche Erde gesprungen und dann wieder die andere Seite der Schlucht hinauf in geradester Richtung seinen Schlupfwinkeln zugeflohen war. Nirgends ließ sich dabei die Spur eines menschlichen Fußes erkennen – nur ein paar unnatürlich tief in die Erde eingedrückte Steine, die der Blick des Jägers bald erkannte, lenkten seine Aufmerksamkeit auf sich: Sie waren, selbst da wo sie mit Erde bedeckt lagen, vollkommen trocken. Der, der sie eingetreten, mußte also erst vor ganz kurzer Zeit hier herübergeschritten sein.

Holik zeigte sie dem alten Mann, und dieser gab auch zu, daß es ihm selber so vorkäme, als ob da jemand gegangen sei, an die Erkennung einer genaueren Fährte war aber nicht zu denken. Oben auf dem Hügelkamm zog sich ein starrer Felsstreifen meilenweit über den Berg hin und zweigte überall in rauhe, steinige Schluchten aus. Wem hier daran gelegen war, seine Spur zu verheimlichen, konnte das leicht genug, und die beiden Männer sahen sich auch endlich genötigt, jeden derartigen Versuch als nutzlos aufzugeben.

Die Neger wurden zurückgeschickt, und Sutton folgte ihnen selber in keineswegs rosiger Laune allein, denn Ben Holik wollte jetzt vor allen Dingen den Wald nach der Richtung hin durchstreifen, wohin die mutmaßlichen Fährten liefen, möglich doch, daß ihm sein gutes Glück – er stampfte mit dem Fuß, als er die Worte sprach – den Täter gerade in den Weg führte.

Er fand nichts – den ganzen Tag durchkreuzte er den Wald, und als er abends müde und matt in die Ansiedlung zurückkehrte, mußte er noch ertragen, daß man ihn bemitleidete und sich, anscheinend teilnehmend, in der Tat aber nur neugierig, nach den näheren Umständen erkundigte; ja, Metcamp erbot sich sogar höchst freundlich, wieder mit ihm zu gehen und die Spur noch einmal aufzunehmen. Er hätte, wie er selber dem alten Sutton versicherte, eine ungeheure Übung im Fährtefolgen und war überzeugt, er könne ihr nachgehen. Ben Holik aber hielt sich, was den Wald betraf, für einen ebenso guten Mann wie irgendeinen, dessen Füße je in Mokassins steckten, und lehnte das Anerbieten artig wohl, aber rundum ab.

Dieser Metcamp hatte für ihn etwas Unheimliches in Blick und Ton. War er selber so parteiisch oder eifersüchtig, ohne allen sonstigen Grund den Menschen zu hassen, und wäre es nicht...?

„Verzeih mir Gott die Sünde!" unterbrach Ben selber seine Gedanken, als er wieder zum Wald zurückschritt, denn Betsy konnte und wollte er in diesem Zustand von Aufregung und getäuschter Hoffnung nicht vor die Augen kommen. „Verzeih mir Gott die Sünde, daß ich von einem Menschen, der mir bis jetzt wissentlich noch kein Leid getan hat, Unrechtes denke, aber dieser Metcamp kommt mir immer vor wie mein böser Geist, und wenn es einen Menschen in der weiten Gotteswelt gäbe, dem ich den Bubenstreich zutrauen möchte - so ist es der. Aber warte, mein Bursche, bist du's gewesen, so hast du ein Paar so scharfe Augen auf deiner Fährte, wie sie in der Ansiedlung nur zu finden sind, und wer weiß dann, ob wir nicht noch einmal ein paar Worte im Vertrauen reden!"

Ben war ein seelenguter und schwer zu kränkender Mann - wie es fast alle kräftigen, kernigen Naturen von so riesigem Körperbau sind - aber leichenbleich färbte ihm doch der Zorn die Wangen, als er den Ort wieder erreichte, wo er das Ziel seiner Wünsche, nach dem er wochenlang gestrebt, endlich gefangengehalten, und wo dann ihm eine tückische Hand den Becher, den er gerade zum Mund führen wollte, entrissen und zu Boden geschleudert hatte. Was aber half ihm der ohnmächtige Zorn - er fand keine weiteren Anzeichen; die Spuren des Geflohenen waren so schlau verdeckt, daß er anfing, es dem geschniegelten Städter nicht einmal mehr zuzutrauen, und seinen Verdacht von einem zum anderen der jungen Leute unter seinen Bekannten schweifen ließ, die, wie er recht gut wußte, ihn um sein Glück bei Betsy beneideten und ihn dadurch vielleicht abhalten wollten, ihre Hand zu erringen. Es blieb aber auch immer nur wieder bei dem Verdacht; eine Gewißheit konnte er auf keiner Seite erlangen.

Das Schlimmste bei der Sache war übrigens auch das

noch, daß ihm diese seine beste Falle dadurch für eine geraume Zeit unbrauchbar geworden, denn in die ging, wenigstens nicht eher, als bis einmal ein Wolkenbruch jedes Zeichen der gefangen gewesenen Bestie abgewaschen, kein Wolf wieder hinein – und welche Falle lag so vortrefflich wie gerade diese? Wolfs-Ben war übrigens nicht der Mann, der sich durch eine ihm in den Weg geworfene Schwierigkeit so leicht hätte abschrecken lassen; noch standen ihm drei andere Fallen, und selbst in dieser Schlucht konnte er, wenigstens weiter oben, eine neue anlegen. Mit unermüdlichem Fleiß arbeitete er also aufs neue, lag Tag und Nacht draußen und hielt von jetzt an eine so scharfe Wacht in seinem gewöhnlichen Jagdrevier, daß kein Kaninchen, viel weniger denn ein Menschenkind, unbeachtet durchschlüpfen konnte. Voll neuer Hoffnung dachte er nun mit jedem Morgen den Fang eines zweiten Wolfes begrüßen zu können – aber vergebens. Was er auch tat, blieb fruchtlos, und Ben wurde zuletzt so schwermütig und menschenscheu, daß er gar nicht mehr aus seinem Wald heraus mochte, sondern jetzt, mit dem einen und einzigen Ziel vor Augen, fast nichts anderes dachte, als einen Wolf lebendig zu fangen.

Die Ansiedlung besuchte er gar nicht mehr, oder doch nur bei Nacht, wo er nicht zu fürchten brauchte, daß Betsys Blick auf ihn fiel – denn nachgerade fing er an, sich zu schämen, ein so ‚schlechter Jäger' zu sein, und er meinte, die Leute müßten ihm das alle an den Augen ansehen.

Drei Wochen waren solcherart verflossen, und wenn Bens Herz wohl auch immer und unverändert dasselbe geblieben war, so hatten doch die Sachen in der Ansiedlung indessen eine ganz andere Wendung genommen.

Der ‚Stadtherr', wie ihn die übrigen Jäger gewöhnlich nannten, bekam Briefe aus Alabama, die seine Rückreise dorthin so rasch als möglich verlangten. Sein Onkel war plötzlich gestorben, er zum Universalerben eingesetzt und jetzt natürlich genötigt, die dortigen Verhältnisse, die durch eine bedeutende Sklavenhalterei noch weit mehr Aufmerksamkeit erforderten, selber zu ordnen. Er mußte also ohne Zögern zurück, und seine im Anfang langsam genug eingeleitete Werbung um die liebliche Waldblume, des alten Suttons Töchterlein, wurde nun zum raschen Heiratsantrag. Mr. Metcamp hielt noch am nämlichen Tag um des Mädchens Hand an, und wenn auch Betsy unbedingt ‚Nein' sagte, sprach doch der Vater, dem der jetzt um so reichere Schwiegersohn desto mehr zu behagen schien, ein um so entschiedeneres ‚Ja', versicherte seinem künftigen Eidam, das Mädchen ziere sich nur, wolle erst angegangen sein, und bat ihn, sich um das keine Sorge weiter zu machen.

Metcamp hätte allerdings lieber eine freundlichere Antwort der Tochter, wenigstens keine so ganz bestimmt abgeneigte gehabt; da es aber nun einmal nicht anders ging, schien er sich auch hineinzufinden, hoffte durch Freundlichkeit zuerst ihr Wohlwollen, dann vielleicht ihre Liebe zu gewinnen – wenigstens sagte er das dem Vater –, und beschloß jedenfalls an demselben Abend, an dem er den Brief erhalten, eine Art Fest zu geben, wozu sämtliche Bewohner der Ansiedlung eingeladen wurden und das er dadurch zu einer Art Verlobungsfest zu stempeln gedachte.

Der Abend kam heran, und das Gerichtshaus (ein leerstehendes und aus Stämmen roh aufgeführtes Gebäude, das in früherer Zeit einmal zu einer Gerichtssitzung gedient und davon den Namen und später auch noch das ‚Versprechen' erhalten hatte, bei nächster Gelegenheit zu einer Schule benutzt zu werden, jetzt aber zur Aufbewahrung des Mais diente) war zu dieser Gelegenheit gar festlich und brillant hergerichtet. Viele Pfund Wachslichter – aus dem rohen gelben Wachs gegossen, wie es die Jäger den gefällten Bienenbäumen entnehmen – erleuchteten den ziemlich großen Raum, der Boden war von allen

Maishülsen gereinigt und ringsum Bänke gestellt für die Damen, wie auch ein Tisch mit einem Stuhl oben darauf in die Ecke geschoben, auf dem der einzige Musikant - ein Violinspieler - seinen Sitz nehmen sollte. Kurz, es war alles nur Mögliche angewandt, um den Raum so behaglich als tunlich zu machen, und wer am späten Abend die Fröhlichkeit der äußerst zahlreich versammelten Gäste gesehen hätte, wäre gewiß mit dem Resultat zufrieden gewesen.

Nur Betsy war traurig - sie dachte an ihren armen Ben, der jetzt wahrscheinlich draußen allein im Wald herumirrte, und wollte nicht teilnehmen an Tanz und Lustbarkeit. Nur mit Mühe wurde sie in den Tanzsaal selber gebracht, dort aber wies sie jede Aufforderung auf das entschiedenste zurück und blieb ruhig, dem fröhlichen Treiben zuschauend, auf ihrem gleich am Anfang eingenommenen Platz.

Benjamin Holik war aber nicht draußen im Wald, wie sein armes, hier in der lustigen Schar nur um so viel betrübteres Liebchen in ihrem Schmerz geglaubt. Der alte Sutton hatte ihn sogar, wie sich das übrigens von selbst verstand, da man niemand ausschloß, noch besonders dazu eingeladen, Ben jedoch die Einladung abgelehnt.

In der Nähe mußte er aber doch weilen - geschäftige Freunde brachten ihm bald die Nachricht, daß es ein Verlobungsfest sein werde, was man hier feiern wolle, und er gedachte erst noch einmal zu sehen, mit eigenen, leiblichen Augen zu sehen, daß ihn Betsy - s e i n e Betsy - auch wirklich ganz und gar vergessen habe, und dann - ei, dann zog er nach Texas. - Onkel Sam[1] warb gerade für den beginnenden Krieg, und solche Leute, wie er war - Ben brauchte keinen Spiegel, um sich das selber zu sagen -, fanden rasche und freudige Aufnahme im Dienst.

Scheu und furchtsam, daß ihn niemand erkenne und

[1] Onkel Sam - Uncle Sam U.S. - Scherzname für die United States - Vereinigten Staaten (Anm. d. Autors)

seinen Schmerz errate, umschlich er wohl eine Stunde lang das Haus und horchte den munteren, kreischenden Tönen der Violine. Näher hinanzugehen, daß er einen Blick hineinwerfen konnte, mochte er nicht. Da kamen endlich ein paar seiner Bekannten aus dem Haus heraus, blieben vor der Tür stehen und schritten dann zusammen dicht an dem Ort vorüber, wo sich Ben versteckt hielt, ihren Wohnungen zu.

Ben drückte sich, so gut das gehen wollte, hinter den Stamm eines dort stehenden Hickory, und der eine der Männer sagte, als sie eben dicht neben ihm waren:

„Betsy hat doch, so lange sie im Haus war, keinen Schritt getanzt."

„Den ganzen Abend noch nicht, und hat es ein für allemal rund abgeschlagen", erwiderte der andere, „ich glaube noch nicht einmal, daß sie ihn nimmt."

„Ah bah", sagte der erste wieder, „da müßte man die Mädchen nicht kennen - der hat Geld, und da..."

Die weiteren Worte wurden in der Entfernung unverständlich, aber was brauchte Ben auch noch weiter zu hören. Das letzte war schändliche Verleumdung.

„Noch keinen Schritt getanzt", jubelte der junge Jäger in sich hinein, „also doch nicht falsch, doch nicht treulos, doch ihren Ben nicht vergessen - aber - was kann's dir auch helfen, armer Ben - du hast doch kein Glück - Betsy ist für dich verloren - und wenn sie dich nicht vergessen könnte - ach, dann wär's nur so viel schlimmer für sie - besser für dich selber aber nimmer!"

Die Büchse, die er nicht weit von da in einen dichten Busch hineingestellt, hob er vom Boden auf, noch einen Blick nach dem hellerleuchteten Haus warf er zurück, und still und schweigend wanderte er den Fußpfad entlang dem nächsten Hügelrücken zu. Es litt ihn - d i e Nacht wenigstens - nicht in der Ansiedlung, und er wollte draußen am Feuer schlafen.

Ein Platz war endlich an einer klaren Quelle, die hier

dem felsigen Boden rein entquoll, gefunden, eine Flamme entzündet, und in die Decke gehüllt lag er, den Kopf auf einen untergeschobenen Stein gelegt, und schaute sinnend und ernst zu den freundlich auf ihn niederblitzenden Sternen empor.

Im Wald war es merkwürdig still, selbst die Frösche quakten nicht so toll und wild durcheinander, wie er das sonst wohl gehört, den leisen Schritt des Opossums, das zu nächtlichem Hühnerraub nach den bewohnten Ansiedlungen schlich, konnte er deutlich und bestimmt hören, und dort hinten – er hob den Kopf und lauschte einen Augenblick – wahrlich, es war ein Wolf, der weit drüben auf dem scheidenden Gebirgsrücken sein klägliches Abendlied heulte.

„Winsele nur, Bestie", murmelte er endlich und sank in seine frühere Stellung zurück, „winsele, aber bleib mir außer Schußnähe; auf deinesgleichen und auf – noch einen hätt ich besonders heut abend Appetit."

Eine halbe Stunde lag er wohl noch so und suchte seine Gedanken wieder auf die früher durchträumten Pläne zu richten – es war aber nicht möglich – das immer näher und näher kommende Geheul des Wolfs lenkte seine Aufmerksamkeit immer wieder dorthin, und jetzt – Alle Wetter, das war gar nicht so weit entfernt! – antwortete eine andere Stimme aus einer hinter ihm liegenden Schlucht, wo auch, wie sich bald auswies, das ganze Rudel steckte.

Er sprang rasch von seinem Lager auf und griff nach der Büchse; der Mond stieg eben hinter den düsteren Schatten der fernen Bergketten hell und freundlich empor – die alte Jagdlust erwachte und verdrängte für den Augenblick wenigstens jeden anderen Gedanken.

Er befand sich auf einem äußerst günstigen, ziemlich offenen und vom Mond hell beschienenen Fleck, und zwar gerade mitten zwischen dem Rudel und dem vereinzelten, jetzt zu diesem zurückkehrenden Wolf – das Feuer war niedergebrannt, und die noch glimmenden Kohlen schreckten die Bestien auch nicht ab, da fortwährend brennende Stämme im Wald liegen und Hirsch und Wolf daran gewöhnt sind, Feuer auf ihrem Pfad zu finden. Ein vom Wind niedergeworfener Stamm, der die Höhe hinunter, nach dem Tal zu lag, gewährte ihm dabei einen trefflichen Hinterhalt.

„Wart, Kanaille", murmelte er, griff seine Büchse auf und glitt hinter den Stamm, „komm mir nur aus dem Busch vor und freu dich dann auf Ben Holiks Kugel."

Er hob sein Gewehr auf den Stamm, richtete die Mündung nach der Gegend zu, von der er den einzelnen Wolf erwartete - denn das Rudel bleibt in solchem Fall gewöhnlich so lange auf dem einmal behaupteten Platz, bis der Vereinzelte dazugestoßen ist - und harrte dann lange und geduldig - der Wolf wollte sich aber immer noch nicht sehen lassen.

Sollte die Bestie etwas gemerkt haben - aber der Wind war doch günstig. Holik ließ seine Büchse auf dem Stamm liegen, hielt beide Hände trichterförmig an den Mund - und heulte kläglich. Der Laut war täuschend ähnlich nachgeahmt und schallte gar wehmütig durch den düsteren Wald. Wenn auch keine Stimme von dort, wo der einzelne Wolf sein mußte, antwortete, so war Ben doch ein viel zu alter Jäger, um nicht auf der Hut zu sein oder sich durch Übertreibung einen einmal gewonnenen Vorteil zu verderben. Leise griff er wieder nach der Büchse, blieb ruhig im Anschlag liegen und erwartete das Resultat.

Das sollte auch nicht lange ausbleiben. Der Wolf antwortete allerdings nicht mehr, aber nur, weil er zu nahe war, und als Ben mit gespannter Aufmerksamkeit selbst dem leisesten, unbedeutendsten Geräusch lauschte, hörte er plötzlich im trockenen Laub der benachbarten Baumgruppe rasche, aber vorsichtige Schritte. - Trap, trap, trap, trap - und das Tier stand noch einmal - es windete wieder. Hatte es vielleicht den Rauch in die Nase bekommen? Der Wolf betritt übrigens jedesmal vorsichtig einen freien Platz, weil er wahrscheinlich nicht allein Gefahr fürchtet, sondern auch vielleicht selber nach Beute ausschaut. Ben konnte genau von wo er stand die Schritte hören, den Platz selber aber noch nicht mit seinem Blick durchdringen, wagte deshalb auch nicht, sich zu bewegen, weil er nicht wissen konnte, ob des Raubtiers Augen nicht gerade in diesem Moment dorthin gerichtet waren, wo er lag. Heulen durfte er auch nicht wieder – die Entfernung mußte jedenfalls zu gering sein, als daß die scheue Bestie nicht den Betrug hätte merken und den raschen Rufer erkennen sollen. Es blieb ihm nichts anderes übrig, als jetzt ruhig und regungslos abzuwarten, bis das Tier ins Mondlicht hinaustreten würde.

Da wurde plötzlich hinter ihm, ein klein wenig nach rechts, das Rudel wieder laut, und ein triumphierendes Lächeln zuckte über Bens Antlitz – es machte aber auch ebensoschnell einem Ausdruck peinlicher Spannung Platz, denn in dem nämlichen Moment schon trat der Wolf, der durch den letzten Lockton bestimmt schien, aus dem düsteren Schatten vor auf den freien, nur mit einzelnen Bäumen bewachsenen Raum.

Bens Herz schlug fast hörbar, aber sein Arm lag fest wie Eisen – ruhig richtete er das todbringende Rohr nach dem Feind und suchte, mit dem scharfen Blick dessen dunkle Gestalt auf das Korn seiner Büchse zu bringen. Doch vergebens – in dem matten, ungewissen Licht schmolz Korn und Ziel so ineinander, daß er ums Leben nicht hätte genau bestimmen können, wo die Kugel sitzen würde, und fehlen – nein, das durfte er nicht.

Vorsichtig hob er den Lauf gegen den helleren Himmel, wo er das Korn deutlich gegen einen der funkelnden Sterne konnte abstechen sehen, legte sich dann fest in den Kolben, fuhr nieder, und sowie er die Gestalt des noch immer regungslos und jetzt seitwärts ins Tal schauenden Tieres voll im Korn hatte, berührte sein Finger den Drücker.

Der Schuß schmetterte dröhnend durch den Wald, und Ben sprang blitzschnell empor.

„Siehst du, Kanaille“, sagte er da, als er den dunklen Körper regungslos im vom Mondlicht hell beschienenen Laube liegen sah, „siehst du - ich habe dir's prophezeit. - Das ist doch wenigstens ein Trost, einem solchen herumschleichenden Schuft das Handwerk gelegt zu haben. Panther und Bären - ich wollte, daß Gottes Strahl all das Lumpengesindel träfe, das so wie du, Bestie, das Licht scheut, im Dunkel herumschleicht und Unheil anrichtet, wohin es den Fuß gesetzt und seinen Atem gehaucht!“

Ben war bei diesen Worten, die er mit fest zusammengebissenen Zähnen in den Bart murmelte, ruhig auf seinem Platz stehengeblieben und hatte, nach Jägerart, vor allen Dingen die Büchse wieder geladen, hob sie jetzt mit einem noch leise gemurmelten Fluch auf die Schulter und schritt langsam der Stelle zu, wo der so glücklich erlegte Feind im Laub ausgestreckt lag.

Es war ein großer, kräftiger Wolf, kohlschwarz und nur mit dem einen kleinen, herzförmigen weißen Fleck auf der Brust, der im Mondlicht ordentlich zu glühen schien. Die Kugel mußte ihm gerade durch den Kopf gefahren sein - er rührte und regte sich nicht.

„Ich habe ihn nicht einmal zucken sehen“, sagte der Jäger leise und bog sich zu ihm nieder, um nach dem Kugelloch zu fühlen. Über den ganzen Kopf strich er hinüber und herüber, dort war aber nichts, auch kein Schweiß - und die gegen das Mondlicht gehaltene Hand weiß und rein. „Wunderlicher Schuß!“ brummte der Jäger. „Ei, zum Henker, es ist einerlei, wo die Kugel sitzt, wenn sie nur sitzt, und da ich den Schuft... Hallo!“ unterbrach er sich plötzlich. „Lebt der Bursche noch?“

Er stand mit gespannter Aufmerksamkeit, die Büchse im Anschlag, jede Bewegung des Raubtiers beobachtend, und allerdings gab dies jetzt wieder Lebenszeichen von sich, warf einmal den Kopf auf und schnellte sich dann auf dem linken Vorderlauf in die Höhe.

Ben hatte aber schon zuviel Wild erlegt, als daß ihn diese Bewegung auch nur einen Augenblick länger über den Zustand des Wolfs im Zweifel lassen konnte. Im ersten Augenblick fuhr er allerdings noch einmal, und wie unwillkürlich, mit der Büchse an die Backe - das war aber auch nur ein Moment - im nächsten warf er sie fort und sprang plötzlich in keckem Mut auf das von der Minute an sich wieder ganz kräftig und rasend sträubende Tier.

„Hoho, mein Bursche!" rief der junge Jägersmann dabei und lachte mit wilder Freude in sich hinein, während er seinen Arm mit eiserner Gewalt um den wütend dagegen ankämpfenden Körper des Wolfes schlang. „Hoho - einfach gecreast[1] - hahahahah - ja, strample nur, strample nur, Herz, der Falle entgehst du nicht - wenn du nicht imstande bist, aus der Haut zu rutschen."

Das Tier, das nun sein volles Bewußtsein wiedererlangt hatte, schien jetzt erst zu begreifen, in welcher höchst mißlichen Lage es sich eigentlich befinde, und suchte mit aller ihm zu Gebote stehenden Kraft um sich zu beißen und durch Treten und Kratzen seine Freiheit wiederzugewinnen. Doch vergebens, Ben hielt es wie in einem eisernen Schraubstock und drückte sich dabei so mit dem ganzen Gewicht seines schweren Körpers darauf, daß der arme, also ertappte Wolf endlich, und als auch seine Kräfte vollständig erschöpft waren, wenigstens für kurze Zeit ruhig liegen mußte.

[1] ‚Creasen' nennt der amerikanische Jäger den Schuß über dem Rückgrat oder noch häufiger Hals eines Wildes, wenn die Kugel an die oberen Halssehnen oder Muskeln gedrückt hat, ohne sie zu durchschneiden, was das Tier augenblicklich zu Boden wirft, aber nur für den Moment betäubt und nicht im mindesten beschädigt. Nach sehr kurzer Zeit erholt es sich gewöhnlich wieder, und wenn der Jäger dann nicht schnell mit der Büchse oder dem Meser bei der Hand ist, springt es wieder auf und ist nicht selten weit aus dem Bereich der Kugel, ehe der verblüffte Schütze, der sich seine schon sicher geglaubte Beute auf einmal wieder entgehen sieht, seine Sinne gesammelt hat. Die westlichen Indianer fangen auch mit diesem Schuß die wilden Pferde, wobei natürlich mehr erschossen als gefangen werden. (Anm. d. Autors)

Was aber nun tun? – Den Wolf töten? Das wäre allerdings mit nur wenig Schwierigkeiten verknüpft gewesen, denn Ben trug sein haarscharfes Jagdmesser im Gürtel. Aber war nicht jetzt sein Ziel erreicht? – Einen lebendigen, gesunden, unbeschädigten Wolf wollte er haben, und den hielt er in diesem Augenblick hier unter sich so fest, als ob er ihn im Leben nicht wieder loslassen wollte. Doch wie ihn binden und festhalten? Nicht einmal einen Lederriemen führte er bei sich, nichts als seinen Gürtel, und wie hätte er es überhaupt wagen dürfen, auch nur den Versuch zu machen? Ließ er dem Wolf nur ein wenig Luft, so gab es nachher einen Kampf, in dem er ihn entweder ernstlich beschädigen oder gar freilassen mußte – das eine fast so schlimm wie das andere. Und das schwere Tier bis zur Ansiedlung tragen? – Er hätte ohne den Wolf eine halbe Stunde gebraucht, um sie zu erreichen – viel weniger mit ihm – aber es blieb ihm weiter keine Wahl.

„Entweder – oder", murmelte er, „du oder ich, Bursche, und so mag denn der Abend über mein Glück, über mein Unglück entscheiden. Zum Teufel auch, habe doch schon manchen starken Hirsch getragen, der noch einmal so schwer war wie du hier, und das bloß um des elenden Wildbrets wegen – werden mir heute die Kräfte nicht versagen, da es das Höchste – oder doch wenigstens einen Triumph über den schurkischen Feind – gilt."

Und mit dem raschen Entschluß nahm er seinen Halt fest um das sich jetzt wieder mit rasender Wut sträubende Tier, brachte den rechten Fuß unter sich und stand, die Schulter gegen einen kleinen stehenden Gumbaum stützend, langsam auf. Er hatte den Wolf mit dem Rücken gegen sich, mit dem linken Arm zwischen den beiden Vorderläufen durch gepackt und den rechten Arm ihm fest um die Weichen geschlagen und hielt ihn so eng zusammengepreßt, daß er ihm mit seinen Zähnen gar nicht schädlich werden konnte.

Die Büchse mußte er natürlich zurücklassen, auch die

Mütze war ihm bei dem Ringkampf entfallen, doch das hinderte ihn nicht; mit fest zusammengebissenen Zähnen und zum Äußersten entschlossen, wanderte er, seine wunderliche, sich unaufhörlich sträubende Last im Arm, Schritt für Schritt weiter - der fernen Ansiedlung zu.

Im alten Gerichtshaus herrschte indessen noch immer laute, lärmende Fröhlichkeit, Bowle nach Bowle wohlschmeckenden süßen Stewes war gebraut und der Raum endlich durch Kerzen, Trunk und Tanz so heiß geworden, daß man selbst das kleine, nach dem Holz hinausführende Fenster öffnete, um nur frische Luft hereinzubekommen.

Die Töne der Violine schwirrten immer rascher und gellender in Jigs und Hornpipes, die Füße der Tänzer klapperten immer behender auf dem schon blankgescharrten Boden; Metcamp war besonders ausgelassen lustig, er nannte die arme Betsy - die sich übrigens hartnäckig weigerte, weder mit ihm noch einem der anderen Gäste zu tanzen - nicht anders als ‚sein süßes Bräutchen', umarmte den alten Sutton ebenfalls zweimal als ‚Schwiegerpapa' und wußte seiner Ausgelassenheit gar keine Grenzen.

Eine kleine Unterbrechung hatte indessen stattgefunden; ‚Lord Howe's Hornpipe' war eben beendigt, und einige Erfrischungen wurden herumgereicht. Betsy, die auf ihres Vaters Befehl die Bedienung überwachen mußte, saß unfern dem Eingang, nicht weit vom Schenktisch, und Metcamp, der sich dicht neben sie gestellt, flüsterte ihr eben einige fade Schmeicheleien ins Ohr, die ihr die zornige Röte auf die Wangen trieben, als plötzlich etwas mit gewaltigem Poltern von außen gegen die Tür schlug.

„Hallo!" schrie der Bräutigam zusammenfahrend. „Das ist ein unhöfliches Anklopfen - wer da?"

Die übrigen Gäste wandten sich alle rasch und erstaunt nach dem Lärmen um, die einzige Antwort von dort oben her war aber ein erneutes, noch viel stärkeres Gepolter.

„Ei, so hol doch der Henker die Unverschämtheit!“ rief da Metcamp. „Ich will doch sehen...“

Rasch ergriff er den ledernen Riemen, der an dem Drücker hing, riß daran und stieß die Tür auf.

„Ha!“ - Vor sich ein paar stiere, funkelnde, fast aus ihren Höhlen drängende Augen - ein weit aufgerissener Rachen mit blutiger, heraushängender Zunge und weißem fürchterlichen Gebiß - ein Wolfskopf, wie ihn sich die Einbildung nur schrecklich und entsetzenerregend ausmalen kann - hinter ihm aber, dicht über dem gräßlichen Rachen, das totenbleiche, wild blickende Angesicht Ben Holiks, vom Schein der Kerzen geisterhaft beleuchtet.

„Der Wolf - der Wolf!“ schrie Metcamp nach einem nur flüchtigen Blick auf die schauerliche Gruppe. „Der Wolf!“ Und durch die hinzudrängenden Gäste brach er in wilder Hast sich Bahn, zum Fenster sprang er, und ehe nur noch irgend jemand sein Vorhaben hätte erraten oder ihn gar daran hindern können, flog er mit scheuem Satz hinaus und ins Freie.

Die hinten Stehenden, die noch gar nicht sehen konnten, was eigentlich die Ursache solch wunderbarer Behendigkeit gewesen, lachten; die nächst der Tür aber fuhren ebenfalls, kaum minder als Metcamp selbst erschreckt, zurück und starrten überrascht die wunderliche Gruppe an, aus der sie Ben Holiks totenfahle Züge jetzt erkennen konnten.

„Die Glocke - die Glocke!“ war aber alles, was der Jäger mit heiserer, nur den nächsten verständlicher Stimme zu lallen vermochte. „Die Glocke - ich kann - ich kann nicht mehr!“

„Heiliger Gott!“ schrie da Betsy, die schon bei dem ersten Ausruf Metcamps entsetzt emporgesprungen war und, ihren Augen kaum trauend, keines Wortes, keiner Bewegung mächtig, in das totenbleiche, fürchterlich entstellte Antlitz des Geliebten gestarrt hatte. „Heiliger, allmächtiger Gott, zu Hilfe – zu Hilfe!"

„Die Glocke!" flehte aber nur Ben. „Betsy, die Glocke, oder meine Arme erstarren."

„Die Glocke? – Was für eine Glocke?" fragten die Umstehenden wild durcheinander.

„Ha! – Die Wolfsglocke!" rief das Mädchen, das ganze ihr bis dahin Entsetzliche jetzt rasch und froh begreifend. „Die Wolfsglocke! Nur noch einen Moment, Ben – nur noch wenige Sekunden, und ich bin wieder da!"

Und rasch zur Tür hinaus, dicht an den klaffenden Fängen der Bestie vorbei – so dicht, daß ihre Schulter die bluttäufende Zunge fast berührte – glitt die Jungfrau flüchtigen Laufes in das dicht daneben gelegene Haus ihres Vaters, wo die Glocke noch in der Stube (unter der Büchse, wo er sie neulich bei seiner Zurückkunft hingetan) hing, hob sie schnell herunter und war in kaum einer Minute Zeit schon wieder zurück mit dem Verlangten. Indessen hatten sich aber die Männer dort ebenfalls von ihrer ersten Überraschung erholt; der alte Sutton war zu ihnen getreten, und rasch begreifend, um was es sich hier handele, wollte er Ben unterstützen und ihm den Wolf abnehmen. Das gab aber der Jäger nicht zu, da er seiner wie des alten Mannes Sicherheit wegen nicht wagen durfte, dem festen Halt, den er einmal an der Bestie hatte, zu entsagen. Kaum erschien aber Betsy mit der Glocke, so nahm sie ihr Sutton rasch aus der Hand, schlang den Riemen um des jetzt wieder wütend um sich beißenden Wolfes Hals und schnallte ihn nicht zu fest, aber sicher genug, daß er nicht über den Kopf hinüberrutschen konnte, den Wolf jedoch auch nicht hinderte oder gar würgte.

Was aber jetzt, nachdem dies geschehen war, tun? Wie die Bestie, da der Zweck erfüllt war, wieder loswerden? Denn war es nicht möglich, daß sie, in so gereiztem Zustand freigegeben, anstatt zu fliehen, sich gerade gegen ihre Feinde wenden und dort Unheil anrichten konnte, ja am Ende gar, um sie nur wieder loszuwerden, doch noch getötet werden mußte? Das Klingeln der Glocke beunruhigte den Gefangenen immer mehr, seine Anstrengungen wurden wütender, je mehr die Kräfte des armen Jägers nachließen. Zwar sprangen von vielen Seiten die Männer mit Stricken herbei, und einer machte sogar eine Schlinge, um den Wolf daranzuhängen und ihm die Kehle zuzuschnüren, bis er betäubt wäre und hinaus in den Wald geschafft werden könnte - das aber schienen viel zu gefährliche Experimente, denn geschah dem Tier dadurch ein Schaden, so war die ganze Anstrengung vergebens gewesen. Da rief Betsy, die in Todesangst um den Geliebten, die Hände fest gegen die Schläfe gepreßt, daneben gestanden, dem ganzen wirren Treiben zugeschaut und den tausend verworrenen Vorschlägen, wie sie gemacht und verworfen wurden, in namenloser Furcht gelauscht hatte, plötzlich aus:

„Trag ihn in den Garten, Ben, wo der Fluß die Biegung macht - dort ist die Uferbank eingestürzt, und da hinabgeworfen, kann er nur ans gegenüberliegende Ufer schwimmen."

„Bei Gott, das Mädchen hat recht!" rief der alte Sutton, und Ben schritt schon ums Haus herum dem bezeichneten Orte zu. Die Fenz, die ihn noch von dem Garten trennte, wurde augenblicklich eingerissen, und wenige Sekunden später stand der Wolfsjäger an dem schroffen Ufer, das unten der vorbeischäumende kleine Bergstrom bespülte. Betsy hatte seinen Arm ergriffen und ihn geführt, daß er nicht etwa einen Schritt zu weit vorgehe und selber mit hinabstürze.

„Jetzt, Ben!" rief sie ihm zu, als sie ihn plötzlich zurückhielt. „Jetzt laß los!"

„Gott sei Dank!" murmelte Ben, und während er noch die Arme öffnete, glitt der dunkle Körper am nachgebenden Sand hinab und schlug plätschernd in die unten über ihm zusammenbrechende Flut.

Jetzt kamen auch mehrere mit rasch herbeigeholten

Lichtern herbei, und bei dem matten, ungewissen Schein derselben konnten sie erkennen, wie der schwarze Körper des befreiten Wolfs rasch und mit heftigem Stöhnen durch die Flut strich. Als der aber drüben ans Ufer stieg, klingelte die wackere Glocke laut und hell - er hatte sich schütteln wollen, erschrak jedoch so über den fremden Laut, daß er rasch die Uferbank hinabsprang, und noch eine lange Strecke durch den Wald hörten sie das gleichmäßige Anschlagen der Schelle, wie der Wolf in dem diesen Tieren eigenen langen Galopp mit flüchtigen Sätzen nicht mehr den Feinden - die hatte er kaum gefürchtet - nein, diesem unerträglichen scharfen Lärm unter seiner Kehle zu entfliehen suchte.

„Hahahaha!" brach endlich Ben, der jetzt lachend seine halberstarrten Arme schwenkte, das atemlose Schweigen, mit dem die Männer den immer mehr verschwimmenden Tönen der Glocke gelauscht hatten. „Er hat sie - beim ewigen Gott, er hat sie! So - das soll mir der Mr. Metcamp einmal nachmachen."

Metcamp? Ja, wo war denn Metcamp die ganze Zeit eigentlich? Das weiß der Himmel; am Washita hat ihn wenigstens kein sterbliches Auge mehr gesehen. Sein Fenstersprung konnte nicht bezweifelt werden, denn Zeugen gab es dafür genug, und vom Fenster aus ließ sich die Spur noch weit hinaus in den Wald, aber immer dem Arkansas zu, verfolgen. Sein ganzes Gepäck aber, ja selbst seinen Hut, ließ er, ohne auch nur einmal darum zu schreiben, in der Ansiedlung zurück, und Ben hatte gewiß recht, als er meinte, den habe nur sein böses Gewissen aus den Bergen getrieben.

Und was wurde aus Betsy?

Ich will dem Leser die weitläufige Auseinandersetzung ersparen und ihm nur mit kurzen Worten einzelne Tatsachen mitteilen, aus denen seine Einbildungskraft dann leicht den weiteren Verfolg der Sache, viel besser als ich ihm das selber klarmachen könnte, herausfinden wird.

Mr. Metcamp war wirklich flüchtigen Fußes förmlich davongelaufen; der Brief aber, den er zu der Zeit am Washita erhalten hatte, mußte jedenfalls gefälscht gewesen sein, denn noch in demselben Monat hörten sie von einem Reisenden, daß Metcamps Onkel etwa vier Wochen vorher, ehe dieser zum Washita gegangen, total bankrott gemacht habe und der vermeintliche Erbe noch schlimmer als ein Bettler sei, da er sogar rasend in Schulden stecke. Die reiche Farmerstochter hatte er dabei leicht zu gewinnen geglaubt und auch natürlich alles Mögliche getan, seinem ihm allerdings gefährlichen Nebenbuhler den Besitz des Mädchens unmöglich zu machen.

Daß er es gewesen, der damals den gefangenen Wolf befreit, ließ sich ebenfalls immer weniger verkennen, wenigstens sprach man die Ansicht kurze Zeit darauf ganz offen in der Ansiedlung aus, und daß sich der alte Sutton nach all dem Vorangegangenen schämte, den beabsichtigten Schwiegersohn aus der Stadt auch nur noch einmal zu erwähnen, versteht sich wohl von selbst.

Es sind jetzt seit der Zeit zehn volle Jahre verflossen, und Farmer Sutton schläft in seinem eigenen Garten still und ruhig unter dem grünen, blumigen Rasen; Ben Holik aber hat das unstete Jägerleben aufgegeben, ist ein ordentlicher Farmer geworden und lebt mit seinem lieben Weib, seiner Betsy, und den drei Jungen und zwei Mädchen, die sie ihm in der neunjährigen Ehe geboren, glücklich und zufrieden, wie nur ein Mensch in der weiten Gotteswelt leben kann. Seine Herden haben sich dabei ungemein vermehrt, denn die Wölfe trieb der mit der Glocke behangene richtig hinaus aus der ganzen Nachbarschaft, und seine Felder hat Ben ebenfalls um viele fruchtbare Äcker erweitert; dort aber, wo er den Wolf damals lebendig gefangen, baute er sich auf der luftigen Bergkuppe ein kleines Haus und nannte es, zum Gedächtnis jenes glücklichen Abends, die W o l f s g l o c k e.

1

Nachwort

Friedrich Wilhelm Christian Gerstäcker kam am 10. Mai 1816 in Hamburg zur Welt. Nach dem frühen Tod seines Vaters, eines bekannten Sängers, wuchs der Junge bei Verwandten in Braunschweig auf. 1833 sollte er eine kaufmännische Lehre beginnen, gab den ungeliebten Beruf aber nach wenigen Monaten wieder auf und schlug sich zu Fuß von Kassel nach Leipzig zur dort lebenden Mutter durch. Sein sehnlichstes Verlangen konnte sie ihm jedoch zunächst ausreden: Nach Amerika sollte der junge Friedrich erst dann auswandern, wenn er einen vernünftigen Beruf erlernt hatte. Als Grundlage für ein späteres Leben als Farmer absolvierte er eine dreijährige landwirtschaftliche Ausbildung in der Nähe von Grimma.

Mit knapp 21 Jahren hielt ihn dann aber nichts mehr in Deutschland. 1837 erfüllte er sich seinen langgehegten Wunsch und verließ die Heimat an Bord eines Auswandererschiffs - wie so viele andere auch. Im Land der unbegrenzten Möglichkeiten angekommen, überredete ihn ein dort schon heimisch gewordener Landsmann zu einem Tabakgeschäft, bei dem sehr schnell Gerstäckers Ersparnisse verschwanden. Mit dem letzten Geld in der Tasche schulterte er sein Gewehr und einige Habseligkeiten, um wenigstens etwas vom Land zu sehen. Zunächst ging es zum Niagara-Fall und in die kanadischen Wälder, wo er seiner großen Leidenschaft, der Jagd, frönen konnte.

In den folgenden sechs Jahren bestritt Friedrich Gerstäcker ein abenteuerliches Leben, das ihn in verschiedenen Tätigkeiten kreuz und quer durch die Vereinigten Staaten von Nordamerika führte. Er war Heizer und Koch auf Mississippi-Dampfern, Apotheker- und Silberschmiedgehilfe, Schilfrohrschneider, machte zwischendurch sein Lehrerexamen und verdiente sich schließlich als Hotelier das Geld für die Heimreise nach Deutschland. Dazwischen hatte er unendlich viel erlebt und gesehen, war mit Indianern auf die Jagd gegangen und hatte oft lebensbedrohliche Situationen zu bestehen. Alles hielt er in seinem Tagebuch für die Mutter in der alten Heimat fest.

Seinen Lebensunterhalt verdiente er in Deutschland zunächst als Übersetzer englischsprachiger Autoren, u. a. Charles Rowcroft, Seba Smith, Charles Fennow Hoffmann, Herman Melville, E. Bulwer Lytton. Dann folgten Erzählungen und Reiseskizzen eigener Erlebnisse in verschiedenen Zeitschriften. „Streif- und Jagdzüge durch die Vereinigten Staaten von Nordamerika", das erste Buch nach seinen Tagebuchaufzeichnungen, erschien 1844 – und ist so genau in den Schilderungen, daß es heute noch erlaubt, den Spuren des Autors insbesondere in Arkansas zu folgen. „Die Regulatoren in Arkansas" (1846) und „Die Flußpiraten des Mississippi" (1848) schließlich wurden in den späteren Jahren Erfolgswerke, die bis in unsere Zeit Neuauflagen erleben.

Obwohl Friedrich Gerstäcker im Jahre 1847 heiratete und eine Familie gründete, trat er bereits im folgenden Jahr eine neue große Reise an. Nach der Gründung des Deutschen Parlaments in Frankfurt reiste er in halboffiziellem Auftrag und mit finanzieller Unterstützung, zu der noch der Verleger Cotta beisteuerte, nach Südamerika. Es ging zunächst nach Rio de Janeiro, dann Buenos Aires, von dort über die winterlich verschneiten Kordilleren nach Valparaiso. Wo es ihm möglich wurde, setzte sich Gerstäcker für deutsche Kolonisten ein, die überall kleine Siedlungen gegründet hatten.

Seine nächste Station war Kalifornien, wo er in den Trubel des Goldrausches geriet und einige Monate selbst nach dem edlen Metall grub. Tatsächlich fand Gerstäcker gemeinsam mit Gefährten nur soviel, wie sie zum Überleben benötigten. San Francisco verließ er schließlich an Bord eines kleinen Walfängers, um die Südsee zu erreichen und dort einige Zeit auf Tahiti und kleineren Inseln zu verbringen. Aus der zauberhaften Südsee, die ihm einen weiteren Kindheitstraum erfüllte, brachte ihn ein Segelschiff weiter nach Australien. Hier durchzog er die Gegend am Murray-River, den er teilweise befuhr und während seiner Reise vermaß und auslotete. Damit schuf er eine wichtige Grundlage für die spätere Schiffahrt. Von Australien ging es dann nach Java und zuletzt wieder nach Deutschland. Zahlreiche Erzählungen und Romane, darunter „Tahiti" (1854), trugen dazu bei, daß Friedrich Gerstäcker bald einer der beliebtesten und gelesensten Autoren wurde. Viele Zeitschriften, bei denen er zu Beginn seiner schriftstellerischen Laufbahn mühsam seine Arbeiten untergebracht hatte, fragten jetzt ständig nach neuen Werken.

Im Jahre 1860 brach Gerstäcker erneut zu einer Reise auf, diesmal führte sie ihn achtzehn Monate durch Südamerika. Dabei verbrachte er einige Zeit, um die Ankunft von überwiegend aus England stammenden Auswanderern in Ecuador zu erwarten und ihnen bei der Gründung der jungen Kolonie zu helfen. Seine weitere Reise brachte ihn bis in das Quellgebiet des Amazonas, auf den Spuren Humboldts.

Zurück in Deutschland mußte er erfahren, daß seine Frau verstorben war. Mit seinen Kindern und seiner Mutter fand er zunächst Unterkunft und Ablenkung auf Einladung des Herzogs Ernst II. von Sachsen-Coburg-Gotha in der Nähe des Schlosses Rosenau. 1862 begleitete er den Herzog und eine ausgewählte Reisegesellschaft nach Ägypten, ein Jahr später heiratete der Schriftsteller erneut.

1867 sehen wir Friedrich Gerstäcker wieder auf einer Reise, die ihn noch einmal nach Nordamerika führen sollte, von dort weiter nach Mexiko, Ecuador, zu den Westindischen Inseln und schließlich nach Venezuela.

1869 übersiedelte er mit seiner Familie nach Braunschweig, wo er seine Jugendjahre verlebt hatte und mehr Ruhe vor den zahlreichen Besuchern und zum Arbeiten fand. Von hier aus brach er auch als Kriegsberichterstatter im Deutsch-Französischen Krieg 1870/71 auf.

Wieder erfüllten ihn Reisepläne. Diesmal sollte es nach China und Japan gehen. Die letzten Vorbereitungen waren abgeschlossen, nur sein Roman „Am Orinocco" sollte noch fertiggestellt werden. Gerstäcker schrieb, am Pult stehend, Tag und Nacht, schlief nur wenige Stunden auf dem Fußboden. Es wurde ein vergeblicher Wettlauf mit der Zeit. In der Nacht vom 30. auf den 31. Mai 1872 ereilte den 56jährigen Weltenbummler und Abenteurer ein Gehirnschlag.

Friedrich Gerstäckers Grab befindet sich auf dem Magnifriedhof in Braunschweig. An Leben und Werk erinnert die im Jahre 1979 gegründete Friedrich-Gerstäcker-Gesellschaft, die eine Biographie und Nachdrucke seiner Werke herausgegeben hat. Die Gesellschaft unterhält zudem neben dem Schloß Richmond in Braunschweig ein kleines Museum mit wechselnden Ausstellungen.

Thomas Ostwald

Beachten Sie bitte die folgenden Seiten

DIE AUGEN DER SPHINX

UNTER KORSAREN VERSCHOLLEN
VON
WERNER LEGÈRE

Werner Legère (geb. 1912) gab dem deutschsprachigen Abenteuerroman seit den 50er Jahren wichtige neue Impulse. Spannend aufbereitete Lebensgeschichten berühmter Männer und Frauen sowie exotische Reiseerzählungen, zu denen ihn sein berühmter Kollege und Landsmann Karl May inspirierte, haben ihm eine große, treue Leserschaft eingetragen.
Legères wohl erfolgreichster Roman „Unter Korsaren verschollen" führt in die erste Hälfte des 19. Jahrhunderts und schildert in erregenden, farbenprächtigen Bildern den Kampf gegen die algerischen Freibeuter, die damals das Mittelmeer beherrschten.
Als der kleine Kaufmannssohn Livio von den Piraten entführt wird, beginnt für ihn eine wahre Odyssee, die ihn schließlich vom Gefangenen des Deys von Algier zum Kapitän auf eigenem Schiff werden läßt. Erst nach vielen Jahren lüftet sich das Geheimnis um die wahre Herkunft des ebenso verwegenen wie gefürchteten Korsaren Omar.

DIE AUGEN DER SPHINX

PHANTASTISCHE ABENTEUERROMANE
VON
ROBERT KRAFT

Die Nihilit-Expedition

Auf der Suche nach der Quelle des geheimnisvollen Nihilitstahls stoßen die drei Überlebenden einer Forschungsexpedition auf das unbekannte Volk der Wuloden. In einem abgeschotteten Tal im Innern der australischen Wüste hat es sich eine Oase geschaffen, in der mörderische Gesetze das Leben und Überleben regeln.

Die Wildschützen vom Kilimandscharo

Ein oberbayerisches Dorf liegt verborgen im Innern Schwarzafrikas. Auf den unzugänglichen Höhen des Kilimandscharo leben die deutschen Auswanderer wie einst in der alten Heimat. Doch die Idylle ist bedroht, denn skrupellose Wilderer, die auch vor Mord nicht zurückschrecken, machen das Land unsicher.

Die Rätsel von Garden Hall

Ein junger deutscher Arzt tritt die Stelle als Hauslehrer auf Garden Hall an, der Residenz des englischen Lords Roger Norwood. Nicht nur die Tatsache, daß er bereits zwei Stunden nach seiner Ankunft mit der jungen Erbin des seltsamen Lords verheiratet ist, sondern auch viele andere Ungereimtheiten reizen ihn dazu, die Rätsel von Garden Hall zu lösen.

Die neue Erde

Als am Neujahrsmorgen ein Komet die Erde trifft, verschieben sich die Klimazonen, und fast die gesamte Menschheit stirbt. In Asien kämpfen vier schiffbrüchige Europäer und eine Handvoll Inder gegen die polare Kälte, wogegen in Mitteleuropa tropische Tier- und Pflanzenarten entstehen. Die wenigen übriggebliebenen Menschen müssen sich den neuen Gegebenheiten anpassen.

Weitere Bände in Vorbereitung

EDITION USTAD
IM KARL-MAY-VERLAG

KARL MAY

GESAMMELTE WERKE

1 Durch die Wüste
2 Durchs wilde Kurdistan
3 Von Bagdad nach Stambul
4 In den Schluchten des Balkan
5 Durch das Land der Skipetaren
6 Der Schut
7 Winnetou I
8 Winnetou II
9 Winnetou III
10 Sand des Verderbens
11 Am Stillen Ozean
12 Am Rio de la Plata
13 In den Kordilleren
14 Old Surehand I
15 Old Surehand II
16 Menschenjäger
17 Der Mahdi
18 Im Sudan
19 Kapitän Kaiman
20 Die Felsenburg
21 Krüger Bei
22 Satan und Ischariot
23 Auf fremden Pfaden
24 Weihnacht
25 Am Jenseits
26 Der Löwe der Blutrache
27 Bei den Trümmern von Babylon
28 Im Reiche des silbernen Löwen
29 Das versteinerte Gebet
30 Und Friede auf Erden
31 Ardistan
32 Der Mir von Dschinnistan
33 Winnetous Erben
34 „ICH"
35 Unter Geiern
36 Der Schatz im Silbersee
37 Der Ölprinz
38 Halbblut
39 Das Vermächtnis des Inka
40 Der blaurote Methusalem
41 Die Sklavenkarawane
42 Der alte Dessauer
43 Aus dunklem Tann
44 Der Waldschwarze
45 Zepter und Hammer
46 Die Juweleninsel
47 Professor Vitzliputzli
48 Das Zauberwasser
49 Lichte Höhen
50 In Mekka
51 Schloß Rodriganda
52 Die Pyramide des Sonnengottes
53 Benito Juarez
54 Trapper Geierschnabel
55 Der sterbende Kaiser
56 Der Weg nach Waterloo
57 Das Geheimnis des Marabut
58 Der Spion von Ortry
59 Die Herren von Greifenklau
60 Allah il Allah!
61 Der Derwisch
62 Im Tal des Todes
63 Zobeljäger und Kosak
64 Das Buschgespenst
65 Der Fremde aus Indien
66 Der Peitschenmüller
67 Der Silberbauer
68 Der Wurzelsepp
69 Ritter und Rebellen
70 Der Waldläufer
71 Old Firehand
72 Schacht und Hütte
73 Der Habicht
74 Der Verlorene Sohn
75 Sklaven der Schande
76 Der Eremit
77 Die Kinder des Herzogs
78 Das Rätsel von Miramare

- Die Reihe wird fortgesetzt -

KARL-MAY-VERLAG
BAMBERG · RADEBEUL